Stefanie Viereck

Die falsche Spur

PENDRAGON

1

Am Tresen brannte nur ein blassgelbes Nachtlicht und warf einen matten Schein auf die kupferbeschlagene Abtropffläche unter dem Zapfhahn. Das Gesicht des Wirts blieb im Halbdunkel des leeren Schankraums verborgen. Vermutlich hatte er gerade schließen wollen, als ich zur Tür hereinkam und nach einem Zimmer fragte.

Jetzt schob er mir wortlos den Schlüssel zu. Eine knappe, präzise kalkulierte Bewegung, dann ein kurzes Innehalten und ein Rucken, als wollte er sich vergewissern, dass der Schlüssel genau an der richtigen Stelle lag. Während ich seine Hände beobachtete, hatte ich das sonderbare Gefühl, diese Szene schon einmal erlebt zu haben.

Ich griff nach dem Schlüssel. „Erster Stock", sagte er. „Zweite Tür links. Und lassen Sie mir bitte noch Ihren Ausweis da." Ich nickte, kramte in meiner Tasche, legte ihm den Ausweis auf den Tresen. Er war schon an der Tür zum Flur, machte mir im Treppenhaus Licht. Es roch nach feuchten Wänden, nach gelötetem Metall und frischem Mörtel. Langsam stieg ich die Stufen hoch. Als ich oben angelangt war und mein Zimmer aufgeschlossen hatte, rief er mir nach: „Frühstück ab acht." Seine Stimme klang auf einmal anders, rauer, kehliger als eben am Tresen. Ehe ich etwas erwidern konnte, hörte ich, wie er die Tür zum Schankraum zuzog.

Das Zimmer war klein und mit billigen Fichtenmöbeln bestückt, ein Bett, ein Nachtschrank, ein Stuhl, eine halbhohe Kommode und neben der Tür ein paar Garderobenhaken, an denen Kleiderbügel hingen. Ein Zimmer für Durchreisende oder Montagearbeiter. Obgleich die Pension unmittelbar am Nord-Ostsee-Kanal lag, konnte ich mir nicht vorstellen, dass Feriengäste sich hier einquartierten. Das Bad war fast ebenso groß wie das Zimmer, und die soliden Armaturen standen in auffälligem Gegensatz zu den billigen Möbeln.

In der Dunkelheit lag ich lange wach. Ich hatte das Fenster weit geöffnet und lauschte auf den Wind und die kleinen gurgelnden Laute des Wassers zwischen den Quadersteinen der Uferbefestigung. Hin und wieder schrie ein Käuzchen, und einmal hörte ich auf der schmalen Straße drüben auf der anderen Seite des Kanals ein Auto. Im Haus war es totenstill. Ich dachte an Lars. Eigentlich hätten wir uns am späten Abend in Odense treffen sollen, aber dann hatte er tags zuvor angerufen und gesagt, er sei früher aus London zurück und wir könnten zusammen im Wagen fahren, allerdings erst in zwei Tagen. Dass er im letzten Moment alle Pläne über den Haufen warf, ärgerte mich. Ich hatte mich auf die Tage in Dänemark gefreut, auf das Meer, auf die Arbeit und vor allem darauf, Lars an einem Ort zu treffen, den wir beide nicht kannten. Wie früher. Also war ich kurz entschlossen vorausgefahren.

Irgendwann stand ich noch einmal auf, trat ans Fenster und sah eine Weile hinaus auf den Kanal, der schwarz und scheinbar reglos unter einem dunkel verhangenen Himmel lag, zu beiden Seiten gesäumt von altmodischen Laternen, die aussahen wie stabförmige Glühbirnen auf hohen Zaunpfählen. Aus dem Fenster der Gaststube links unterhalb von mir drang der matte Schein des Nachtlichts.

Als ich endlich einschlief, träumte ich, ich sei wieder in dem großen Haus am Hang und hörte vom Fluss her das gleichmäßige metallische Stampfen und Kreischen des Baggerschiffs, das die versandete Fahrrinne der Elbe freischaufelte. Im Traum war ich selig. Ich liebte den vertrauten Rhythmus des Baggers, und ich liebte den Sturm, der in der Nacht sang und schrie. Und dann war ich nicht mehr in meinem Bett, sondern draußen, und der Junge war auch da, und wir flogen in halsbrecherischen Sprüngen den Hang hinunter zum Fluss, während schwarze Wolkenfetzen am Himmel entlangjagten und das dünne Mondlicht mit sich rissen. Es gab keine anderen Menschen auf der Welt, nur ihn und mich, und ich dachte, dass ich Angst haben müsste, aber ich hatte keine Angst.

Am nächsten Morgen war ich benommen und brauchte eine Weile, bis ich begriff, wo ich mich befand. Ich ging hinunter in den Schankraum, der trotz eines großen Panoramafensters bei Tageslicht kaum weniger düster war als am Abend zuvor. Auf der niedrigen Fensterbank stand ein halbes Dutzend gummibaumartiger Gewächse, dunkel und fleischig, die an senkrecht gespannten Hanfseilen in die Höhe wucherten. Verwundert stellte ich fest, dass ich nicht der einzige Gast war. Zumindest stand auf dem Tresen gebrauchtes Frühstücksgeschirr von einer einzelnen Person. Zu sehen war niemand. Ich setzte mich an den eingedeckten Platz am Fenster.

Als der Wirt kam, bestellte ich Kaffee. Er musste um die sechzig sein, sein Gesicht war schmal, er hatte eine hohe Stirn, schütteres, nahezu farbloses Haar und blau verwässerte Augen. Einen Moment lang dachte ich, dass er mich an irgendjemand erinnerte, jemand, den ich vor langer Zeit gekannt oder auch nur in einem Film gesehen hatte, und womöglich erging es ihm ähnlich, denn er betrachtete mich merkwürdig erstaunt und ein wenig unsicher. Dann verschwand er geschäftig in der Küche und brachte mir wenig später ein altmodisches Kaffeekännchen, Milch, Zucker, frische Brötchen und ein Ei.

Der Kaffee war gut, heiß und stark. Ich trank ein paar Schlucke und fragte mich, was ich bis zum nächsten Abend anfangen sollte. Vielleicht wäre ich besser in der Stadt geblieben und hätte auf Lars gewartet, statt alleine loszufahren. Gestern war ich auf kleinen Straßen gemächlich durch das weite flache Land gekreuzt, zunächst beschwingt ob dieser unverhofften Fahrt ins Blaue, und dann missmutig und gereizt, weil ich keine Lust hatte, in einer der Kleinstädte zu übernachten, und in den Dörfern nirgendwo eine Unterkunft fand. Schließlich hatte ich mich in einer Bäckerei erkundigt, und eine schmale, etwas schmuddelige Person, die schon dabei war, die leergefegten Auslagen zu wischen, hatte mir die Gaststätte Leuchtkäfer genannt, wo es auch ein paar Zimmer gebe, und mir mehr schlecht als recht den Weg dorthin beschrieben. Erst lange nach Einbruch der Dunkelheit war ich dann bei dieser gottverlassenen Wirtschaft angelangt.

Ich zögerte das Frühstück lange hinaus, aß zwei Brötchen, bestellte zwei weitere Kännchen Kaffee, der jedes Mal frisch aufgebrüht war. Schließlich kam der Wirt an meinen Tisch, um abzuräumen, und die Art, wie er das Geschirr zusammenstellte und achtgab, dass keine Krümel in meinen Schoß fielen, weckte in mir ein kindliches Gefühl von Geborgenheit. Er fragte, ob ich noch eine Nacht bleiben wollte, und nach kurzem Zögern sagte ich ja. Aus irgendeinem Grund schien er darüber verärgert. Er kehrte zum Tresen zurück, blätterte in einem großen schwarzen Notizbuch, das wenig gebraucht aussah, und murmelte halblaut und mehr zu sich selbst, eine Nacht ginge es ja mal so, aber für eine zweite müsse er mich namentlich registrieren. „Katarina Lund“, sagte ich prompt. Er stutzte, sah kurz zu mir hin, senkte verwirrt den Blick. „Mein Pseudonym“, sagte ich lachend. Er verzog keine Miene, und erst als ich ihn an meinen Ausweis erinnerte, murmelte er entschuldigend: „Ach ja, richtig.“

Mein Zimmer wirkte im Tageslicht noch trostloser als bei Nacht. Ich setzte mich aufs Bett und versuchte zu lesen, mich auf die Arbeit vorzubereiten, ein Portrait zum zweihundertsten Geburtstag von Hans Christian Andersen. Der Chefredakteur des Magazins, von dem ich seit elf Jahren die meisten meiner Aufträge erhielt, wollte vor allem eine leichte Sommergeschichte, Sandstrände, reetgedeckte Häuser, blauen Himmel und die kleine Meerjungfrau. Er wisse natürlich, hatte er gesagt, dass Andersen ein vielschichtiger und faszinierender Charakter sei. Und eine tragische Figur. Aber ich solle es doch bitte meinen Lesern nicht wieder so schwer machen.

Schon vor Jahren hatte ich mich auf Portraits spezialisiert, auf Menschen, aber dann waren mir die Menschen selbst zu viel geworden, ich hatte ihre Nähe nicht ertragen, ihre Selbstdarstellung, ihre Anekdoten und Verlogenheiten. Ich hatte mir angewöhnt, über die Toten zu schreiben. So konnte ich mich in ein fremdes Leben begeben, ohne dort jemandem begegnen zu müssen, konnte mich vollkommen frei darin bewegen und gewann in gewisser Weise sogar Macht über das Schicksal.

Der hundertste Geburtstag, der fünfzigste Todestag, die Neuauflage eines Werkes, das waren die Anlässe für meine Artikel, und weil ich keine Lust hatte, in der Branche als Hüterin der toten Dichter zu gelten, gebrauchte ich immer öfter ein Pseudonym. Zu Andersen war mir spontan Katarina Lund eingefallen. Der Name gefiel mir.

Ich konnte mich nicht konzentrieren und sah zum Fenster hinaus. Zumindest versperrten hier oben keine Grünpflanzen den Blick. Nach einer Weile ging ich wieder nach unten. Ich hatte einen verlassenen Schankraum erwartet, aber an dem runden Tisch vorn beim Tresen, den ein schmiedeeiserner Bügel über dem Aschenbecher als Stammtisch auswies, saß mit dem Rücken zur Tür eine große Frau. Sie hatte einen fülligen Oberkörper, unter dem hautengen rosa Pullover sah man den Gummizug des Büstenhalters, der tief ins Fleisch schnitt. Die halblangen braunen Haare trafen auf eine volle weiße Nackenwölbung. Sie musste gehört haben, dass jemand zur Tür hereinkam, aber sie rührte sich nicht und machte keinerlei Anstalten, sich nach mir umzudrehen.

Den Wirt, der hinter dem Tresen stand, bemerkte ich erst, als er sich räusperte und sagte: „Ich dachte, Sie wären spazieren gegangen." Es klang, als hätte er Mühe, ein nervöses Vibrieren in seiner Stimme zu unterdrücken. Die Frau sagte nichts und wandte sich noch immer nicht um. Sie machte mich neugierig. Ich fragte, ob ich etwas zu trinken bekommen könne. Der Wirt nickte widerwillig. Ich bestellte ein Hefeweizen, obgleich es erst kurz nach halb zwölf war.

Die letzten Spuren von meinem Frühstück waren beseitigt, und ich setzte mich wieder an denselben Platz am Fenster. Von dort konnte ich zumindest das Profil der Frau sehen, ein rundliches Kinn, gepolsterte Wangen und eine auffallend hohe gewölbte Stirn.

Sie hatte einen großen Teller mit Leberwurstbroten vor sich stehen, die in mundgerechte Happen geschnitten waren, und schob mit Bedacht einen Happen nach dem anderen in den Mund.

Als der Wirt mein Bier brachte, war sein Blick beinahe feindselig. Kein Wunder, dass Gäste hier wohl eher selten waren. Obgleich er mit der großen Frau noch kein einziges Wort gewechselt hatte, war klar, dass sie nicht von draußen kam, und das nicht nur, weil sie graue Filzpantoffel trug. Die Art, wie sie da saß und aß, selbstverständlich und unbeirrbar, sah nach einer häuslichen Gewohnheit aus und so, als täte sie es alle Tage.

Erst als sie aufgegessen hatte, wandte sie mir das Gesicht zu, eine gelassene Bewegung, die unmissverständlich klar machte, dass sie sich die ganze Zeit über meiner Anwesenheit bewusst gewesen war. Sie hatte große Augen. Große Kinderaugen in einem Gesicht, das schon lange nicht mehr jung war. Aber eigentlich waren auch die Augen nicht jung. Ich nickte ihr freundlich zu, aber sie reagierte nicht, musterte mich nur unverwandt aus diesen Augen, die kein bestimmbares Alter hatten und nicht einmal eine bestimmbare Farbe. Der Wirt sagte etwas zu ihr, so leise, dass ich es nicht verstehen konnte, und sie erhob sich ohne Eile und verschwand durch eine Tür seitlich vom Tresen.

Später wanderte ich am Wasser entlang. Der vor gut hundert Jahren künstlich angelegte und damals nach Kaiser Wilhelm benannte Kanal war ein zahmes Gewässer und hatte nichts mit dem wilden Fluss meiner Kindheit gemein. Ich begegnete nur wenigen Menschen, einigen Radfahrern, einer alten Frau mit einem Hund, und alle paar hundert Meter hockten schweigsame Angler vor geduckten grünen Zelten, die aussahen wie geschrumpfte Nissenhütten. Der Wind war eisig, aber der Himmel war klar und verströmte eine Fülle von Licht, wie man sie – außer am Meer – nur im Vorfrühling sieht, ehe Blattwerk und Wiesen einem Filter gleich die Helligkeit dämpfen.

Ich dachte an das seltsame Paar in der Pension. Ob sie verheiratet waren? Was verband sie miteinander und warum hatte es dem Wirt offenkundig missfallen, dass ich hinzukam, als die Frau ihre Wurstbrote aß? Wollte er nicht, dass ich sie sah? Hatte er sie am Morgen womöglich fortgeschickt, ehe ich herunterkam? Und wovon lebten die beiden überhaupt? Bestimmt nicht von der bedrückend düsteren Gastwirtschaft oder den dürftigen, ungelüfteten und feucht riechenden Zimmern. Vielleicht hatten sie kürzlich einen Rohrbruch gehabt. Der Geruch im Treppenhaus ließ darauf schließen.

Mit Rohrbrüchen kannte ich mich aus. Feuchte Bäder, Flure und Kellerräume, der Geruch von gelblich verfärbtem Mauerwerk, muffig und zugleich von seltsam kühler Frische, die donnernde blaue Flamme des Lötkolbens, der metallische Geschmack, der noch lange nach dem Löten am Gaumen haftete, und die Hände von Herrn Schmidt, all das gehörte zu meiner Kindheit wie bei anderen die Bilder eines immerwährenden Sommers. Das weitläufige Haus am Elbhang im Westen von Hamburg, in dem ich aufgewachsen war, stammte aus den dreißiger Jahren, die Wasserleitungen waren sämtlich marode, und alle paar Tage, so kam es mir in der Erinnerung vor, hatten wir einen Rohrbruch.

Meine Mutter lag im Bett, rang die Hände und verdrehte die Augen, wenn ihr ein neuer Rohrbruch gemeldet wurde. Vormittags lag sie immer im Bett, klingelte, kaum dass mein stattlicher grauer Vater ins Büro aufgebrochen war, nach einem der drei Hausmädchen in gestreiften Kleidern und blauer Schürze und ließ sich die Dinge auflisten, die im Haushalt gebraucht wurden. Dann rief sie in verschiedenen Feinkostläden an und im Laufe des Vormittags gaben sich die Lieferanten am Eingang der Küchenveranda die Klinke in die Hand. Für gewöhnlich blieb sie bis zum Mittagessen liegen. Nur im Falle eines Rohrbruchs erhob sie sich ergeben seufzend, zog ihren hellblauen Morgenmantel an, besah die feuchten Flecken im Keller, in einem der Bäder oder an sonst einer Wand oder Zimmerdecke und wählte die Nummer des Klempners. Und dann kam Herr Schmidt.

Für mich war das jedes Mal ein großes Ereignis, und ich kann mich noch heute an alle Einzelheiten erinnern. An die feste Form des roten Kastenwagens, der am unteren Ende der Auffahrt zwischen den Rhododendrensträuchern auftauchte, an die jammernden Scharniere der Wagentüren, an das knirschende Schleifen des Werkzeugkastens, den Herr Schmidt mit einer knappen Bewegung von der mit Metallsplittern und Kupferspänen übersäten Ladefläche zog. An seine Hände, die lang und kräftig waren und um die Fingerkuppen bläulich verfärbt wie das Blei und das Wasser und die Flamme des Lötkolbens.

„Dann wollen wir mal, Zwerg“, sagte Herr Schmidt, und nickte mir zu. Ich schulterte die große Rohrzange, ahmte den Gang von Herrn Schmidt nach, der aufgrund des schweren Werkzeugkastens krängte wie ein einseitig beladenes Schiff, und folgte ihm durch die Küchenveranda hinein ins Haus und die gewundenen Steinstufen hinab in den Keller. Herr Schmidt richtete sich in der Waschküche ein, dem einzigen Raum, in den durch ein Fenster zur Außentreppe ein wenig Tageslicht fiel. Unter dem Fenster stand der Bügeltisch, Herr Schmidt nahm die blau gewürfelte Leinendecke und den dicken Filz ab und breitete auf den roh gezimmerten Tischplanken seine Werkzeuge aus. Danach stiegen wir wieder in die Küche hinauf, und Herr Schmidt fragte die Hausmädchen, die rauchend um den blauen Resopaltisch saßen, wo der Rohrbruch denn diesmal sei. Dann begann die eigentliche Arbeit.

Herr Schmidt untersuchte die Flecken, legte die Stirn in Falten, betastete das Mauerwerk, prüfte den Grad der Feuchtigkeit, sog schnüffelnd die Luft ein, schüttelte den Kopf und pfiff leise durch die Zähne. Dann sagte er: „Was meinst du, Zwerg, wo machen wir auf?" Ich hob die Schultern und sah ihn erwartungsvoll an. Er behauptete, allein der Geruch lasse darauf schließen, wie weit die sichtbare Stelle im Mauerwerk vom Leck im Rohr entfernt sei. Und er irrte sich nie.

Dieser Umstand zählte zu den wenigen Gewissheiten meiner Kindheit und gab mir noch jetzt einen Moment lang das Gefühl, dass die Welt überschaubar sei und alle Dinge darin ihren festen Platz hatten.

Gegen zwei kehrte ich zum Leuchtkäfer zurück, und diesmal war der Schankraum tatsächlich leer. Die Sonne stand jetzt im Südwesten, schien auf das Panoramafenster, und im Halbschatten der fleischigen Grünpflanzen wirkte der Raum wie das Innere eines Aquariums.

Mein Zimmer war nicht abgeschlossen. Das wunderte mich. Nach dem Bier hatte ich meinen Mantel geholt, und ich hätte schwören können, dass ich probeweise die Klinke nach unten gedrückt hatte, ehe ich den Schlüssel in die Tasche schob. Als ich jetzt eintrat, spürte ich sofort, dass etwas nicht stimmte. Jemand hatte das Bett gemacht und sich im Übrigen auffällig bemüht, meine Dinge unberührt erscheinen zu lassen, meine Bücher, meine Unterlagen, die Zeitung von gestern, aber nichts lag so da wie am Morgen. Ich öffnete meine halb ausgepackte Reisetasche, untersuchte meinen Waschbeutel im Bad.

An all meinen Sachen hatten fremde Hände sich zu schaffen gemacht. Die Vorstellung war mir zuwider. Ich wollte den Wirt zur Rede stellen und stürmte, noch immer im Mantel, zur Tür hinaus, aber auf halber Treppe hielt ich inne. Gestohlen war nichts. Wer konnte Interesse an meinen privaten Dingen haben? Und warum? Und wer außer dem Wirt verfügte über einen zweiten Zimmerschlüssel? Im Grunde kamen nur die sonderbare Frau und er selbst infrage. Beklommen dachte ich an sein feindseliges Verhalten im Schankraum und stieg langsam die letzten Stufen hinunter.

Am Tresen gab es keine Glocke und keine Klingel, nichts, womit ich mich hätte bemerkbar machen können. „Hallo“, rief ich ein paar Mal halblaut. Im Haus war es so still, dass ich kaum wagte, meine Stimme zu gebrauchen. Die Tür seitlich vom Tresen führte vermutlich in die Küche. Ich klopfte, öffnete sie einen Spaltbreit und spähte hinein. Ein Resopaltisch, grau gesprenkelte Fliesen, dunkel gebeizte Küchenschränke. Spüle und Herd waren blitzsauber und ihrer Dimension nach geeignet für einen mittleren Restaurantbetrieb, die Ausstattung wirkte allerdings veraltet. Entweder hatte der Ort einmal bessere Zeiten gesehen – oder seit Jahren vergeblich darauf gehofft.

Ich zog die Tür leise wieder zu, durchquerte den Schankraum und trat nach draußen. Vor dem Panoramafenster befand sich eine Terrasse, umgeben von einer halbhohen moosbewachsenen Ziegelmauer. In den Ecken häufte sich altes Laub, die ehemals grün lackierten Holztische und Holzstühle waren abgeblättert und morsch. Ich ging ums Haus. Auf der Rückseite lag ein überraschend anheimelnder Garten. Er erstreckte sich etwa fünfzig Meter bis zu einer angrenzenden Weide und war an beiden Längsseiten von Sträuchern gesäumt, wilder Flieder, Jasmin, Schlehen und rotstämmiger Hartriegel. Vorn war ein kleines Rasenstück, dann folgten gepflegte Beete, dahinter eine Wiese mit sechs oder sieben Obstbäumen und, ein wenig abseits, eine Birke und ein Rosenstock. Am Ende befand sich ein Komposthaufen, und nicht weit davon sah ich den Wirt und die Frau.

Allem Anschein nach hatten die beiden einen Streit. Die Frau strebte zum Komposthaufen, und der Wirt versperrte ihr den Weg, fuchtelte drohend mit den Armen in der Luft. Sie wich mit erhobenen Händen zurück. Dann duckte sie sich plötzlich zur Seite, der Wirt machte eine halbe Drehung, aber mit einer Gewandtheit, die ich ihr nicht zugetraut hätte, schlüpfte sie unter seinen fuchtelnden Armen hindurch, gelangte zum Komposthaufen und schaufelte mit den Händen Laub und Küchenabfälle beiseite. Sie schien etwas zu suchen. Ich machte ein paar Schritte auf die beiden zu, unschlüssig, wie ich mich verhalten sollte. Der Wirt hatte sie mittlerweile an den Schultern gepackt und zerrte sie zurück. Sie wehrte sich, hob den Blick, sah mich und hielt augenblicklich inne.

Auch der Wirt blickte kurz zu mir hin, dann schüttelte er den Kopf, hob resigniert die Schultern und sein Körper schien in sich zusammenzusacken. Er trat neben die Frau, die sich inzwischen aufgerichtet hatte, strich ihr mit großer Sanftheit über die Wange, nahm sie bei der Hand und führte sie in Richtung Haus. Sie machte kleine unbeholfene Schritte, ohne eine Spur von der Wendigkeit, mit der sie mich eben noch überrascht hatte.

Wortlos gingen sie an mir vorbei, die Augen geradeaus gerichtet, als wäre ich nicht vorhanden. Ich sah ihnen nach. Und auf einmal beneidete ich sie, wie sie da nebeneinander hergingen, als hätten sie schon immer zusammengehört. Ich folgte ihnen in einigem Abstand, zögerte, blieb bei den Gemüsebeeten stehen und betrachtete die schnurgeraden Reihen. Als ich wieder aufsah, waren die beiden ums Haus gebogen und aus meinem Blickfeld verschwunden.

Ich ertappte mich bei dem Gedanken, dass sie sich in dem dämmrigen Aquarium womöglich umarmten, halb verstohlen und scheu, als täten sie etwas Anrüchiges. Energisch suchte ich diese Vorstellung abzuschütteln. Was gingen die zwei mich überhaupt an. Morgen früh würde ich abfahren, gleich morgen früh, und am Abend würde ich Lars in Odense treffen. Ich malte mir aus, wie ich ihm von der Pension und dem verschrobenen Paar erzählte. Das würde ihn amüsieren.

Auf einmal sehnte ich mich nach seiner Stimme. Ich tastete meinen Mantel ab, griff in die Taschen meiner weiten Wolljacke, fand aber nur mein Portemonnaie. Das Mobiltelefon musste ich oben im Zimmer liegengelassen haben und den Schlüssel auch. Langsam setzte ich mich wieder in Bewegung.

Früher hatten wir viele gemeinsame Aufträge gehabt, Lars und ich, waren oft zusammen gereist, aber in den letzten Jahren kam das nur noch selten vor. Lars war als Fotograf in eine andere Liga aufgestiegen. Vor zwei Jahren hatte das renommierte International Center of Photography in New York ihn mit dem Robert Capa Award ausgezeichnet, dem Oscar der Fotografie, und zwar für eine Serie von Luftaufnahmen vom Ozean nach einem Tankerunglück. Die Fotos, so in etwa hieß es in der Begründung der Jury, seien von herausragender Ästhetik und machten zugleich die Brisanz einer solchen Umweltkatastrophe auf dramatische Weise deutlich.

Lars hatte mir die hochvergrößerten Ausschnitte gezeigt, morbide Abstraktionen in Schwefel- und Kupfertönen, die erst in der Gesamtaufnahme am Ende der Bilderfolge als Ölteppich im schwarzblauen Meer zu erkennen waren, und von denen eine unbestimmte und zugleich nachdrückliche Bedrohung ausging. Ich freute mich aufrichtig für ihn, zumal Robert Capa sein großes Vorbild war, aber zu der Ausstellung, die anlässlich der Preisverleihung in New York stattfand, flog ich nicht, obgleich er mir ein Ticket geschenkt hatte. Ich fand, ich gehörte nicht dorthin. Ich war nicht die Frau an seiner Seite, und ich wollte es auch nicht sein, nicht offiziell, nicht bei einem solchen Anlass.

Wir kannten uns dreißig Jahre, aber von den Anfängen abgesehen war es uns lange Zeit nur auf Reisen gelungen, unbeschwert miteinander zu sein, und mit der Rückkehr in den Alltag hatten wir einander verloren. Lars hatte behauptet, es läge an mir, an meinem Mangel an Vertrauen, meiner fehlenden Zuversicht und dem zugleich angestrengten Bemühen, die Welt heil und verheißungsvoll erscheinen zu lassen. Als wäre ich noch immer am Anfang, hätte das eigentliche Leben noch vor mir.

Er selbst hingegen war mittendrin, ständig in Bewegung, lebhaft, zielstrebig. Im Grunde war er in jeder Hinsicht das Gegenteil von mir, einen halben Kopf kleiner, ein Jahr jünger und überschäumend vor Energie. Manchmal ließ ich mich davon anstecken, manchmal fand ich ihn kindisch, fühlte mich überlegen und zog mich in mein Gehäuse zurück. Und obwohl wir in den letzten Jahren zu einem vergleichsweise stabilen Miteinander gefunden hatten, kam eine feste Beziehung im üblichen Sinne für mich nicht in Betracht. Ich ließ mir immer einen Rückzug offen, wollte jeder Zeit aussteigen können, ohne mich erklären zu müssen. Warum das so war, konnte ich selbst nicht sagen.

Ich hatte den Garten hinter mir gelassen, bog ums Haus und betrachtete noch immer gedankenverloren die verwahrloste Terrasse und die Fassade. Die ehemals weiß gekalkte Ziegelmauer reichte nur bis zum ersten Stock, darüber war die Hauswand mit Holz verschalt und in dem gleichen verblichenen Grün gestrichen wie die Gartenmöbel. Nur das flache Satteldach aus schwarzem Welleternit war offenbar vor Kurzem erneuert worden.

Das Haus lag still im Nachmittagslicht, keine Spur von dem Wirt und der Frau. Ich überlegte, was ich jetzt anfangen sollte. Ich war hungrig. Seit dem Frühstück hatte ich nichts gegessen. Auf meinem Spaziergang hatte ich ein paar hundert Meter weiter in der Nähe der Fährstation ein Café entdeckt, das einladend aussah, eine umgebaute Scheune mit einer Terrasse, von der aus man aufs Wasser sah. Noch war es warm genug, um draußen zu sitzen, aber ich sollte mich beeilen. Lars konnte ich auch später noch anrufen, und mein Zimmer abzuschließen hatte sich ja ohnehin als sinnlos erwiesen.

Als ich mich zum Gehen wandte, ließ eine kaum wahrnehmbare Bewegung hinter dem weinumrankten Aquariumsfenster mich innehalten. Ich erschrak. Was taten sie dort? Beobachteten sie mich? Dann nahm ich mich zusammen, trat dicht an das Fenster und sah hinein. Der Schankraum war leer. Fast im selben Augenblick hörte ich hinter dem Haus einen Wagen anspringen. Ich lief um die Ecke und sah gerade noch, wie die beiden in einem alten Kastenwagen davonfuhren.

Nach kurzem Zögern wandte ich mich zur Eingangstür, aber das Haus war verschlossen. Ich hätte nicht einmal meine Sachen holen und abreisen können. Und außerdem verwahrte der Wirt ja noch immer meinen Ausweis. Einer plötzlichen Eingebung folgend lief ich zu dem Komposthaufen am Ende des Gartens. Ich grub mit beiden Händen, wühlte in Laub, Unkraut und Küchenabfällen, atemlos vor Erregung.

Es war ein kleines, mit ungefärbtem Leinen bespanntes Fotobuch. Ich schlug es auf. Blätterte. Wie hatte ich so blind sein können. Die Hände. Die knappen, präzisen Bewegungen, als er mir den Zimmerschlüssel über den Tresen schob. Die veränderte Stimme, als er mir im Treppenhaus hinterher rief, ob alles in Ordnung sei. Da hatte er meinen Ausweis angesehen. Da hatte er gewusst, wer ich war. Und sein Gesicht am nächsten Morgen. Ich hatte ihn nicht erkannt. Noch immer nicht. Bis eben nicht. Aber warum hatte er nichts gesagt? Warum diese Geheimnistuerei, dieses feindselige Misstrauen? Und was hatte er in meinem Zimmer gesucht? Ich sah mich um. Jetzt hatte ich Angst. Sie konnten jeden Moment zurückkommen.

2

„Bleib, wo du bist", sagte Lars, als ich ihn von dem Scheunencafé aus angerufen, und ihm in knappen Worten von meiner Entdeckung berichtet hatte. „Ich komme da hin, dann holen wir zusammen deine Sachen."

Ich war zwar überstürzt aus dem Garten geflüchtet, aber jetzt, da ich in dem kleinen Café mit niedrigen Balken, Holztischen und einer gläsernen Kuchenvitrine schon ein Glas Wein getrunken hatte, fand ich seine Reaktion übertrieben. „Reg dich nicht auf", sagte ich. „Ich wollte nur –"

Er unterbrach mich: „Lena, ich habe kein Wort verstanden von diesem Klempner, den du als Kind gekannt hast, und von dem verschwundenen Jungen und irgendeiner obskuren Frau. Aber eins weiß ich: Wenn sie dein Zimmer durchsuchen, wenn der Kerl dich nach deinem Namen fragt, obwohl er längst deinen Ausweis hat, und wenn sie dann noch alles abschließen und einfach wegfahren, ist das verdammt noch mal Grund genug sich aufzuregen. Also entweder rufst du jetzt die Polizei, oder ich –"

„Okay, okay", sagte ich. „Keine Polizei." Ich kannte ihn gut genug, um zu wissen, dass er jetzt ohnehin nicht mit sich reden ließe, und versprach, an Ort und Stelle auf ihn zu warten. Neben dem Telefon lagen ein paar Prospekte, ich gab ihm die genaue Adresse und legte auf.

Er würde mindestens zwei Stunden brauchen. Ich sah mich in der niedrigen Gaststube um und empfand sie auf einmal als bedrängend. Draußen auf der Terrasse waren die Stühle längst hochgestellt. Ich zahlte und verließ das Café. Die Sonne stand nur noch knapp über dem Horizont, der Kanal sah aus wie eine offene Ader. Ich setzte mich auf eine Bank am Wasser und betrachtete noch einmal die Fotos in dem kleinen Album.

Auf den Bildern war der Junge zu sehen, immer wieder allein der Junge, blass und ein wenig verloren. All die Jahre über war er in meinen Träumen aufgetaucht, verworrene Träume von düsterem Ungestüm, sein Gesicht hell und flächig, schemenhaft. Doch in dem Augenblick, als ich das Album aufschlug, war sein Gesicht wieder da. Und mit dem Gesicht seine Hände, seine Haare, seine Haut, seine Wildheit, seine Scheu. Einen Sommer lang waren wir unzertrennlich gewesen.

Damals ließen meine Eltern neben der Küchenveranda ein überdachtes Schwimmbad anbauen. Und da die Handwerker schon einmal im Haus waren, sollten auch sämtliche Blei- gegen Kupferrohre ausgetauscht und die komplette Heizungsanlage erneuert werden. Dann hätten die ständigen Rohrbrüche endlich ein Ende. Meine Mutter zog sich gleich zu Beginn der Arbeiten nach Sylt zurück, wo sie ein Haus am Watt gemietet hatte, und den ganzen Sommer lang bekam ich sie nicht ein einziges Mal zu Gesicht.

Auch mein stattlicher Vater in seinem grauen Anzug ließ sich kaum mehr blicken, hauste die meiste Zeit in seiner vom Ruin bedrohten Fabrik bei Itzehoe. Noch ahnte niemand von seinen geschäftlichen Schwierigkeiten, noch wahrte er den Schein, die Arbeiten am Schwimmbad gingen weiter und manchmal tauchte er an der Seite des Architekten auf, um den Fortgang zu überprüfen. Er war jedoch nicht recht bei der Sache, wirkte zerstreut und besorgt. Und für mich, die ich in meinem raubeinigen Eigensinn nicht im Mindesten seinen Erwartungen entsprach, hatte er nicht einmal mehr das betrübte Befremden übrig, mit dem er mich sonst gelegentlich bedachte.

Ich war es gewohnt, dass meine Eltern mir tagelang keine Beachtung schenkten, weil ihre gesellschaftlichen Verpflichtungen ihnen wenig Raum ließen für privates Leben. Aber in diesem Sommer schienen sie mich vollständig vergessen zu haben und ich blieb der Obhut der blau beschürzten Hausmädchen überlassen. Sie kamen alle vom Land, weil meine Mutter der Ansicht war, Landmädchen seien reinlich, robust und anspruchslos. Da die meisten von ihnen dieser Vorstellung nicht gerecht wurden, wechselten sie häufig und ich hütete mich davor, zu der einen oder anderen eine besondere Zuneigung zu fassen. Ich behandelte sie hochfahrend und kühl, ließ mir nichts von ihnen sagen, und so war es kein Wunder, dass sie mich nicht leiden konnten. Das glaubte ich zumindest.

In der Schule – damals ging ich in die zweite Klasse – war es kaum anders. Ich ließ niemanden an mich heran, begegnete meinen Klassenkameraden ängstlich und aufbrausend zugleich, und bald machten sie einen großen Bogen, wenn ich mit hoch erhobenem Kopf und verächtlich gespitztem Mund daherkam. Ich hatte keine Freunde. Eigentlich hatte ich niemanden. Der einzige Mensch, dem ich mich anschloss, war Herr Schmidt. Ich wachte eifersüchtig darüber, dass niemand sonst ihm zu nah kam. Während der Bauarbeiten war er jeden Tag im Haus, und als die großen Ferien anfingen, wich ich keinen Schritt mehr von seiner Seite. Bis er eines Morgens den Jungen mitbrachte.

Zunächst bemerkte ich ihn gar nicht. Herr Schmidt zog den Werkzeugkasten mit einem metallischen Knirschen von der Ladefläche, und ich war eben im Begriff, die große Rohrzange zu schultern, die schon bei den Schellen und Kupferrohren vor der Küchenveranda lag, da kam auf einmal der Junge aus der Fahrerkabine geklettert. Als Erstes sah ich seine dünnen, schlohweißen Beine, dann folgte eine kurze Hose in verwaschenem Blau, ein zugeknöpftes blaues Hemd mit kurzen Ärmeln und endlich ein Kopf mit hellen, gleichmäßig geschorenen Haaren. Sein Gesicht war so weiß wie seine Beine, ernst und irgendwie erwachsen.

Ich betrachtete ihn misstrauisch. Eine blasse Spinne. Ein Stubenhocker. Was hatte Herr Schmidt sich bloß dabei gedacht, diesen Wicht mitzubringen, dessen Scheitel mir schätzungsweise gerade mal bis zur Nasenspitze reichte? Sollte ich etwa mit ihm spielen? Ich spielte grundsätzlich nicht mit anderen Kindern, hatte längst aus der Not eine Tugend gemacht und erfand mir meine Freunde selbst.

Und jetzt war da dieser Junge, der kein Wort sprach und Herrn Schmidt mit gesenktem Blick durch die Küche und in den Keller folgte. Ich versuchte, ihn zu ignorieren, so zu tun, als sei alles wie immer, aber nichts war wie immer, am allerwenigsten Herr Schmidt. Er sprach gleichfalls kein Wort, sah weder mich noch den Jungen an und breitete mit fahrigen Bewegungen sein Werkzeug aus. Ich mühte mich eifrig, ihm zur Hand zu gehen, damit der Junge mir ja nicht zuvorkam. Aber der dachte gar nicht daran und hielt sich dicht bei der Tür, die über eine Außentreppe in die Küchenveranda und von dort ins Freie führte. Kaum hatte Herr Schmidt sie aufgeschlossen, um fehlendes Werkzeug aus dem Wagen zu holen, drängelte der Junge sich an ihm vorbei, flitzte nach oben und war nirgends mehr zu sehen, als auch wir oben anlangten.

Herr Schmidt ging ums Haus, auf die große Terrasse an der Vorderseite, von wo aus man einen weiten Blick ins Tal und auf den Fluss hatte. Der Hang war mit Gras und Heide bewachsen, eine breite Schneise, gesäumt von hohen Blutbuchen auf der linken und aufgeschossenem Gebüsch auf der rechten Seite. Auf halber Höhe ragte eine mächtig ausladende Kiefer ein Stück weit in die Schneise hinein. Er formte die Hände zum Trichter, legte sie an den Mund und rief gedehnt: „Oliver!“ So erfuhr ich, wie der Junge hieß.

Aber er kam nicht. Er ließ sich den ganzen Tag über nicht blicken, sooft Herr Schmidt auch besorgt nach ihm Ausschau hielt, und als wollte er sich selbst beruhigen, grummelte er jedes Mal: „Der kommt wieder. Wenn er Hunger hat, kommt er wieder.“ Erst am Nachmittag, als es an der Zeit war, Feierabend zu machen, lehnte der Junge blass und schmächtig am roten Kastenwagen, als sei nichts geschehen. Ohne ein Wort des Tadels strich Herr Schmidt ihm über das kurz geschorene Haar. Ich brannte vor Eifersucht und hätte diesem nichtsnutzigen weißen Bengel am liebsten ins Gesicht gespuckt. Er verschwand im Wagen, und ich atmete auf. Das wäre überstanden.

Aber nichts dergleichen. Am nächsten Tag war er wieder da und an allen folgenden auch. Er stieg nicht einmal mehr mit uns in den Keller hinab. Er rannte davon, kaum war er aus dem Kastenwagen geklettert, und Herr Schmidt machte keinerlei Anstalten, ihn daran zu hindern. Für mich änderte das nichts. Ob der Junge fortrannte oder blieb, seine Anwesenheit ließ sich nicht wegdenken, und er machte alles kaputt.

Irgendwann versuchte ich mir vorzustellen, was er da draußen bis zum Nachmittag tat, und da wurde es noch schlimmer. Der große Park war mein Revier. Er gehörte mir und meinen erfundenen Freunden. Ich kannte jeden Baum, jeden Strauch, jedes Erdloch und jeden Kriechgang in dem halbhohen Kieferngehölz hinter den Blutbuchen. Der Gedanke, dieser quengelnde Blässling – in Wahrheit hatte ich noch keinen Ton von ihm vernommen – könnte ungestört überall dort umherstreifen und meine geheimsten Plätze erkunden, war mir unerträglich.

Am vierten Morgen schließlich hielt ich es nicht mehr aus, und als der Junge losflitzte, rannte ich ihm hinterher. Er war schnell. Damit hatte ich nicht gerechnet. Nach wenigen Minuten verlor ich ihn aus den Augen. Ich musste lange suchen, und als ich ihn endlich ein ganzes Stück hinter den Blutbuchen entdeckte, lehnte er reglos an einen Baumstamm oberhalb einer von Wurzelwerk und Stumpen übersäten Schneise, die man vor einiger Zeit in das Kieferngehölz geschlagen hatte.

Er starrte ins Tal hinab und bemerkte mich nicht, bis ich nur noch wenige Meter von ihm entfernt war. Wahrscheinlich dachte er, ich hätte die Verfolgung längst aufgegeben. „He!“, rief ich. Er zuckte zusammen, duckte sich und spannte die Muskeln. „Ich tu dir nichts“, sagte ich gönnerhaft und trat näher. Er fauchte, hob die Hände, krümmte die Finger. Ich streckte den Arm aus und wollte ihm über das kurz geschorene Haar streichen, wie Herr Schmidt es am ersten Tag getan hatte. Da sprang er los. Er krallte sich an meinen Schultern fest, schlang die Beine um meine Kniekehlen, so dass ich einknickte, und dann rollten wir mit verschränkten Gliedern den Hang hinab, bis einer der Stumpen uns aufhielt. Der Junge lockerte seinen Griff, rückte ein Stück von mir ab und sah mich erschrocken an.

„Du bist stark“, sagte ich, immer noch überrascht.

„Du auch.“ Zum ersten Mal hörte ich seine Stimme. Sie klang heiser und hell. Ich stand auf und schlug mir den Schmutz von der Hose.

„Stehst du immer nur blöd in der Gegend rum und glotzt?“ Jetzt gab ich mir Mühe, meine Stimme verächtlich klingen zu lassen. Er reagierte nicht, hielt den Blick gesenkt. „Sprung in der Schüssel oder was?“ Auf den Ausdruck war ich ziemlich stolz. Wieder nichts. Ich wartete, unschlüssig, was ich als Nächstes tun oder sagen sollte. Nach einer Weile hob er den Kopf und blickte mich an. Seine Augen sahen irgendwie wässrig aus, aber er weinte nicht. „Warum willst du mir wehtun?“, fragte er.

Ich fand, dass ich allen Grund dazu hatte, aber die Art, wie er es sagte, beschämte mich. Eine Weile standen wir einander stumm gegenüber. Dann gab ich mir einen Ruck. „Komm“, sagte ich. „Ich zeig dir was.“

Er blieb scheu, aber er lief nicht mehr davon. Nur manchmal stürmte er den Hang vor dem Haus in einer Weise hinab, die mir Angst machte. Dort gab es zwar keine Kiefernstumpen, über die man hätte stolpern können, aber der Junge flog mehr als dass er lief, und seine Spinnenbeine schienen kaum den Boden zu berühren. Irgendwo in der Mitte des Hangs, wenn er die größte Geschwindigkeit erreicht hatte, stieß er einen heiseren Schrei aus. Es klang wie der Ruf des Bussards. Unten wartete er auf mich, und dann leuchteten seine Augen und sein Gesicht sah anders aus, weniger ernst und weniger erwachsen.

Am blauen Resopaltisch gab es nur noch ein einziges Thema: Wer war dieser Junge, und warum brachte Herr Schmidt ihn mit? Die drei Mädchen steckten die Köpfe zusammen, und das Getuschel nahm keine Ende. Seit meine Eltern fort waren, taten sie nichts anderes, als tagsüber rauchend in der Küche und abends im zweiten Stock vor dem Fernsehapparat zu hocken. Bis zu den Ferien hatten sie noch darauf geachtet, dass ich pünktlich und sauber zur Schule kam und dreimal am Tag zu essen kriegte, aber dann ließen sie mich ziehen, wie es mir gefiel. Wenn ich Hunger hatte, brieten sie mir ein paar Eier, und abends konnte ich mich zu ihnen gesellen und von den belegten Broten essen, die sie zum Fernsehen mit nach oben nahmen.

Für Herrn Schmidt interessierten sie sich schon lange und wetteiferten um seine Gunst. Der hübsche junge Klempner hatte es ihnen angetan, und alle drei stellten sie ihm nach, kicherten und kriegten rote Köpfe, wenn sie mit ihm sprachen, und suchten jede für sich irgendwelche Vorwände, um nach unten in den Keller zu laufen und ihm dort womöglich allein zu begegnen. Damit war jetzt Schluss. Die Tatsache, dass Herr Schmidt sich nichts als spröde Andeutungen über den Jungen und seine Beziehung zu ihm entlocken ließ, schweißte die Mädchen zusammen. Gemeinsam heckten sie allerlei Finten aus, um ihn zu überrumpeln, aber Herr Schmidt war auf der Hut und murmelte nur irgendetwas von seiner süddeutschen Verwandtschaft.

Schließlich nahmen sie sich den Jungen selbst vor. Sie schmeichelten ihm und lockten ihn mit Leckerbissen, die er schon bald bereitwillig entgegennahm. Auf einmal gab es wieder jeden Mittag warmes Essen, sie kochten seine Lieblingsgerichte, was ihm offenkundig gefiel, aber reden tat er nicht, so sehr sie ihn auch mit Fragen löchern mochten.

Mir war es gleich. Plötzlich hatte ich einen Freund. Ich wollte gar nicht wissen, woher er kam und wohin er ging. Solange er nur zurückkehrte. Jeden Morgen wartete ich mit einem leisen Bangen auf den Kastenwagen. Und jedes Mal, wenn er aus der Fahrerkabine kletterte, war ich erstaunt über seinen Anblick. Er hatte seine krankhafte Blässe verloren, wirkte größer und kräftiger, als hätten die frische Luft und das gute Essen über Nacht angeschlagen.

Das Einzige, was mich in dieser ersten Zeit gelegentlich betrübte, war mein verändertes Verhältnis zu Herrn Schmidt. Seit der Junge da war, schien er jedes Interesse an mir verloren zu haben. Aber dann, es muss etwa zur Hälfte der großen Ferien gewesen sein, nahm er mich eines Morgens beiseite. Er fragte mich, ob ich mir vorstellen könnte, dass der Junge, also der Oliver, mal ein paar Tage ganz dabliebe, ja, auch über Nacht. Ich wüsste doch sicher ein gutes Versteck. Es sei nämlich besser, wenn niemand davon erführe. Schon der Mädchen wegen. Die würden ihm, Herrn Schmidt, ja sonst gleich wieder ein Loch in den Bauch fragen. „Niemand, Zwerg, hast du verstanden?“ Zum ersten Mal nannte er mich wieder Zwerg. Ich nickte eifrig, und da strich er mir über den Kopf, wie er es sonst nur bei dem Jungen tat.

Später hockten wir zu dritt im Keller, eine kleine eingeschworene Gemeinschaft. Ich kam mir ungemein wichtig vor und redete drauflos, der Junge wirkte auf einmal wieder verschreckt und blass, und Herr Schmidt rauchte eine Zigarette. Das hatte er noch nie getan. Als Erstes schlug ich den Spitzboden vor, den niedrigen Hohlraum zwischen Dachboden und First, wo außer dem Schornsteinfeger niemand hinkam. Es gab sogar eine Fensterluke und mittags schien die Sonne herein. Dort hatte ich mir schon früher aus alten Matratzen, Kissen und Decken ein Lager eingerichtet, aber der Junge lehnte es rundweg ab, über Nacht im Haus zu bleiben. Auch ins Treibhaus im Gemüsegarten wollte er nicht, obwohl es dort im Heizungskeller immer warm war. Die Kiefernhöhle jenseits der Blutbuchen, die ich ihm gleich zu Anfang gezeigt hatte, fand endlich seine Zustimmung. Herr Schmidt ging wieder an die Arbeit, der Junge und ich schleppten Kissen und Decken vom Spitzboden zur Höhle und bauten ein Bett aus Heide. Es war gemütlich. Nur regnen durfte es nicht.

Von da an stieg er jeden Nachmittag wie gewöhnlich in den roten Kastenwagen und fuhr mit Herrn Schmidt davon – nur um wenige Minuten später durch die von Buschwerk verborgene Milchpforte wieder in den Park zu gelangen. Dort wartete ich auf ihn. Wir schlichen auf einem schmalen Weg zur Auffahrt, huschten geduckt an den Schattenrändern der Rabatten entlang, schlugen einen weiten Bogen ums Haus und erreichten ungesehen die Höhle.

Morgens machte er allein den umgekehrten Weg, und eine Zeit lang ging alles gut. Die Nächte waren warm, im Garten gab es Beeren, Pflaumen und die ersten sauren Äpfel, ich stibitzte allerlei Reste aus dem Kühlschrank, und bald gewöhnte ich mir an, spät noch einmal aus dem Haus zu schleichen und dem Jungen ein paar von den belegten Broten zu bringen, die ich abends mit den Mädchen vor dem Fernseher aß, und von denen immer welche übrig blieben. Trotz des reichlichen Mittagessens hatte er ständig Hunger.

Solange ich selbst noch draußen war, schien es mir ganz in Ordnung, dass er in der Höhle schlief. Aber später, wenn ich in meinem Bett lag und den Wind in den Bäumen hörte und das Tuten der Schiffe vom Fluss, war der Gedanke unheimlich. Wie mochte er sich fühlen, allein in der Dunkelheit, umgeben von all den unbekannten Geräuschen? Hatte er Angst? Warum war er nicht zu Hause in seinem Bett? Das war nicht bloß ein Spiel. Irgendetwas steckte dahinter.

Einmal fragte ich: „Hast du keine Mutter?"

„Nein", sagte er.

„Blödsinn. Jeder hat eine Mutter."

„Warum fragst du dann?" Ich gab mich geschlagen, aber nach ein paar Tagen fing ich von Neuem an.

„Und was ist mit Herrn Schmidt?"

„Was soll mit ihm sein?"

„Ist er dein Onkel oder so?"

„Herr Schmidt ist Herr Schmidt."

„Aber ihr seid doch irgendwie verwandt. Das hat er selbst gesagt. Verwandtschaft aus Süddeutschland."

Er zuckte die Achseln. „Was geht dich das eigentlich an?"

Ich erschrak. Wir hatten noch nicht ein einziges Mal gestritten. „Tut mit leid", sagte ich, „aber wenn er nicht dein Onkel ist –"

„Schon gut. Er ist ja mein Onkel. Was denn sonst." Er lachte, aber es klang nicht ganz echt. Ich wagte nicht, noch einmal nach seiner Mutter zu fragen.

Wenig später flog die Sache auf. Eines der Hausmädchen – ich glaube, es war Gudrun – beobachtete den Jungen früh am Morgen auf dem Weg zur Milchpforte. Als der rote Kastenwagen ein paar Minuten darauf die Auffahrt hochkam, stand Gudrun vor der Küchenveranda, die Hände in die Hüften gestemmt. Herr Schmidt wurde an den blauen Resopaltisch zitiert und sollte endlich Rede und Antwort stehen.

Er grummelte. Er bat um eine Zigarette. Schließlich räusperte er sich und erklärte, der Junge sei der uneheliche Sohn seiner älteren Schwester. Der leibliche Vater, ein lausiger Nichtsnutz, sei nach Jahren plötzlich wieder aufgetaucht und auf einmal hinter dem Jungen her wie der Deibel hinter der armen Seele. Vor ein paar Monaten hätte er rausgekriegt, dass Oliver und seine Mutter bei ihm, Herrn Schmidt, Zuflucht gefunden hätten. Nun sei seine Schwester krank vor Angst, und sie hätten beschlossen, den Jungen für eine Weile verschwinden zu lassen.

Wir hockten unter dem Tisch in der Küchenveranda und horchten. Ich weiß noch, dass Herr Schmidt diese Worte gebrauchte, ‚verschwinden lassen', und dass ich das lustig fand, weil es mich an Zauberer, Zylinder und weiße Kaninchen erinnerte. Später, als ich dem Jungen gegenüber eine entsprechende Bemerkung machte, wurde sein Gesicht weiß wie zu Anfang des Sommer. Rasch hob er den Finger und legte ihn an meine Lippen. Ich zuckte erschrocken zurück. Er hatte mich noch nie so berührt. Einige Wochen darauf verschwand er wirklich. Von einem Tag auf den anderen. Und mit ihm Herr Schmidt.

Die Sonne war untergegangen, der Kanal, dunkel und träge, verlor sich irgendwo im lichteren Grau zwischen Himmel und Land. Nur die roten und grünen Lichter der hoch aufragenden Signalleuchten, die aussahen wie eine überdimensionierte Ampelanlage für den Schiffsverkehr, hoben sich deutlich von dem diffusen Hintergrund ab. Die Kälte kroch mir unter die Haut und ich spürte das gleiche dumpfe Unbehagen, das mich jedes Mal überkam, wenn ich an das Ende jenes Sommers zurückdachte, ein Gefühl von Schuld, Bitterkeit und Furcht, das ich mir selbst nicht erklären konnte.

Und jetzt, nach all den Jahren, hatte ich auf einmal diese Fotos in der Hand. Fotos, die Herr Schmidt vor mir hatte verbergen wollen. Die Frau musste seine Schwester sein, Olivers Mutter. Ich hätte nie gedacht, dass der Junge, klein wie er damals war, so eine große Mutter hatte. Aber wer weiß, wie er heute aussah. Was mochte aus ihm geworden sein? Und wie kam es, dass ich mich das noch nie gefragt hatte? Womöglich lebte er irgendwo hier in der Nähe. Der Gedanke war erregend. Ich würde es in Erfahrung bringen, obgleich Herr Schmidt aus unerfindlichen Gründen etwas dagegen zu haben schien. Oliver. Plötzlich empfand ich etwas wie Sehnsucht.

Ich stand auf, steif vor Kälte. Ich dachte, dass ich das kleine Album so schnell wie möglich dorthin zurückbringen sollte, wo ich es gefunden hatte. Ich wollte Herrn Schmidt in dem Glauben lassen, ich hätte ihn nicht erkannt. So konnte ich vielleicht eher herausfinden, was er vor mir verbergen wollte und wovor er sich fürchtete. Wenn ich mich beeilte, wäre ich zurück, ehe Lars beim Café eintraf.

Im Schankraum brannte Licht. Ich stand an der halbhohen, moosbewachsenen Ziegelmauer, die die Terrasse umgab, spähte durch das Panoramafenster und stellte zu meinem Erstaunen fest, dass vier oder fünf Männer um den Stammtisch saßen, rauchten und Karten spielten. Herr Schmidt stand hinter dem Tresen und zapfte Bier. Erleichtert ging ich ums Haus in den Garten. Ich hatte den Komposthaufen beinahe erreicht, als hinter mir jemand sagte: „Geben Sie es mir – bitte. Es ist das Einzige …, das Einzige, was ich von ihm habe."

Ich erkannte sie sofort, obgleich sie in meiner Gegenwart noch kein Wort gesprochen hatte. Ihre Stimme klang stockend und so, als machte sie nur selten davon Gebrauch. Langsam drehte ich mich um. Sie trat auf mich zu und ergriff meine Hände. „Bitte!" Im Halbdunkel sah ich ihr Gesicht zum ersten Mal aus der Nähe, die kleinen Fettpolster auf den Wangenknochen, die schwarzblauen Ringe unter den Augen. „Ich werde meinem Bruder nichts sagen, ich nicht."

„Sind Sie – sind Sie die Mutter von Oliver?"

Sie nickte.

„Wissen Sie, dass ich damals mit ihm – ?"

Sie nickte wieder.

„Mein Gott, das ist ja –, können Sie mir sagen, wo er ist, ich meine, wo er jetzt lebt?"

Sie schüttelte heftig den Kopf.

Ich zog das Album aus meiner Umhängetasche. „Wenn Sie mir sagen, wo ich ihn finden kann, dann gebe ich Ihnen die Fotos."

Sie duckte sich leicht zur Seite, als wollte sie davonlaufen, aber dann schob sie ihr Gesicht halb von unten nah an meines heran. Ich konnte ihren Atem riechen. Sie hatte getrunken. Und sie hatte Angst. Ein verzweifeltes Flehen lag in ihrem Blick. „Amerika. Er ist in Amerika. Er wollte …, er hat …, ich weiß nicht … bitte. Geben Sie mir die Bilder, und gehen Sie weg. Und kommen Sie nie wieder. Ich werde meinem Bruder nichts sagen."

„Aber warum –" In diesem Moment wurde die Küchentür aufgestoßen. Ich erschrak, und sie nutzte meine Verblüffung, um mir das Album mit einer raschen und zugleich sanften und beinahe entschuldigenden Bewegung aus der Hand zu winden.

„Adele!", rief Herr Schmidt, der hochgewachsen und schmal und dunkel in dem hell erleuchteten Rechteck stand. „Adele, was machst du da?"

Sie verbarg das Album in ihrer Kittelschürze und lief in Trippelschritten, die sich merkwürdig ausnahmen bei ihrer Größe, in Richtung Küchentür, wobei sie eine einfache, sich wiederholende Tonfolge summte. Ich stand still und sah zu, wie Herr Schmidt sie ins Haus zog. Dann schloss er die Tür und schob von innen geräuschvoll einen Riegel vor. Ich wandte mich zum Gehen.

Die Leuchtstäbe entlang des Kanals glimmten orangefarben. Das Scheunencafé hatte geschlossen, aber drinnen war noch Licht. Ich klopfte ein paarmal laut ans Fenster, ohne Erfolg. Als ich ums Haus ging, um eine Hintertür ausfindig zu machen, entdeckte ich Lars' Wagen auf dem Parkplatz. Er selbst war nirgendwo zu sehen. Ich lehnte mich an die Wagentür und wartete. Nach einer Weile tauchte er auf, wie immer mit einer Kamera in der Hand. Er winkte, als er mich sah, und rief: „Die Lichterketten da am Kanal, absolut fantastisch!" Der Anblick schien seine Sorge um mich gänzlich zerstreut zu haben. Und dann stand er vor mir, klein, kraftvoll und unversehrt mit seinem fragenden und zugleich triumphierenden Lächeln. „Da bin ich."

„Gott sei Dank." Mit einem erleichterten Seufzer legte ich meinen Kopf auf seine Schulter. Er lachte leise.

Im Wagen versuchte ich noch einmal, ihm in wenigen Worten zu erklären, was geschehen war und wie die Dinge zusammenhingen – sofern ich es denn selbst begriff. Lars schüttelte nachdenklich den Kopf: „Seltsame Geschichte", sagte er dann. „Warum hast du mir eigentlich nie von diesem Herrn Schmidt und dem Jungen erzählt?"

„Hab ich das nicht?"

„Verstehe." Er schwieg einen Moment lang. Dann fragte er sachlich: „Und was erwartest du jetzt von mir?"

„Es war deine Idee, hierher zu kommen." Lars startete den Wagen, fuhr aber nicht los. „Okay", sagte ich, „tut mir leid. Ich weiß selbst nicht, ich – ich weiß nicht einmal mehr, was damals eigentlich passiert ist. Ich verstehe das alles nicht. Ich kann mich nicht erinnern. Und etwas an der Geschichte macht mir Angst." Ich holte tief Luft. „Auf jeden Fall würde ich gern herausfinden, was aus Oliver geworden ist."

„Na dann", sagte Lars, auf einmal munter, „begeben wir uns am besten gleich in die Höhle des Löwen. Kriegt man da was zu essen? Und – kann ich bei dir schlafen?" Die kurze Verstimmung war wie fortgeblasen. Er verblüffte mich immer wieder.

„Ich denke schon", sagte ich vage. „Und im Übrigen: fünf Bier sind auch ein Schnitzel."

Wir kriegten richtige Schnitzel, und sie waren vorzüglich. Falls Herr Schmidt mich vorhin im Garten gesehen haben sollte oder von meinem Zusammentreffen mit Adele wusste, ließ er es sich nicht anmerken. Ich vermutete allerdings, dass sie Stillschweigen bewahrt und nur die Fotos in Sicherheit gebracht hatte.

Wir tranken viel, und wir redeten viel. Lars, der auf dem Land aufgewachsen war, schien sich hier zu Hause zu fühlen. Im Gegensatz zu mir erzählte er gern von seiner Kindheit. Er liebte und bewunderte seine Mutter. Sie hatte ein kleines Gemüsegeschäft betrieben und ihn und seine fünf jüngeren Geschwister nach dem frühen Tod des Vaters mit Obst und Kartoffeln und Kohl großgezogen. Fleisch hatte er erst spät kennengelernt und anfänglich nicht gemocht.

Jetzt lobte er überschwänglich das Schnitzel und entlockte Herrn Schmidt ein Lächeln, in dem ich einen Moment lang die Züge des jungen Klempners von damals zu erkennen meinte. Lars gab sich ausgelassen, tauschte scherzhafte Bemerkungen mit den Kartenspielern, die uns anfangs skeptisch beäugt hatten, und ich wusste genau, was er vorhatte. Unzählige Male hatte ich beobachtet, wie er wildfremde Menschen umgarnte und für sich einnahm, um sie dann überraschend mit seiner Kamera zu konfrontieren. Wenn es um seine Arbeit ging, verlor er jede Scheu.

An diesem Abend setzte er auf die Kartenspieler, die, wie sich später herausstellte, bis auf einen jungen Maurergesellen alle bei der Schiffslenkung in Brunsbüttel beschäftigt waren und dafür sorgten, dass der Schiffsverkehr auf dem Kanal reibungslos ablief und die großen Überseefrachter in den dafür vorgesehenen Ausweichbuchten den Gegenverkehr abwarteten, ehe sie den nächsten Abschnitt passierten. Sie stellten die roten und grünen Signalleuchten und waren ständig über Funk mit dem Lotsen in Kontakt, der in Brunsbüttel oder Kiel-Holtenau an Bord ging und das Schiff durch den gesamten Kanal geleitete.

Wenn die Kartenspieler zustimmten, so kalkulierte Lars offenbar, konnte Herr Schmidt schlecht etwas dagegen haben, dass er Fotos machte. Aber ehe es dazu kam, ging die Küchentür auf, und heraus trat Adele. Ich hielt den Atem an. Sie hatte sich zurechtgemacht, trug schwarze lange Hosen und eine weite rote Bluse mit einer Kragenschleife, die ihre Nackenwölbung verdeckte, und sah auf eigenartige Weise schön aus. Sie bewegte sich selbstverständlich auf den Stammtisch zu, um ihre Lippen spielte ein abwesendes Lächeln, und im Raum war es sehr still. Da stand Lars auf, ging zu ihr hin und reichte ihr die Hand. „Guten Abend“, sagte er. „Ich bin Lars Feldmann, darf ich ein Foto von Ihnen machen?“

Er machte unzählige Fotos und spendierte unzählige Runden. Anfangs war Adele unsicher und ein wenig linkisch, aber bald posierte sie mit kindlichem Vergnügen. Sie wich auch nicht länger meinem Blick aus, sondern lächelte mir zu, halb entschuldigend und halb vertraulich. Sprechen tat sie so gut wie gar nicht, sagte nur hin und wieder danke, wenn jemand ihr ein Glas reichte. Jetzt trank sie allerdings kaum etwas, und den Korn von Lars wies sie freundlich zurück. Ich konnte den Blick nicht von ihr abwenden. Mit jedem Klicken der Kamera wurde sie anziehender. Sie musste einmal schön gewesen sein, aber sie schien sich dessen nicht bewusst. Als Lars ihr irgendein Kompliment machte, ruckte sie den Kopf, unwillig, einen Moment lang verstimmt.

Die Kartenspieler johlten. Sie wollten selbst ins Bild. Nur Herr Schmidt verschanzte sich mit einem gequälten Gesichtsausdruck hinter dem Tresen, wo er allerdings auch alle Hände voll zu tun hatte. Irgendwann fasste er sich ein Herz, nahm Lars beiseite. „Das regt sie zu sehr auf“, sagte er mit einem Nicken in Richtung Adele. „Sie ist nicht gesund. Bitte übertreiben Sie es nicht."

„Ich glaube eher, dass es Ihrer Frau Spaß macht!", gab Lars unbefangen lachend zurück. Herr Schmidt wurde rot und schüttelte den Kopf. „Schon gut", sagte Lars. „Wir machen gleich Schluss."

Aber er fotografierte weiter. Wir hatten alle zu viel getrunken. Ich ging auf sein spielerisches Manöver ein und fragte den jungen Maurer, ob die Wirtsleute verheiratet seien. „Ach was", sagte er. „Die sind bloß so zusammen. Aber schon ewig."

„Und haben sie Kinder?" Er sah mich misstrauisch an.

„Warum wollen Sie das wissen?"

„Einfach so."

„Dann fragen Sie sie doch selbst." Ehe ich ihn daran hindern konnte, winkte er Herrn Schmidt herbei und sagte laut: „Die Dame möchte wissen, ob ihr Kinder habt, die Adele und du."

Die Kamera blitzte. „Nicht!", rief ich. Zu spät. Adele hob die Hände vors Gesicht und verschwand in die Küche. Herr Schmidt packte Lars bei den Schultern und schüttelte ihn. Ein älterer Mann von der Schiffslenkung, der den ganzen Abend wenig gesagt hatte, trat dazwischen.

„Lass gut sein, Hans, lass gut sein. Er gibt dir den Film auch so." Und an Lars gewandt: „Oder ist das eine Digitalkamera?" Lars schüttelte den Kopf. „Na dann her mit dem Film." Er streckte den Arm aus.

Lars hielt die Kamera mit beiden Händen schützend an seinen Körper.

„Gib ihm den Film", sagte ich. „Bitte." Widerstrebend öffnete er die Klappe, löste die etwa zur Hälfte abgespulte Rolle aus der Halterung und zog den belichteten Streifen nach.

„Die anderen auch", sagte der Mann. Lars holte drei Filmhülsen aus der Hosentasche.

„Darum geht es doch gar nicht", murmelte Herr Schmidt, aber der selbsternannte Schlichter schenkte ihm keine Beachtung.

„Sind das alle?" Lars nickte. Seine Lippen waren schmal.

Aus der Küche hörte man leises Weinen. Herr Schmidt sah mich an. Seine wässrigen Augen waren beinahe farblos. „Sind Sie deshalb gekommen, Lena Vogel? Wollten Sie ihr Leben zum zweiten Mal zerstören?"

3

Am nächsten Morgen war der Schankraum sauber und gelüftet, aber mein Fenstertisch war nicht eingedeckt, und es roch auch nicht nach Kaffee. Ich wartete, rief ein paarmal hallo, und als Herr Schmidt endlich auftauchte, sprach er kein Wort, mied meinen Blick und machte sich hinter dem Tresen zu schaffen. „Glauben Sie mir", sagte ich, „es war ein Zufall. Ich hatte keine Ahnung, dass –"

Herr Schmidt schnaubte verächtlich. „Jemand wie Sie landet nicht zufällig an einem Ort wie diesem."

„Aber ich – "

„Bitte!" Er hob abwehrend die Hände.

„Was – was ist denn damals passiert?"

„Was glauben Sie denn? Man hat ihn ihr weggenommen. Sie wäre beinahe gestorben."

„Und dann war er bei seinem Vater?"

„Ach was, Vater." Er schüttelte unwirsch den Kopf. „Im Übrigen geht Sie das wohl kaum etwas an."

„Anscheinend ja doch. Wenn Sie meinen, ich sei schuld an – an was auch immer."

„Es ist besser, wenn Sie jetzt gehen."

„Können Sie mir nicht zumindest sagen, wo ich Oliver finden kann?"

Herr Schmidt gab keine Antwort, bückte sich und kramte wortlos in einer Schublade unter dem Schanktisch. Dann legte er meinen Ausweis auf den Tresen. „Vergessen Sie ihn nicht."

Ich wollte zahlen, aber er nahm kein Geld, weder für die Übernachtungen noch für Schnitzel und Bier. Er wollte mich offenbar so schnell wie möglich loswerden und schob mir mit einer knappen Bewegung meinen Ausweis zu. Ich betrachtete seine Hände. „Was haben Sie eigentlich in meinem Zimmer gesucht?"

„Den Grund. Den wahren Grund, warum Sie hier sind. Nach all den Jahren. Was Sie vorhaben. Ich wollte verhindern, dass alles wieder von vorn anfängt."

„Aber was denn, um Himmels willen? Ich weiß wirklich nicht, wovon Sie reden." Zum ersten Mal sah er mir in die Augen, und einen Moment lang dachte ich, er wollte mir etwas sagen, aber dann zuckte er die Schultern und schloss mit dem Knie energisch die Schublade unter dem Schanktisch. Die Biergläser über der Abtropffläche klirrten leise in ihren Halterungen.

Draußen auf dem Parkplatz saß Lars schon am Steuer und ließ das Fenster nach unten, als er mich kommen sah. „Nicht mal Frühstück", sagte er. „So ein Saftladen. Hast du mir nicht gestern von einem vorzüglichen Kaffee erzählt?" Er sah zerknittert aus. Dann rieb er sich die Augen, schlug sich mit den Handflächen leicht auf die Wangen und startete den Wagen. „Auf geht's zum nächstbesten Café. Fährst du mir nach?"

Wir hielten bei einem Imbiss an der Bundesstraße. Der Kaffee war lausig, abgestanden und bitter.

Lars verzog das Gesicht, ging zum Kühlschrank und nahm sich eine Cola. Dann fragte er: „Was hat dieser Schmidt eigentlich gestern gemeint? Wieso hast du Adeles Leben zerstört?“

„Wenn ich das bloß wüsste.“ Zögernd erzählte ich ihm von meinem dumpfen Unbehagen und dass ich mich einfach nicht erinnern könnte, was damals mit dem Jungen passiert sei. „Ich weiß nur noch, dass er plötzlich nicht mehr da war. Von einem Tag auf den anderen. Und dass Herr Schmidt dann auch nicht mehr kam. Und dass –“ Ich stockte. Lars sah mich aufmerksam an. Ich senkte den Blick. „Dass ich Angst hatte. Entsetzliche Angst. Und dass danach alles anders war.“

„Möchtest du denn mehr wissen?“

„Ich wüsste gern, was aus ihm geworden ist. Gestern dachte ich – also, ich dachte plötzlich, ich würde ihn gern wiedersehen. Klingt irgendwie verrückt, aber wir waren uns damals so nah.“ Ich versuchte, Lars zu erklären, was dieser Sommer mir bedeutet hatte und was so besonders gewesen war, aber es gelang mir nicht. „Es war wie ein Traum“, sagte ich schließlich. Und Lars sagte: „Aha.“

„Okay.“ Ich lachte und hob die Hände. „Vielleicht sollte ich es dabei belassen. Den Traum bewahren und nicht versuchen, ein Geschehen zu rekonstruieren, das dreieinhalb Jahrzehnte zurückliegt.“

„Dann wart ihr damals also acht?“

„Acht oder neun.“ Ich überlegte. „Ich muss in dem

Sommer neun geworden sein. Natürlich. Ich hatte immer in den Ferien Geburtstag, aber in dem Jahr haben wir ihn wohl alle vergessen."

„Wie traurig. Für ein Kind."

„Überhaupt nicht. Ich glaube, mit dem Jungen war ich jeden Tag glücklich."

Lars schüttelte den Kopf. „Mein Gott, Lena, wie du redest. Da könnte man glatt eifersüchtig werden."

„Auf einen achtjährigen Jungen? Du spinnst wohl!"

„So habe ich das nicht gemeint."

„Wie denn?"

„Ich hätte dich gern mal so gesehen – glücklich."

„Aber das hast du doch. Ich war oft mit dir glücklich. Nur anders eben. Erwachsen."

„Heißt erwachsen, unter Vorbehalt?" Ich wollte ihm die Hand auf den Arm legen, aber er zog ihn weg, stand auf und ging noch einmal zum Kühlschrank. Als er sich wieder zu mir umdrehte, hatte er seine Kamera in der Hand und fotografierte mich pausenlos, während er auf mich zukam. Früher hatte ich mich vehement gegen solche Angriffe gewehrt, mittlerweile war ich daran gewöhnt, und manchmal gefielen sie mir sogar.

Er legte die Kamera auf den Tisch und holte aus jeder Jackentasche eine kalte Cola. „Nachdurst", sagte er. „Du auch?" Dann fing er an, von Adele zu reden, ihrem Gesicht, ihren Augen, ihrem scheuen Liebreiz. „Sie ist unglaublich", sagte er, „aber natürlich schwer gestört. War sie damals auch schon so?"

„Keine Ahnung. Ich hab sie selbst gestern Morgen zum ersten Mal gesehen."

„Wie merkwürdig. Und der Junge war immer bei euch, Tag und Nacht?"

Ich nickte.

„Und seine Mutter war den ganzen Sommer nicht ein einziges Mal da?"

„Ich glaube nicht."

Lars zahlte Cola und Kaffee und wir gingen zum Parkplatz. Der Himmel war grau marmoriert wie die Zinkbaljen in der alten Waschküche meiner Eltern, der Wind hatte sich gelegt, und die feuchte Luft drang nach wenigen Schritten durch meine Kleider.

„Kalt", sagte ich.

„Kater", sagte Lars.

„Wohin fahren wir eigentlich?"

Überrascht sah er mich an. „Was hältst du von Odense? Soll hübsch sein. Außerdem hab ich gehört, dass Andersen da geboren ist. Wann noch mal? Ach ja, 1805." Er hielt mir die Beifahrertür auf.

„Musst du denn nicht nach Hamburg zurück?"

„Alles schon erledigt."

„Und mein Wagen?"

Er dachte kurz nach. „Frag doch mal da drin, ob du den ein paar Tage hier stehen lassen kannst."

Auf der Autobahn kam er noch einmal auf Adele zurück. „Sie ist also die Schwester von Herrn Schmidt, ja?"

Ich nickte.

„Auf mich“, fuhr er fort, „wirkt sie überhaupt nicht wie eine Frau, die ein Kind hat. Sie scheint so unfertig. Im tiefsten Sinne unfertig.“

„Wie meinst du das?“

Er überlegte. „Als hätte man den, der sie gemacht hat, bei der Arbeit unterbrochen, und später hätte er nicht mehr gewusst, was schon da war und was noch fehlte, ich meine, innen drin. Und dann hat er Adele losgeschickt, wie sie war.“ Er lachte. „Du weißt ja, die unfertigen Schöpfungen der großen Künstler sind oft die schönsten.“

„Hältst du Gott etwa für einen großen Künstler?“

„Er ist egomanisch. Wie die meisten Künstler. Und obendrein mangelt es ihm an Menschlichkeit – um nicht das Klischee vom grausamen Gott zu bemühen. Aber unsere Erde finde ich schon sehr schön, das kann ich nicht leugnen.“

Wir schwiegen eine Weile. Dann sagte er: „Wer hat sie denn damals gekannt? Irgendjemand muss sie doch gekannt haben. Zumindest muss sich doch irgendjemand dafür interessiert haben, warum man sie nie zu Gesicht kriegte. Hat dieser Oliver eigentlich je etwas über seinen Vater gesagt, der angeblich hinter ihm her war?“

„Nein, ich glaube nicht.“ Ich zögerte. „Weißt du, was ich absolut nicht verstehe?“

„Hmm?“

„Warum Herr Schmidt nicht will, dass ich rauskriege, wo Oliver jetzt lebt. Was immer damals passiert ist, Oliver könnte doch selbst entscheiden, ob er mit mir reden will oder nicht."

Lars nickte nachdenklich. „Und Adele? Hat sie dir nicht im Garten irgendwas von Amerika erzählt?"

„Doch. Hat sie. Aber es klang nicht sehr überzeugend. Eher so, als wollte sie sagen: Geben Sie sich keine Mühe, der ist weit weg. Unerreichbar. Vielleicht hat sie ja selbst keinen Kontakt mehr zu ihm."

„Möglich. Das unheimliche Geschwisterpaar können wir wohl erstmal streichen. Es muss aber doch andere Menschen geben, die wissen, was aus Oliver geworden ist und wo er hinkam, falls man ihn seiner Mutter wirklich weggenommen hat."

„Die gibt es sicher." Ich wollte nicht mehr reden, aber Lars ließ nicht locker.

„Du könntest versuchen, eines der Hausmädchen ausfindig zu machen", sagte er. Und nach einer Pause: „Du könntest auch deine Mutter fragen."

„Vielleicht darf ich dich daran erinnern, dass mein Kontakt zu meiner Mutter gelinde gesagt begrenzt ist."

„Eben."

„Und im Übrigen war sie nicht da." Ich ignorierte geflissentlich seinen unausgesprochenen Vorwurf.

„Irgendwann muss sie ja zurückgekommen sein."

„Ja, aber das war später. Da war Oliver schon weg. Und Herr Schmidt auch."

Auf einmal war ich nicht mehr sicher, ob das stimmte. Ich sah mich am Ende des langen Esszimmers. Der Junge war dicht an meiner Seite. Vorn in der Diele stand das Gepäck meiner Mutter. Ich hielt den Atem an und horchte. Ihre Stimme kam aus der Küche, wo sie energisch die Hausmädchen aufscheuchte. – Wann immer ich mich seither an diesen Augenblick erinnert hatte, war der Junge nicht im Bild gewesen. Jetzt war er da. Ich spürte seine Anwesenheit, aber nur für einen kurzen Moment, und dann war ich wieder allein.

Nachdem wir die dänische Grenze passiert hatten, musste ich irgendwann eingeschlafen sein. Als ich die Augen aufschlug, fuhren wir bereits rumpelnd auf die Fähre, die uns von Als nach Fünen bringen sollte, und ich sah gerade noch einen tiefblauen Himmel, ehe der dämmrige Schiffsleib uns aufnahm. Später an Deck blinzelte ich in die Sonne, hoffte auf erste Frühlingswärme. Lars stand dicht hinter mir und blies mir seinen warmen Atem in den Nacken, aber ein schneidender Wind aus Nordwest fuhr dazwischen.

In Odense folgte Lars zielstrebig den Wegweisern zum H.C. Andersen Hotel. Ich erwartete ein altmodisches verwunschenes Haus, aber es erwies sich als moderner Backsteinbau aus den frühen achtziger Jahren. Vor dem Eingang saß Andersen im weit gefächerten Mantel wie hingegossen auf einer Bank, eine lebensgroße Skulptur. Die Touristen setzten sich neben ihn und ließen sich fotografieren.

Die ganze Stadt diente als Bühne für die Inszenierung des Dichters, einschließlich sämtlicher Accessoires der Vermarktung. Und wie er da allgegenwärtig saß, stand oder thronte, uns von Tassen und T-Shirts entgegensah oder von Wirtshausschildern und Werbetafeln auf uns herab, ging er selbst vollständig verloren.

Sämtliche Bewohner der Stadt sowie Heerscharen von Touristen schienen mit Andersen per Du zu sein. Sie wahrten keine Distanz, ließen ihm keinen Raum, sein eigenes Wesen zu entfalten, am wenigsten in den Räumen, in denen er einmal anwesend gewesen war. Sein Geburtshaus entsprach den romantisierenden Bildern reinlicher Armut, und das Kind in seiner Angst und seinem Größenwahn fand darin keinen Platz.

Ich wollte das alles nicht sehen. Am liebsten wäre ich mit fest verschlossenen Augen durch die Stadt gelaufen, wie Andersen selbst es als Kind so oft getan hatte, konzentriert auf Geräusche und Gerüche und im Kopf die Bilder aus dem autobiographischen *Märchen eines Lebens*, das ich kurz vor der Reise gelesen hatte. Aber während wir durch Odense streiften und Lars mich bei der Hand nahm, obgleich ich die Augen offen hielt, dachte ich die ganze Zeit nur an den Jungen, der damals verschwunden war. Ich sah ihn in Gassen und auf Plätzen, am Schloss, im Museum und in Andersens Geburtshaus.

Und dann ertappte ich mich dabei, dass ich Lars betrachtete und an den Jungen dachte, dass ich mich aufs Neue fragte, wie Oliver heute aussehen mochte, und weiter, ob die beiden einander womöglich ähnlich wären. Im ersten Moment erschrak ich bei dem Gedanken. Auf einmal war Oliver kein Kind mehr. Er war ein Mann im Alter von Lars, ein Mann, der mir im Innersten vertraut und zugleich vollkommen fremd war. Und ich sehnte mich nach diesem Mann, mit einer Heftigkeit, die weh tat und die ich selbst nicht recht verstand.

Ich wandte den Blick ab, seltsam beschämt, und als ich Lars wieder ansah, dachte ich plötzlich, dass es schon immer so gewesen war, all die Jahre, dass ich schon damals, als Lars im Internat auftauchte und mich aus meiner Erstarrung weckte, den Jungen jenes Sommers in ihm gesehen hatte. Und dass er in unseren besten Momenten diesem Jungen am ähnlichsten gewesen war, tollkühn, versponnen und vogelfrei.

Es war am dritten Tag beim Frühstück, dass ich ihn zum ersten Mal Oliver nannte. Lars zuckte zusammen. Ich sagte nichts. Jeder Versuch einer Entschuldigung hätte es nur schlimmer gemacht. Wir spürten beide, dass wir Gefahr liefen, einander zu verlieren. Als hätte sich etwas Unüberwindliches zwischen uns aufgetan. Es war wie verhext.

Wir sprachen nicht darüber. Wir sprachen über die anderen, Menschen, die wir auf Andersens Bank vor dem Hotel oder in den Cafés und Restaurants beobachteten. Und dann verstummten wir und sahen uns an, traurig, erstaunt. Wir berührten einander bei jeder Gelegenheit, schmiegten uns aneinander, wenn die bunten Farben der Stadt in der Dämmerung verblassten, und in den Nächten liebten wir uns leidenschaftlich, doch kaum wurde es Tag, konnten wir einander nicht mehr erreichen.

Wir blieben beinahe zwei Wochen, weit länger als geplant. Keiner von uns wagte es, von Abfahrt zu sprechen. Vielleicht war dies unsere letzte Reise. Vielleicht war dies unsere letzte Nacht. Was immer wir taten, taten wir vielleicht zum letzten Mal. Schließlich war es Lars, der eines Abends sagte: „Lass uns morgen fahren, ich kann nicht mehr."

Und wie wir nicht hatten aufhören können, einander zu berühren, so konnten wir jetzt nicht aufhören zu reden. Als das Restaurant, in dem wir saßen, schließen wollte, kauften wir für ein Vermögen zwei Flaschen Rotwein und eine Tüte Nüsse, gingen ins Hotel zurück und lagen bis zum Morgengrauen angezogen auf dem großen Bett.

Lars war ratlos und resigniert. „Ich weiß nicht, wer zwischen uns steht", sagte er. „Und du weißt es auch nicht. Mein Gott, Lena, ihr wart acht oder neun! Du weißt ja nicht einmal, ob er noch lebt."

„Wie kannst du das sagen. Er ist fast genauso alt wie ich."

„Menschen werden unheilbar krank, sie stürzen mit dem Flugzeug ab, sie verunglücken auf der Autobahn, sie ersticken im Schlaf oder ertrinken in der Badewanne."

„Das ist nicht lustig."

„Nein. Aber du bist besessen. Ich verstehe das einfach nicht. Du kannst an nichts anderes mehr denken als an diesen Jungen. Oder den Mann, der aus ihm geworden ist. Weißt du, wie ich mir manchmal vorkomme? Als wäre ich all die Jahre nur sein Stellvertreter gewesen. Der Stellvertreter eines Verschollenen. Was für eine grandiose Rolle."

„Das stimmt nicht, Lars. Und das weißt du auch."

Er hob die Schultern. „Ich kann mich nicht gegen ein Phantom behaupten. Du musst ihn suchen, Lena, du musst ihn finden. Das ist deine einzige Chance." Er zögerte. „Das ist *unsere* einzige Chance."

Gleich nach dem Frühstück brachen wir auf. Diesmal nahm Lars die Autobahn und die Brücke über den kleinen Belt. Er fuhr schnell, und in weniger als drei Stunden erreichten wir den Imbiss, wo mein Wagen auf dem Parkplatz stand. Als die Frau am Tresen mich erkannte, fing sie an zu schimpfen. Von wegen ein paar Tage! Der Getränkelieferant hätte nicht wenden können, die Stammkunden hätten sich beschwert, jawohl, denn am Wochenende sei hier abends eine Menge los, da werde jeder Parkplatz gebraucht. Ich suchte sie zu beschwichtigen, aber Lars unterbrach mich, setzte sein verschmitztes Jungengesicht auf, mit dem er fast jede Frau über vierzig für sich einnahm, schwang sich auf einen der hohen Hocker und fragte: „Können wir trotzdem noch zwei Cola kriegen?"

Die Frau sah ihn an, ihr mürrischer Mund ging in die Breite und belustigt sagte sie: „Da haben Sie also schon wieder einen Kater?" Sie nahm zwei Cola aus dem zweiten Kühlschrank hinter dem Tresen, stellte sie vor uns hin und ließ sich mit sichtlichem Vergnügen von Lars in ein Gespräch verwickeln. So erfuhren wir eine Menge über das Dorf und die Umgebung, ich hörte nur mit halbem Ohr zu, bis auf einmal vom Leuchtkäfer die Rede war.

„Ach“, sagte sie, „da haben Sie übernachtet? Ich wusste gar nicht, dass die noch vermieten. Viele Gäste sind da nie gekommen. Na ja, das Geld können sie brauchen, das steht mal fest.“ Sie senkte die Stimme, obgleich wir die einzigen Kunden waren, beugte sich vertraulich zu Lars hinüber. „Der Schmidt ist verschuldet, bis über beide Ohren. Dass der überhaupt noch schlafen kann. Und haben Sie das neue Dach gesehen? Wie der den Rudi rumgekriegt hat, ist mir ein Rätsel. Irgendwelche Zuschüsse hat es da wohl gegeben, aber viel kann das nicht gewesen sein. Und sonst hat der Rudi keinen Heller gesehen. Na, aber den Welleternit kann er ja schlecht wieder runterreißen, da hätte er ja auch nichts davon.“ Sie schüttelte den Kopf. „Wollen Sie vielleicht was essen? Was Kräftiges? Ich hätte frisches Jägerschnitzel.“

Lars schüttelte den Kopf, aber ich sagte: „Gern. Ich nehme das Schnitzel. Mit Pommes.“ Zum ersten Mal schenkte die Frau auch mir ein halbes Lächeln. Ich hätte alles gegessen, damit sie nur weiter von Herrn Schmidt erzählte, aber nachdem sie Lars zumindest eine Bratwurst aufgenötigt hatte, kehrte sie uns den Rücken, hantierte geschäftig an der Fritteuse und am

Grill, nahm ein vor langem gebratenes Schnitzel mit grauen Pilzen aus der Kühlung und schob es in die Mikrowelle. Endlich stellte sie die Teller vor uns hin und redete weiter, als hätte es keine Unterbrechung gegeben.

„Der Rudi, wissen Sie, der hat auch selber Schuld. Hat sich von der verrückten Adele den Kopf verdrehen lassen. Wenn die sich zurecht macht, das sollten Sie mal sehn. Da glaubt man nicht, dass sie weit über sechzig ist. Die hat was. Aber Geld hat sie auch nicht. Und dass der Sohn aus Amerika noch was schickt, glaubt doch inzwischen keiner mehr."

„Der Sohn?", fragte Lars. „Haben die einen Sohn?"

„Gesehen hat ihn noch keiner. Nur geredet haben sie dauernd von ihm. Dass er kommt und die Wirtschaft übernimmt. Dass dann alles neu gemacht wird. Dass er reich geworden ist da drüben. Vom Tellerwäscher zum Millionär. Als ob es so was heute noch geben würde. Außerdem müsste er erstmal alles abzahlen, bevor er was Neues hinstellt. Haben Sie die Küche gesehen? Damals war die topp, alles auf Pump, aber heute, bei den Vorschriften, dürften die da eigentlich gar kein Essen mehr anbieten. Tun sie wohl auch nicht, oder?" Interessiert stellte sie den Kopf schräg.

„Nein", sagte ich und dachte an das vorzügliche Schnitzel. „Nur Frühstück."

„Mit Rühreiern und Speck und gegrillten Tomaten?"

„Keine Eier. Brötchen und Marmelade.“ Sie nickte befriedigt.

Ich fragte: „Wie lange gibt es den Leuchtkäfer eigentlich schon?“

„Wie lange? Ach, mein Gott.“ Und dann erzählte sie eine umständliche Geschichte, die damit endete, dass ein spielsüchtiger Vetter ihrer Mutter die Gaststätte Anfang der siebziger Jahre für einen Spottpreis an Herrn Schmidt verkauft hatte. „Und nicht einmal dafür hatte er genug Geld. Im Grunde gehörte das Haus von Anfang an der Bank.“

„Dann war der Sohn in den ersten Jahren sicher mit hier, oder?“

„Sollte man meinen. War er aber nicht. Wie gesagt, gesehen hat den noch keiner, auch damals nicht. Sie fuhren öfter mal weg, um ihn zu besuchen. Angeblich im Internat. Internat! Wie hätten sie sich das denn leisten sollen? Und in den Ferien war der Junge auch nie hier, sondern bei Verwandten in Süddeutschland.“

„Ich war auch im Internat“, sagte Lars. „Obwohl meine Mutter nur einen kleinen Gemüseladen hatte. Ich habe ein Stipendium gekriegt.“

„Ach, dann sind Sie wohl ein ganz Schlauer?“ Schelmisch zwinkerte sie ihm zu. Draußen rollte ein großer Getränkelaster auf den Parkplatz.

„Soll ich meinen Wagen wegfahren?“, fragte ich. Sie winkte ab und verschwand.

Lars sah mich an. „Was hältst du davon?“ Ich hob

die Schultern. „Willst du noch mal am Kanal vorbeifahren?"

„Bei Herrn Schmidt? Nein. Ich glaube, ich möchte einfach nach Hause."

Wir verabschiedeten uns auf dem Parkplatz. Mir war schlecht, und ich wusste nicht, ob es am Essen lag oder daran, dass wir einander so fremd und hilflos gegenüber standen. Ich wollte Lars umarmen, aber er hielt meine Handgelenke fest und sah mich an. „Pass auf dich auf", sagte er sanft. Dann wandte er sich zu seinem Wagen, stieg ein und fuhr davon, ohne sich noch einmal umzusehen. Es war nicht das erste Mal, dass wir uns auf unbestimmte Zeit verabschiedeten, aber es war anders. Ich wartete noch ein paar Minuten auf dem Parkplatz, ehe ich ebenfalls nach Hamburg zurückfuhr.

Auf meinem Anrufbeantworter waren drei Nachrichten von einem offenkundig verärgerten Chefredakteur, sonst nichts. Im Mantel setzte ich mich an den Schreibtisch und sah zum Fenster hinaus. Als es zu dämmern begann, saß ich immer noch da und wartete darauf, dass drüben bei Lars die Lichter angingen, aber nichts geschah. Irgendwann stand ich auf, holte mir aus der winzigen Küche eine Flasche Rotwein und ein Glas, und setzte mich wieder an meinen Platz. Als ich die Flasche geleert hatte, war es drüben noch immer dunkel. Zum ersten Mal verwünschte ich unser räumliches Arrangement.

Seit ich vor sieben Jahren nach Hamburg zurückgekommen war, wohnte ich in den Grindelhochhäusern. Die Engländer hatten sie für ihre Militärangehörigen und Verwaltungsangestellten geplant, gleich nach dem Krieg, als die Alliierten noch von einer längeren Besatzungszeit ausgingen. Die ersten Hochhäuser in Deutschland, damals eine architektonische Sensation. Mittlerweile standen sie unter Denkmalschutz, zwölf schmale Gebäuderiegel in der Formation eines Schiffsgeschwaders, und anfangs hatte ich mich ständig zwischen den Häusern verirrt, weil sie alle gleich aussahen. Im Winter pfiff ein eisiger Wind durch die kahlen Schluchten, vom Bett aus sah ich nichts als den Himmel und manchmal eine Möwe, die sich senkrecht von der Dachkante stürzte, scheinbar ins Nichts. Im Sommer war es grün, in den Akazien sangen die Nachtigallen, die Möwen flogen hoch oben in der blauen Luft und schrien wie sonst nur am Meer.

Ich wohnte in einer Zweizimmer-Wohnung im achten Stock, viel zu klein, wie ich anfangs fand, aber dann war Lars im Haus schräg gegenüber in eine der Atelierwohnungen im vierzehnten Stock gezogen. Wenig später hatte er eine zweite Wohnung dazugemietet, in der er sein Archiv und Teile seiner Ausrüstung unterbrachte, ein Gästezimmer einrichtete und mir einen Raum als Büro überließ, und so war ich geblieben. Eine Zeit lang hatte ich oft dort gearbeitet, aber je erfolgreicher Lars wurde, desto häufiger tauchten Assistenten oder Praktikanten auf, die im Gästezimmer wohnten und außerdem ständig aus dem Atelier herüberkamen, um irgendwelche Dinge zu suchen, und mittlerweile diente der Raum auch mir eigentlich nur noch als Archiv und zur Unterbringung meiner Bücher. Meine Geschichten schrieb ich zu Hause.

An dem Abend packte ich nicht einmal mehr meine Sachen aus. Ich schlief schlecht, und beim ersten Kaffee am nächsten Morgen ertappte ich mich dabei, wie ich schon wieder zu Lars' Fenstern hinauf starrte. Sie reflektierten das Morgenlicht und waren ohnehin zu weit weg, als dass ich tagsüber viel hätte erkennen können. Nur bei Dunkelheit sah ich das Licht in den Fenstern und manchmal eine Gestalt.

Ich sollte meinen Chefredakteur anrufen, mich wegen meines Verschwindens entschuldigen und um Aufschub für das Andersen-Portrait bitten. Stattdessen rief ich meine Mutter an. Als ich ihre Stimme hörte, als ich mir vorstellte, wie sie mit leicht geneigtem Kopf den Hörer hielt, hatte ich plötzlich eine andere Szene vor Augen. Meine Mutter im hellblauen Morgenmantel, am Sekretär in ihrem kleinen Wohnzimmer, während ich nebenan im großen Ehebett lag. Die Schiebetür zwischen beiden Räumen stand offen. Ich konnte sehen, wie meine Mutter den Hörer abnahm und eine Nummer wählte. Ich wusste, was sie vorhatte und dass ich sie aufhalten musste, aber ich tat es nicht. Ich lag da und rührte mich nicht, und als sie aufgeregt zu sprechen anfing, zog ich mir die Decke über den Kopf.

„Hallo!“, rief meine Mutter ungeduldig. „Wer ist denn da?“

„Ich bin es. Lena“, sagte ich leise und suchte die Erinnerung abzuschütteln.

„Lena? Na das ist ja eine Überraschung.“ Falls sie sich freute, verbarg sie es gründlich. Ihre Stimme klang gereizt. Nachdem sie eine Weile ihren Kalender studiert hatte, in dem, wie ich längst wusste, nicht mehr viel stand, verabredeten wir uns für den kommenden Sonntag, nachmittags gegen halb vier. „Kuchen musst du dir selbst mitbringen“, sagte sie. „Du weißt ja, wie ärmlich es bei mir zugeht.“ Dabei residierte sie seit ein paar Jahren im sechsten Stock einer fürstlichen Wohnanlage für Senioren, im einstigen Kühlhaus in Övelgönne mit Blick auf die Elbe. Mein Vater hatte vorgesorgt. Mit Hilfe eines fähigen jungen Anwalts war es ihm gelungen, das Haus und den Park aus der Konkursmasse herauszuhalten. Gleich nach seinem Tod hatte meine Mutter verkauft, und der Erlös würde ausreichen, bis sie hundert wäre, vermutlich länger.

Erst als ich aufgelegt hatte, fiel mir wieder ein, dass ich auf der Fahrt nach Odense einen Moment lang nicht mehr sicher gewesen war, ob ich Oliver vor oder nach der Rückkehr meiner Mutter zuletzt gesehen hatte. Der Junge im Esszimmer. In Verbindung mit dem Anruf meiner Mutter gewann seine Anwesenheit dort eine neue Bedeutung. Aber konnte ich den Bildern trauen? Oder hatte die Schuldzuweisung von Herrn Schmidt sie womöglich ausgelöst?

Ich dachte an die Frau im Imbiss, an das, was sie uns erzählt hatte. All diesen Gerüchten war erst recht nicht zu trauen. Und dennoch. Ich fuhr meinen Laptop hoch und brauchte nicht lange zu suchen, bis ich die Nummer des amerikanischen Konsulats im Harvestehuder Weg gefunden hatte. Ich rief gleich an. Vielleicht war Oliver wirklich in Amerika.

4

Seit Herr Schmidt am blauen Resopaltisch um eine Zigarette gebeten und die Mädchen eingeweiht hatte, brauchte ich mich abends nicht mehr aus dem Haus zu schleichen, um dem Jungen Brote zu bringen. Die unverhoffte Komplizenschaft hatte sie großmütig gestimmt, sie hatten nicht einmal etwas dagegen, dass ich die ganze Nacht draußen blieb, und gaben mir einen reichlich bestückten Picknickkorb mit. Herrn Schmidt behandelten sie, als hätte er einen Trauerfall zu beklagen. Dabei wirkte er, vorübergehend zumindest, eher erleichtert.

Die Nächte waren weiterhin mild. Anfangs erschrak ich, wenn der Wind mich weckte, weil keine Wände da waren, und manchmal sehnte ich mich nach meinem weichen Bett. Ich gewöhnte mich jedoch schnell an die hartstängelige Heide und sogar an die schwarze Finsternis in mondlosen Nächten. Solange der Junge neben mir lag, wenn der Wind, ein Rascheln, der Ruf des Käuzchens oder das Schreien einer Katze mich weckte, war alles gut.

Aber einmal war er nicht da. Ich spürte es, noch ehe ich die Augen aufschlug. Ein blasser Mond schien vom Himmel, und in dem fahlen Licht sah alles anders aus, wie erstarrt. Nichts war zu hören, nicht einmal der Wind, und ich lag da und rührte mich nicht, bis der Junge nahezu lautlos in die Höhle kroch. Ich hatte ihn nicht einmal kommen sehen.

„Das darfst du nicht machen", flüsterte ich. „Nie wieder. Wo warst du überhaupt?"

„Am Strand." Er flüsterte auch. Ich musste seine Hände anfassen, sie waren eisig, und er lachte leise und sagte, er sei wohl zu lange im Wasser geblieben. Ich hatte noch nie im Fluss gebadet. Meine Eltern hatten es streng verboten und mir eingeschärft, dass die Strömung lebensgefährlich sei und dass man sich in dem dreckigen Wasser schlimme Krankheiten holen konnte. Dabei sah der Elbstrand in Wittenbergen kaum anders aus als der Strand am Meer, der Sand war hell und weich, und manchmal fand man sogar Muscheln.

In der nächsten Nacht ging ich mit. Kaum waren wir unten angelangt, riss er sich die Kleider vom Leib und stürzte sich ins Wasser, hemmungslos tollkühn, wie er auch den Hang hinabflog. Dabei konnte er nicht einmal richtig schwimmen. Er strampelte und planschte wie ein junger Hund, aber er kam gut voran. Dennoch holte ich ihn mühelos ein, als ich mich durchgerungen hatte, gleichfalls meine Kleider abzustreifen und auf Zehenspitzen in den Fluss gewatet war. Ich schwamm wie ein Fisch. Im Wasser war ich schneller als er.

Später kletterten wir auf den Sockel des rotweißen Leuchtturms und beobachteten den schweifenden Lichtstrahl über dem Wasser. Oder wir streiften durch die Flusswiesen, schlichen uns auf den Zeltplatz, der um diese Jahreszeit ziemlich voll war, robbten uns zwischen Heringen und Spannleinen hindurch und horchten an Zeltwänden auf die leisen Stimmen aus dem Inneren, auf den gleichmäßigen Atem der Schläfer und auch manche anderen Geräusche.

Nach einer Weile bewegten wir uns in den Nächten so sicher wie am helllichten Tag, und wenn wir auf der kleinen asphaltierten Uferstraße, an der damals nur wenige Häuser standen, an einem erleuchteten Fenster vorbeikamen und dort Menschen sitzen sahen, die miteinander sprachen, lasen oder fernsahen, dann war es, als gehörten wir nicht länger ihrer Welt an, sondern der Nacht mit all ihren Schatten und Lauten, die früher einmal unheimlich gewesen waren. Wir glitten zurück in die Dunkelheit, die uns aufnahm wie ein großer warmer Leib.

Oft kehrten wir erst im Morgengrauen in unsere Kiefernhöhle zurück. Das war die Stunde, in der wir manchmal eine klamme Kälte spürten, Schauer, die uns überrieselten, und einen vagen Schrecken, als berge das aufsteigende Licht eine unbestimmte Gefahr. Einmal nahm der Junge meine Hand. Ich hielt still. Ich wagte kaum zu atmen. So lagen wir da, bis die ersten Sonnenstrahlen unsere Furcht zerstreuten.

Tagsüber brannte die Sonne herab, die trockene Erde wurde hart, selbst das ewige Blau des Himmels schien mit der Zeit dunkler und fester zu werden, bis es aussah wie eine gebrannte Tonschale. Und mit der gleichen Kraft, so kam es mir später oft vor, brannten sich die Bilder jenes Sommers in mein Gedächtnis ein, leuchtende Bilder, in denen die Dinge scharf umrissen waren und das Geschehen oft seltsam still, beinahe starr, wie Momentaufnahmen in einem Album.

In den trägen Nachmittagsstunden, wenn die Hitze am größten war, lagen wir meist im Dämmerlicht des Heubodens über dem Pferdestall, und das Heu roch nach trockenem Wind und Dürre und nach Kamille. Die Haut des Jungen hatte den Geruch der Elbe angenommen, ein wenig wie das Meer, das mit der Strömung der Gezeiten in die Mündung drängte, ein wenig wie der Uferschlick mit seinen schillernden Ölschlieren vorn an den Pfeilern des Landungsstegs. Herr Schmidt brachte ihm zwar alle paar Tage frische, mit Sorgfalt gebügelte und gefaltete Kleider mit, aber nach wenigen Stunden schlug der Geruch wieder durch.

Vielleicht ahnte Herr Schmidt von unseren Streifzügen, denn immer dringlicher schärfte er uns ein, das Grundstück nicht zu verlassen und niemandem etwas zu verraten. Vor allem auf die anderen Handwerker sollten wir achtgeben und uns in ihrer Gegenwart bloß nicht verplappern. Herr Schmidt hatte Angst, das sah man ihm an. Er wurde immer blasser und fahriger, ließ ständig etwas fallen, die Rohrzange, den Metallschneider, eine Schelle oder einen Bohrkopf, und wenn er die Hände still zu halten versuchte, bebten sie doch. Einmal überraschte ich ihn im Keller, wie er am Boden kauerte, wo ein paar Werkzeuge verstreut lagen. Sein Oberkörper war leicht vorgebeugt, das Gesicht in den Händen verborgen. Seine Schultern zuckten. Er weinte. Ich erschrak. Ich hätte es nie für möglich gehalten, dass ein Mann wie Herr Schmidt weinte. Und dann vergaß ich es wieder.

Je länger der Sommer währte, desto nachlässiger wurden wir. Wir machten uns nicht mehr die Mühe, pünktlich zum Feierabend am Haus zu sein, damit Oliver zum Schein in den roten Kastenwagen klettern konnte, und wir gewöhnten uns an, unseren Picknickkorb gemeinsam zur Höhle zu tragen, obgleich man uns dabei leicht hätte beobachten können. Herr Schmidt, müde und blass, hob resigniert die Schultern, strich dem Jungen übers Haar und ließ uns gewähren.

Eine Art nachlässiger Trägheit schien sich ringsum auszubreiten. Das lärmende und geschäftige Treiben, das im Frühjahr mit dem Fällen der Bäume und dem Kreischen der Motorsäge begonnen hatte, gefolgt vom Rumoren des Baggers, dem gleichmäßigen Rotieren der Mischmaschine und dem knirschenden Schütten von Beton, flaute allmählich ab, und irgendwann blieb nur noch das Gedudel von zwei Kofferradios übrig. Die Handwerker machten lange Mittagspausen und dösten auf den Gartenmöbeln meiner Eltern unter der gestreiften Markise, der Architekt ließ sich schon lange nicht mehr blicken, und der Bauleiter, ein lässiger Mann in Cordjackett und Jeans, hatte sich beim Sturz auf der gewundenen Kellertreppe die Kniescheibe zertrümmert und lag im Krankenhaus.

Einmal tauchte mein Vater auf. Es war am frühen Abend. Wir lungerten beim Haus herum und warteten auf unseren Picknickkorb, als sein großer schwarzer Wagen beinahe lautlos die Auffahrt heraufkam. Wir konnten uns gerade noch in den Rhododendren neben der Haustür verstecken. Als er ausstieg und das Haus betrat, ließ ich Oliver allein und schlich meinem Vater hinterher. Sein grauer Anzug war zerknittert, und sein Gesicht war es auch.

Er wanderte durch die unteren Räume, Wohnzimmer, Halle und Esszimmer, fuhr mit dem Finger über die große Eichentruhe und den Kaminsims, wo sich Schichten von Zementstaub und Schmutz abgelagert hatten, und schüttelte mehr verwundert als verärgert den Kopf. Als er von seinem Arbeitszimmer am Ende des Hauses durch eine grob gebrochene Maueröffnung auf die Baustelle gelangte, blieb er abrupt stehen. Eine ganze Weile blickte er auf die verwahrloste Baustelle, das halb betonierte Becken, in dem sich allerlei Abfälle angesammelt hatten, leere Mörtelsäcke, Bierflaschen, undefinierbare Metallreste, Teile der Holzverschalung, die als Schüttvorrichtung gedient hatte, und das erste gelbe Augustlaub. Ich dachte, jetzt würde er endlich explodieren, aber nichts geschah. Schließlich wandte er sich müde ab, trat durch eine große Glastür auf der anderen Seite seines Arbeitszimmers auf die Terrasse hinaus und betrachtete abwesend die Gartenmöbel, auf denen sich am Nachmittag noch die Handwerker gelümmelt hatten.

Erst als er ins Haus zurückkehrte, bemerkte er mich. Er schien überrascht, und einen Moment lang dachte ich, er hätte vergessen, dass es mich gab. Aber dann glitt etwas wie ein Lächeln über sein Gesicht und er sagte mit ungewohnter Sanftheit: „Was tust du denn hier, mein Kind."

Ich wusste keine Antwort, und er schien auch keine zu erwarten. Er nahm mich bei der Hand, und wir stiegen die Treppen hinauf. Hand in Hand gingen wir durch das ganze Haus, in jedes Zimmer und sogar auf den Dachboden. Mein Vater betrachtete alles sehr genau, und als wir wieder unten angelangt waren, ließ er meine Hand los und betrachtete mich, so lange, dass mir komisch wurde. Schließlich sagte er noch einmal: „Mein Kind." Und diesmal lächelte er wirklich. Dann ging er zur Tür hinaus und fuhr davon.

Wenig später schlug das Wetter um. Herr Schmidt saß im Keller, den Kopf in die Hände gestützt und umgeben von seinen verstreuten Werkzeugen, die er früher jeden Abend mit Sorgfalt gereinigt und sortiert hatte. Die übrigen Handwerker blieben fort, die Hausmädchen hockten wieder viele Stunden lang rauchend um den blauen Resopaltisch und niemand dachte daran, dass ich längst wieder zur Schule hätte gehen müssen, und der Junge vermutlich auch.

Draußen regnete es in Strömen, im halbfertigen Schwimmbad sammelte sich das Wasser, die gestreifte Markise, die mein Vater stets hochgekurbelt hatte, wenn auch nur ein Wölkchen am Himmel zu sehen war, hing schwer und nass an ihrem altmodischen Gestänge und drohte herunterzukrachen, die in zentnerschweren Blöcken verpackten italienischen Kacheln standen verloren im Matsch und die Metallbänder begannen zu rosten. Nach kurzer Zeit waren sämtliche Dinge von einer bröckelnden grauen Kruste überzogen, zu der Zementstaub und Regenwasser sich verbunden hatten.

Anfangs hatten wir versucht, unsere Höhle mit Planen von der Baustelle abzudichten, aber das Wasser fand immer neue Wege, unsere Decken hatten sich vollgesogen und das Heidebett wurde glitschig. Endlich gab Oliver nach und folgte mir widerstrebend ins Haus. Ich nahm ihn bei der Hand, wie mein Vater es mit mir getan hatte, und führte ihn durch alle Zimmer. Er war verschreckt wie am ersten Tag, und kaum hatten wir einen Raum betreten, sah er beständig zur Tür, als fürchtete er, dass irgendwer im nächsten Augenblick von außen zusperren würde.

Der einzige Ort, an dem er sich annährend sicher fühlte, war der Spitzboden, den man vom Dachboden aus nur über eine Leiter erreichen konnte. Aber selbst dort tigerte er umher, während ich es mir auf meiner alten Matratze gemütlich machte, und dann stieß er die Dachluke auf und kletterte hinaus. Erschrocken sprang ich auf, schob Kopf und Schultern durch die Luke, durch die sonst wohl nur der Schornsteinfeger aufs Dach stieg, und da sah ich ihn, wie er rittlings auf dem Dachfirst saß und in die Ferne sah, über den Fluss hinweg und weiter, dorthin, wo das Land zu Ende war.

Seit wir von Wänden umgeben waren, spielten wieder Dinge eine Rolle, die da draußen scheinbar nicht existiert hatten. Ich fragte mich, was für ein Mensch Olivers Vater sein musste, dass Herr Schmidt solche Angst vor ihm hatte. Und ich fragte mich auch, was werden sollte. Wir konnten nicht ewig auf dem Dachboden bleiben. Wir konnten uns nicht ewig verstecken. Unten auf der Truhe lag ein Brief von meiner Schule. Wenn man zu lange schwänzte, kamen sie einen holen. Das hatte ich mal gehört. Irgendwann wären auch die Arbeiten an der Heizung beendet, und irgendwann käme meine Mutter zurück. Sie kam immer zurück.

Einmal fragte ich Oliver nach seinem Vater, und er sagte, er würde ihn nicht einmal kennen.

„Aber wie sieht er denn aus?“, beharrte ich.

„Woher soll ich das wissen?“

„Habt ihr kein Foto?“

„Von dem doch nicht.“

„Und deine Mutter?“

„Von der brauche ich kein Foto. Die seh ich ja immer.“

„Aber jetzt hast du sie lange nicht gesehen.“

Er schwieg.

„Vielleicht hat sie sich verändert.“

„Quatsch.“

„Wie ist sie denn so?“

„Wie soll sie schon sein?“

„Na“, sagte ich, „also meine zum Beispiel kann von mir aus bleiben, wo der Pfeffer wächst.“

„Und du würdest sie nicht vermissen?“

„Wenn sie beim Pfeffer bliebe? Nicht die Bohne!“ Ich fand mich ziemlich witzig, aber er lächelte nicht einmal, sah mich nur ungläubig an.

„Ich würde meine Mutter vermissen“, sagt er ernst. „Ich vermisse sie die ganze Zeit.“

Ich sah ihn an, unsicher und ein wenig beschämt. „Aber ich dachte“, sagte ich zögernd, „ich dachte, wir wollten abhauen?“

„Klar“, sagte er. „Machen wir auch.“

„Du kannst ihr ja schreiben. Wir schicken von überall eine Postkarte, ja?“ Er nickte.

Dann schmiedeten wir von Neuem Pläne für unsere Flucht. Seit wir wieder im Haus waren, glaubte ich im Grunde selbst nicht mehr daran, aber das sagte ich nicht. Wir malten uns aus, wie wir ein Floß bauen würden. Schalbretter gab es auf der Baustelle genug. Im Winter könnten wir auch eine Eisscholle losschlagen. Wir brauchten nur über den Fluss zu gelangen. Weiter dachten wir nicht. Mit dem Land auf der anderen Seite verband sich eine unbestimmte Verheißung. Dort wären wir all unsere Sorgen los.

Wenn der Regen nachließ, kletterten wir aus der Luke und hockten uns auf den Dachfirst. Die Wolken jagten über uns hinweg, und nachts stieg manchmal ein riesiger blassgewaschener Mond zwischen den Blutbuchen auf.

„Da drüben", sagte der Junge mit einer weit ausholenden Geste.

Ich nickte.

Einmal sagte er: „Wir könnten fliegen."

Und ich sagte: „Sei still."

Am nächsten Tag hörte der Regen auf und ein stürmischer Wind fegte den Himmel blank. Gleich nach dem Frühstück rannten wir zu unserer Höhle. Wir breiteten die nassen Decken in der Sonne aus und zerrten die flatternden Planen weg, die wir notdürftig an den Zweigen befestigt hatten. Oliver wollte gleich dableiben, aber ich war entschieden dagegen. Erst einmal sollten Wind und Sonne den Boden und das Heidebett trocknen. Ich liebte die Nächte auf dem Dachfirst. Und ich liebte das warme Lager auf der Matratze.

Am frühen Abend kehrten wir hungrig zurück. Der Wind hatte nachgelassen, nichts regte sich, und in der vom Regen gereinigten Luft leuchteten die Farben. Alles sah aus wie immer. Dennoch wurde ich das Gefühl nicht los, dass irgendetwas nicht stimmte. Die Stille wirkte trügerisch. Unwillkürlich verlangsamten wir unsere Schritte. Wir schlichen über die Baustelle und gelangten durch die Maueröffnung ins Arbeitszimmer. Alle Türen waren offen. An der Schwelle zum Esszimmer hielt ich abrupt inne. Vorn in der Diele standen die Koffer meiner Mutter. Sie war zurück.

Gleich darauf hörte ich ihre Stimme aus der Küche. Ich legte den Finger an die Lippen und bedeutete Oliver, mir zu folgen. Wir schafften es bis ins Treppenhaus. Als wir auf dem ersten Absatz waren, sah ich unten die Küchentür aufgehen. Oliver war vor mir. „Los!", zischte ich. Er sprang behände die Treppen hinauf und ich hörte noch, wie die Tür zum Dachboden quietschte.

„Lena!" Die Stimme meiner Mutter überschlug sich beinahe. „Lena, mein Liebling, deine Mami ist wieder da!"

Wie immer, wenn sie zurückkam und sich plötzlich auf ihr halb verwildertes Kind besann, machte sie ein großes Gewese. Ich misstraute ihren überschwänglichen Liebesbekundungen und ergriff regelmäßig die Flucht. Früher hatte sie die Hausmädchen losgeschickt, um mich einzufangen. Sie verstand es, ihnen Beine zu machen, bereitwillig durchkämmten sie den Park, und obgleich ihre gestreiften Kleider und ihre blauen Schürzen sie schon von weitem ankündigten, war es mir fast nie gelungen, ihnen zu entkommen. Vielleicht hatte ich das auch gar nicht gewollt. Ich kratzte und biss und schrie, während sie mich im Bad von oben bis unten schrubbten, aber kaum hatten sie mich gekämmt und in ein sauberes Hemd gesteckt, überkam mich eine sonderbare Sanftmut, und fügsam ließ ich mich zu meiner Mutter führen.

Inzwischen lief ich nicht mehr davon. Ich wartete ab, hielt mich bedeckt, sagte nicht viel. So war es auch diesmal. Ich verfolgte, wie sie das Haus inspizierte, sichtlich schockiert. Sie wurde still, und irgendwann fing sie an zu weinen. Da tat sie mir leid. Vielleicht lag es auch daran, wie der Junge mich angesehen hatte, als ich das von dem Pfeffer sagte, jedenfalls gab ich ihren Bitten nach und legte mich am Abend auf der Seite meines Vaters ins große Ehebett.

Im Halbschlaf dachte ich an den Jungen. Ich hatte ihm heimlich Essen gebracht, wie früher, und versprochen, gleich am nächsten Morgen wiederzukommen. Die Balkontür stand weit offen. Ich meinte zu hören, wie die Dachluke aufgestoßen wurde. Kleine Mörtelbrocken kollerten die Schindeln hinab in die Dachrinne. Womöglich schwang er sich gerade auf den First. Oder träumte ich schon? Es war schön, nach so langer Zeit wieder in einem richtigen Bett zu schlafen. Die Wärme hatte mich eingelullt. Wieder polterte etwas auf den Schindeln. Meine Mutter schrak hoch. „Das ist nur der Junge“, murmelte ich schläfrig. „Aber das darf keiner wissen. Absolut niemand.“

Die Beamten kamen am nächsten Vormittag. Ich hatte Oliver nichts gesagt, auch nicht von dem Telefonat, das ich trotz der Decke über meinem Kopf in der Frühe mit angehört hatte. Als meine Mutter endlich ins Bad ging, sprang ich aus dem Bett, zog mich an und rannte auf den Dachboden. Die Leiter war hochgezogen. Ich musste ein paarmal rufen, ehe er sie für mich herunterließ. Ich stieg nach oben. Er hing zur Hälfte aus der Dachluke. Mit einem langen Draht fischte er nach irgendetwas in der Regenrinne.

„Bist du verrückt?", zischte ich. „Jeder kann dich sehen!"

„Ich sehe aber niemanden." Er lachte. „Mein Taschenmesser ist da runtergerutscht." Ich zerrte an seinen Beinen, zog ihn weg von der Luke. Verwundert sah er mich an. „Was hast du bloß?"

Ich verstand nicht, warum er sich so sicher fühlte. „Los", sagte ich. „Wir müssen weg."

„Was ist denn passiert?"

„Meine Mutter. Sie hat dich gehört. Dein blödes Taschenmesser. Keine Ahnung. Jetzt komm endlich!"

„Hast du was gesagt?"

„Ich?"

Er sah mich an, und ich sah weg.

„Herr Schmidt ist längst da", sagte ich. „Wir verstecken dich in seinem Wagen. Dann fährst du später mit ihm nach Hause."

„Das geht nicht."

„Aber dann bist du wieder bei deiner Mutter. Du hast doch gesagt, dass sie dir fehlt."

„Ja, schon. Aber sie hat zu viel Angst. Sie lässt mich nie raus."

„Wegen deinem Vater?"

„Kann sein." Er hob die Schultern. „Aber es ist noch was anderes. Wenn sie Angst hat, bringt sie Sachen durcheinander, verstehst du. Dann wird sie ganz verrückt. Dann sperrt sie mich ein und schließt ab. Das ist schrecklich."

„Warum hast du das noch nie erzählt?"

„Wegen der Leute. Die Leute sagen, sie ist nicht ganz dicht. Aber das stimmt nicht. Sie hat nur Angst."

„Aber mir hättest du es doch sagen können." Ich war enttäuscht, aber dafür war keine Zeit. „Und was machen wir jetzt?"

Er hob die Schultern. Dann lächelte er plötzlich. „Hokuspokus. Ich verschwinde."

„Hör auf mit dem Quatsch. Los jetzt." Ich zog ihn zur Leiter und wir kletterten nach unten. „Warte", flüsterte ich an der Tür zum Treppenhaus, schlich ein paar Stufen hinunter und signalisierte ihm dann, dass die Luft rein war.

Wir erreichten ungesehen den Mauerdurchbruch. Auf der Baustelle herrschte auf einmal emsige Betriebsamkeit. Sogar der Bauleiter mit der kaputten Kniescheibe balancierte auf Krücken am Beckenrand entlang. Die Rückkehr meiner Mutter musste sich wie ein Lauffeuer verbreitet haben. Ich zögerte. Oliver schob die Hände in die Taschen und schlenderte lässig über die Baustelle, blieb hier und da stehen, um interessiert irgendetwas zu betrachten, und gelangte unbehelligt nach draußen. Ich folgte ihm in einigem Abstand.

Oben am Hang schien er einen Moment lang nicht zu wissen, wohin er sich wenden sollte. Ich wollte zu ihm hinlaufen, aber in dem Augenblick kam ein

Mann, den ich nicht kannte, um die hintere Hausecke. Er ließ den Jungen nicht aus den Augen, näherte sich ihm mit leisen Schritten.

„Pass auf!“, schrie ich.

Oliver sah sich nicht einmal um. Er stürzte den Hang hinab. Der Mann rannte hinter ihm her, war nicht schnell genug, es sah aus, als werde der Junge entkommen. Aber dann tauchte auf halber Höhe eine zweite Gestalt auf, eine Frau, die von der großen Kiefer verdeckt gewesen sein musste. Sie wollte ihm den Weg abschneiden, er stutzte, strauchelte kurz, der Mann holte auf, kam in großen Sprüngen näher.

Plötzlich stand Herr Schmidt neben mir. Er flüsterte: „Oh mein Gott.“

Als die Frau nur noch wenige Schritte von Oliver entfernt war, stieß er einen heiseren Schrei aus. Dann noch einen. Und noch einen. Und dann flog er wirklich. Er segelte über die Frau hinweg, gelangte ins Tal, scheinbar ohne den Boden zu berühren, und verschwand im schwarzen Schatten zwischen den hohen Esskastanien.

Die Frau musste gestürzt sein. Vielleicht hatte er sie auch umgerannt. Jetzt saß sie mitten am Hang, hatte das eine Bein angewinkelt und rieb sich den Knöchel. Der Mann lief bis ins Tal hinab, gab auf und kehrte zu ihr zurück. Sie gestikulierten, der Mann zeigte immer wieder ins Tal, dann half er der Frau auf, sie legte den Arm um seine Schultern und langsam kamen sie den Hang hoch.

Ich merkte erst jetzt, dass Herr Schmidt nicht mehr neben mir war. Suchend sah ich mich nach ihm um. Meine Mutter stand, noch immer im Morgenmantel, auf dem Balkon vor dem Schlafzimmer. Offenbar hatte sie die ganze Szene von dort aus beobachtet. Jetzt schüttelte sie den Kopf. Bestimmt hielt sie die Beamten für unfähige Idioten. Dann sah sie mich und rief energisch: „Lena, komm sofort ins Haus, das ist nichts für dich."

Aber ich wollte nicht. Ich wollte zu Herrn Schmidt. Ich wollte, dass er Zwerg zu mir sagte. Dass er mir über den Kopf strich. Dass er seine Werkzeuge reinigte. Alles sollte sein wie früher, die knappen präzisen Handgriffe, die blaue Flamme des Lötkolbens, die tröstliche Sicherheit in all seinem Tun.

Ich suchte ihn im ganzen Haus, im Keller, auf der Baustelle und vorn bei der Terrasse, wo er zuletzt neben mir gestanden hatte. Ich rannte kopflos umher und schrie los, als Gudrun mich zu beschwichtigen suchte. Ich schrie auch, als meine Mutter mich aufhalten wollte, ich brüllte, und als es ihr einmal gelang, mein Handgelenk zu packen, riss ich mich los und stieß sie zurück. Irgendwann kam ich auf den Gedanken, nach dem Kastenwagen zu sehen. Er war nicht mehr da. Ich rannte zur Milchpforte.

Der Wagen stand auf der anderen Straßenseite. Herr Schmidt saß zusammengesunken am Steuer. Auf einmal hatte ich Angst vor ihm. Es war sehr still. Zögernd ging ich über die Straße und klopfte an die Seitenscheibe. Herr Schmidt rührte sich nicht. Ich klopfte noch einmal. Langsam hob er den Kopf. Dann kurbelte er die Scheibe nach unten. Er sagte nichts. Es war sein Blick. Er würde mich nie wieder Zwerg nennen. Er würde mir nie wieder übers Haar streichen. In dem Augenblick spürte ich zum ersten Mal das Stechen in meinem Kopf.

5

Der Sonntag, an dem ich meine Mutter besuchen wollte, war einer dieser überraschend heißen Frühlingstage, wie es sie Ende April manchmal gibt. Drüben bei Lars waren sämtliche Fenster weit geöffnet, aber ihn selbst bekam ich nicht zu Gesicht. Seit unserer Rückkehr aus Dänemark hatten wir uns nicht gesehen und nicht gesprochen. Ich hatte noch ein paarmal seine beiden Nummern probiert, aber keine Nachricht hinterlassen. Er sah ja auf dem Display, dass ich es war.

Der Gedanke, dass ich Oliver womöglich in den Vereinigten Staaten ausfindig machen könnte, hatte mich nicht mehr losgelassen. Ich sagte mir, dass die Menschen in der Nachbarschaft des Leuchtkäfers nicht umsonst bis heute von dem Sohn sprachen, der angeblich in Amerika lebte, den niemand je gesehen hatte, den es vielleicht auch gar nicht gab. War nicht genau dieser Zweifel an der realen Existenz Voraussetzung für jede Legende? Spielte nicht jede Überlieferung in dem unbestimmten Raum zwischen dem Scheinbaren und dem Greifbaren? Und weiter: Steckte nicht in jeder Überlieferung, selbst in jedem Gerücht ein Körnchen Wahrheit? Kein Rauch ohne Feuer. Vielleicht hatte ich zu viel Andersen gelesen. Dass der Junge aus dem Schatten zwischen den hohen Esskastanien in die Weite Amerikas gelangt sein sollte, klang wie ein modernes Märchen. Aber unmöglich war es nicht.

Beim amerikanischen Generalkonsulat in Hamburg hatte man mich an das Konsulat in Frankfurt verwiesen, wo Fragen zur Einwanderung bearbeitet wurden. Eine freundliche Dame belehrte mich darüber, dass man aus Datenschutzgründen keinerlei Informationen herausgeben dürfe. Ein Satz, den ich nicht zum letzten Mal hören sollte. Im Übrigen gebe es, wie ich sicher wisse, in den USA anders als in Deutschland keine Meldepflicht, und ohne die Sozialversicherungsnummer des Gesuchten oder zumindest das genaue Geburtsdatum und die Namen der Eltern sei die Sache nahezu aussichtslos. Die Dame erbot sich immerhin, mir sämtliche Listen und Hinweise zu mailen, die das Konsulat in solch einem Fall zur Verfügung stellte, und riet mir am Ende im Vertrauen, am besten gleich einen amerikanischen Privatdetektiv zu beauftragen.

Das Problem war, dass ich so gut wie nichts von dem Jungen wusste, noch nicht einmal, ob er tatsächlich Oliver Schmidt hieß oder womöglich den Namen seines leiblichen Vaters angenommen hatte. Und obendrein hatte ich keinen triftigen Grund, Nachforschungen anzustellen, war selbst weder mit dem Gesuchten verwandt, noch hatte ich Nachricht von einer schweren Krankheit in seiner Verwandtschaft, einem Todesfall oder einer zu erwartenden Erbschaft. Hätte ich finanzielle Forderungen geltend machen können, wäre es womöglich leichter gewesen. Unter den Hinweisen fand sich eine Liste von

Geldinstituten und Inkassofirmen, aber die schieden natürlich aus.

Blieb das Internet. Auch dazu gab es jede Menge Recherchetipps vom Konsulat, von Websites mit Passagierlisten der Auswandererschiffe zwischen 1850 und 1934 bis zu Angaben über die Ahnenforschung der Mormonen. Ich probierte ein paar der aufgeführten Personensuchmaschinen und fand heraus, dass ich meinerseits von niemandem vermisst wurde. Unter dem Namen Katarina Lund richtete ich mir für meine eigenen Suchbotschaften eine zweite Mailadresse ein. Kostenpflichtige Nachforschungen konnte ich ohne Kreditkarte allerdings nicht in Auftrag geben, und da Katarina Lund keine solche besaß, ließ ich es bleiben.

Ich wollte den Jungen finden, ohne dass irgendwer von meiner Suche erfuhr, am allerwenigsten Oliver Schmidt. Als ich mich bei diesem Gedanken ertappte, wurde mir zum ersten Mal klar, dass ich keine Ahnung hatte, wie ich mit ihm reden, ihm womöglich begegnen sollte, dass er mich schüchtern machte. Oliver Schmidt, ein erwachsener Mann, ein wildfremder Mensch. Meine Sehnsucht galt einem anderen, einem Jungen, den es nicht mehr gab. Lars hatte recht. Ich sehnte mich nach einem Phantom. Wozu dann diese Suche?

Ich machte weiter. Falls Oliver Schmidt einen Telefonanschluss hatte, konnte ich ihn darüber vielleicht aufspüren. Nur hatte ich keine Ahnung, in welchem Bundesstaat er lebte, und in Amerika gab es eine Menge verschiedener Telefongesellschaften. Ich rief noch einmal beim Konsulat in Frankfurt an und erfuhr, wo ich mich für eine überregionale Recherche einloggen musste. Ein junger Mann riet mir, es auch mit Oliver Smith zu versuchen. „Damals haben viele ihren Namen angepasst." Damals? Wann mochte das gewesen sein? Mein Gefühl sagte mir, dass er noch jung gewesen sein musste, vielleicht noch nicht mal zwanzig, aber mir fehlte jeder brauchbare Hinweis.

Ich fand achtzehn Personen, die Oliver Schmidt hießen. Die Suchmaschine bot Background-Informationen, ich verzettelte mich im Netz und vergaß die Zeit. Am späten Nachmittag hatte ich mit der Recherche begonnen, und im Morgengrauen klappte ich den Laptop zu. Meine Augen brannten. Mein Kopf tat weh. Und ich hatte nichts erfahren, was mich weiterbrachte. Oliver? Welcher Oliver? Es gab achtzehn.

Ich zog die Gardinen zu und legte mich angezogen auf mein Bett. Kaum schloss ich die Augen, sah ich den flirrenden Bildschirm vor mir, klickte mich immer weiter in irgendwelche abstrusen Dateien. Mein Virenschutzprogramm hatte mir ständig Malware signalisiert. Zwischen Traum und Wachen wurde daraus eine unbestimmte Bedrohung, die sich im Schlaf verdichtete.

Irgendwo im Haus hörte ich die Stimme meiner Mutter, die laut ins Telefon rief: „Hallo, hallo, wer ist denn da?“ Ich lag in meinem Kinderzimmer im Bett, mein Kopf drohte zu zerspringen und ich hielt die Augen fest geschlossen. Dann hörte ich eine fremde Stimme, ganz in meiner Nähe. Sie sprach besänftigend auf mich ein. Es war die Stimme einer Frau, aber ich wusste, dass auch ein Mann im Raum war. Vielleicht war ich gar nicht mehr in meinem Kinderzimmer. Vielleicht war ich längst an einem anderen Ort. Aber wo? Ich wollte die Augen aufreißen, aber ich schaffte es nicht. Die Frau fragte immerzu nach dem Jungen. Ich sah mit geschlossenen Augen, dass sie ein Messer in der Hand hatte. Und dann stach sie mir in den Kopf.

Als ich aus dem Schlaf hochfuhr, war schon beinahe Mittag. Das Telefon klingelte. Ich nahm ab. Mein Chefredakteur. Holger Behrendt wollte wissen, wo ich so lange gewesen sei, warum ich mein Mobiltelefon ausgeschaltet hätte und was mir überhaupt einfiele, ihn in dieser Form zu versetzen.

„Versetzen?“, fragte ich mit belegter Stimme.

„Vielleicht darf ich Sie daran erinnern, dass wir auch bei einem Monatsmagazin Termine haben. Und der für die Heftplanung war gestern. Im übrigen hat auch Ihr Herr Fotograf sich nicht gemeldet. Gibt es Fotos, gibt es einen Text, gibt es überhaupt irgendetwas?“

Ich schwieg.

„Also nicht. Was schlagen Sie vor?“

„Nun ja“, sagte ich zögernd, „Fotos gibt es schon.“

„Und?“

„Gesehen habe ich sie noch nicht, aber – Herr Feldmann ist ein wirklich guter Fotograf.“

„Mir nicht unbekannt. Text?“

„Also, da bräuchte ich noch ein paar Tage. Ich müsste –“

„Hören Sie“, unterbrach er mich ungeduldig, „dafür habe ich wirklich keine Zeit. Wir müssen die Geschichte ohnehin schon einen Monat schieben, und falls ich bis Anfang nächster Woche noch immer keine Fotos und kein Konzept auf dem Tisch habe, werde ich jemand anderen darauf ansetzen.“ Ich stammelte eine Entschuldigung, aber er hatte schon aufgelegt. Ich holte tief Luft. Er gab mir also noch eine Chance.

Erfüllt von Tatendrang packte ich endlich meine Reisetasche aus, duschte, stellte die Waschmaschine an, kaufte Brötchen, Obst, Schinken, Eier und Zeitungen. Nach einem späten Frühstück setzte ich mich an den Schreibtisch, erledigte meine Post, schrieb Mails, machte ein paar Überweisungen. Dann sortierte ich meine Unterlagen für das Andersen-Portrait. Ich brauchte einen Anfang, ein erstes Bild, einen ersten Satz, der den Ton vorgab. Das brauchte ich immer, erst dann konnte ich ein schlüssiges Konzept entwickeln. Aber ich war unkonzentriert, blätterte in meinen Notizen, kochte Tee, studierte das Kinoprogramm, putzte schließlich die Fenster und vertrödelte den restlichen Abend vor dem Fernsehapparat.

Am Samstagabend gegen elf nahm ich mir den Zettel vor, auf dem ich die Telefonnummern der achtzehn Personen mit dem Namen Oliver Schmidt notiert hatte. In Amerika war es jetzt Nachmittag, eine geeignete Zeit, wie ich fand. Ich legte mir die Sätze zurecht, die ich sagen wollte, und wählte die erste Nummer.

Niemand nahm ab. Beim nächsten Anschluss lief ein Band der Telefongesellschaft, die mich wissen ließ, dass diese Nummer nicht mehr erreichbar sei. Beim dritten Anruf war ein Kind am Apparat. Ich hielt den Atem an. Dann fragte ich auf Englisch, ob sein Vater zu Hause sei.

„Daddy!“, hörte ich es rufen, vermutlich ein kleines Mädchen.

„Yeah?“ Die Stimme klang sympathisch. Jung, womöglich zu jung. Ich versuchte, in wenigen Worten mein Anliegen zu erklären.

„You know me? That's fantastic! Yeah, I was born in Germany, somewhere far up North. Hey, what did I look like? Schnuckelig, right?“ Er lachte. „Schnuckelig. That's what my mother always said. Schnuckelig. I love that word!“ Ich holte tief Luft. Beinahe tat es mir leid, ihn zu enttäuschen.

Als ich aufgelegt hatte, hatte ich das Gefühl, noch einmal davongekommen zu sein, und bei den nächsten Anrufen ging es mir nicht anders. Ich war nicht enttäuscht, ich war erleichtert, dass mir jede Enttäuschung erspart blieb. Oft hatte ich Frauen am Apparat, Oliver war ihr Mann, ihr Bruder, ihr Sohn, ihr Vater. Manche bestanden darauf, Deutsch mit mir zu sprechen und mir ihre Geschichte zu erzählen, andere waren kurz angebunden und wollten von deutschen Wurzeln nichts wissen. Im Grunde war mir bei jedem Gespräch gleich zu Anfang klar, dass es sich um jemand anderen handelte. Nur einmal hatte ich Zweifel.

Oliver Schmidt war selber dran. Ich mochte seine Stimme. Er sprach Deutsch mit einem starken amerikanischen Akzent. Ich wusste nicht mal, in welcher Gegend ich gerade anrief, und fragte ihn. Er lachte. „In Maine. Wälder, Lobster und das Meer." Wir redeten eine Weile, über die Gegend, in der er lebte, über das Wetter, über New York, wo er manchmal hinfuhr. Was er dort tat, sagte er mir nicht.

„Und Sie?", fragte er schließlich, „wo leben Sie?" Ich erzählte ihm von Hamburg, von den Grindelhochhäusern, von der Elbe. Er fragte nach meiner Arbeit, und ich erzählte ihm von den Toten, über die ich schrieb, von Odense und von Andersen. Er kannte fast alle seine Märchen. Wir redeten. Es war leicht, überraschend vertraut. Irgendwann sagte er: „Und was ist mit mir? Ich bin nicht tot. Und nicht berühmt. Nur ein einfacher College-Professor. Dürfte ich wissen, warum Sie mich anrufen?"

„Mein Gott, habe ich das nicht gesagt?"

„Mit keinem Wort." Er lachte.

Ich erzählte ihm von dem Jungen und von dem

Sommer, und als ich geendet hatte, wollte er wissen, wie ich auf ihn gekommen sei.

„Sie sind nicht der Einzige." Ich berichtete von meiner Recherche und der Liste mit Telefonnummern.

„Und der Wievielte bin ich?"

„Der Dreizehnte", sagte ich wahrheitsgemäß. „Dreizehn ist meine Glückszahl." Ich kniff die Augen zusammen und versuchte, mir sein Gesicht vorzustellen. Einen Moment lang meinte ich, ihn vor mir zu sehen. Er war ihm ähnlich. Oliver. Ich hatte das Gefühl, dass die Dinge um mich her sich in Windeseile entfernten, bis sie kaum mehr auszumachen waren.

„Diesmal haben Sie trotzdem kein Glück", sagte er. „Aber danke, dass Sie mir das alles erzählt haben." Und nach kurzem Zögern: „Ich bin nicht sicher, aber ich glaube, ich wäre gern dieser Junge gewesen."

Wir verabschiedeten uns. Ich legte auf. Draußen vor meinen Fenstern gerann das lichtdurchwirkte Nachtdunkel der Stadt allmählich zu einem gefleckten Grau. Mein Kopf war seltsam leer, ein weitläufiger hoher Raum, in dem sich leichtfüßig ein paar Gestalten bewegten. Ich saß noch eine Weile da, dann ging ich ins Bett und schlief tief und traumlos.

Und jetzt war Sonntag, dieser strahlende Sonntag, und ich beschloss, mein Fahrrad aufzupumpen und mich beizeiten auf den Weg zum Augustinum zu machen. Vielleicht konnte ich meine Mutter dazu bewegen, irgendwo draußen an der Elbe einen Kaffee zu trinken. Ich radelte nach Altona, die Max-Brauer-Allee entlang und am Bahnhof vorbei. Auf dem Altonaer Balkon, einer großen terrassenartigen Grünfläche oberhalb des Hafens und gegenüber vom alten Rathaus am Ende der Elbchaussee, wimmelte es von spärlich bekleideten Menschen, die ihre winterfahle Haut begierig der Sonne darboten. Das Wenige, das sie am Leib trugen, war von leuchtend bunter Farbe, als wollten sie die Fülle der Natur vorwegnehmen, die sich vorerst in zartes Einheitsgrün kleidete. Nur auf den Verkehrsinseln blühten Narzissen zuhauf. Die letzte Strecke zum Augustinum ging es bergab, ein lang gezogener Hang, und ich sauste mit halsbrecherischer Geschwindigkeit hinunter.

Meine Mutter lag auf ihrer Récamière in einem Rechteck aus Licht, das durch die hohe Balkontür fiel. Sie war schon immer eine Sonnenanbeterin gewesen. Ein junges Mädchen, das ich nicht kannte, hatte mir die Tür geöffnet und sich gleich verabschiedet, uns einen schönen Nachmittag gewünscht und meiner Mutter versichert, sie werde am Abend noch einmal nach ihr sehen. Sie sprach laut und kaum war sie aus der Tür, sagte meine Mutter in gewohnt scharfem Tonfall: „Dummes Ding! Denkt, ich sei schwerhörig. Schwachsinnig mag ich ja mittlerweile sein, kein Wunder übrigens in dieser dementen Greisengesellschaft, aber schwerhörig bin ich ganz sicher nicht."

Unten am Empfang war ich ein paar rüstigen Damen begegnet, die offenbar von einem längeren

Spaziergang zurückkehrten und deren Bemerkungen meine Mutter durchaus amüsant gefunden hätte. Vielleicht war sie einfach müde. Sie hatte fast zwei Jahrzehnte damit zugebracht, unter widrigsten Umständen das gesellschaftliche Leben aufrechtzuerhalten, das mein Vater und sie vor dem Bankrott seiner Firma geführt hatten. Sie hatte nicht nur gegen den Verfall des Hauses gekämpft, sondern auch gegen den seelischen und geistigen Verfall meines Vaters. Und eine Weile war es ihr gelungen, den Schein zu wahren.

Das Schwimmbad wurde nie fertig gebaut. Wenn Gäste kamen, installierte mein Mutter Zerstäuber mit Chlorgeruch und verhängte den notdürftig abgedichteten Mauerdurchbruch mit einem Gobelin, den sie der eindringenden Feuchtigkeit wegen wenig später wieder abnahm. Sie füllte billigen Wein in längst leer getrunkene Flaschen und befahl der alten Köchin, die für große Gesellschaften ins Haus kam, anstelle der teuren Zutaten Aromastoffe und Farbverstärker zu verwenden und sich im Übrigen auf die einfachen Rezepte aus der schlechten Zeit zu besinnen. Meinem Vater fiel dann die Aufgabe zu, die Schlichtheit des Mahls als spartanische Moral zu deklarieren.

Die Gäste schien das zu amüsieren, aber schon bald blieben die Großkopferten aus Politik und Wirtschaft daheim und wurden ersetzt durch eine dekadente Truppe schillernder Figuren, die allesamt Fellini-Statisten hätten abgeben können, ein Zerrbild der früheren Gesellschaft. Auch die blauen Hausmädchen verschwanden eines nach dem anderen. An ihre Stelle trat eine robuste Person mit rot geäderten Wangen und muskulösen Unterarmen, die sommers wie winters graue Wollkleider trug und damit ein sonderbares Pendant zu meinem hoch gewachsenen, grauen und bald ein wenig gebeugten Vater abgab. Sie teilte das große Haus in verschiedene Bereiche auf, bestimmte, in welchen Räumen sich das tägliche Leben meiner Eltern abzuspielen hatte und welche verschlossen blieben, um Kosten und Aufwand so gering wie möglich zu halten. Zugleich besaß sie genügend Geschick, Einfühlungsvermögen und möglicherweise auch Sinn für Humor, um meine Mutter bei Laune zu halten, indem sie auf das morgendliche Klingeln hin nach oben trabte, am Fußende des Bettes Position bezog und Anweisungen entgegennahm.

Mit den Jahren allerdings, als mein Vater das Sprechen aufgab und keine Gäste mehr kamen, schien sogar meine Mutter grau zu werden. Selbst wenn sie sich aufmachte, die eine oder andere Porzellanfigur zu verkaufen, alte Bekannte zum Tee besuchte und das Gespräch scheinbar beiläufig auf ihren vorübergehenden finanziellen Engpass brachte, wirkte ihre einstige Eleganz ein wenig verstaubt. Und die alten Bekannten kauften, obgleich jedermann wusste, dass der Engpass nicht vorübergehend war.

Nach dem Tod meines Vaters blühte sie noch einmal auf, und am meisten staunte sie selbst darüber. Als Witwe konnte sie ohne Gesichtsverlust das große Haus aufgeben, zog in eine Wohnung an der Alster, spielte Bridge, trank Sherry, hatte angeblich eine größere Anzahl von Verehrern und kicherte wie ein Backfisch, wenn sie mir am Telefon von ihnen erzählte. Am Ende eines solchen Gesprächs kam dann regelmäßig die Frage: „Und du? Hast du noch deinen kleinen Freund?" Gemeint war Lars.

Vor fünf oder sechs Jahren war sie dann eines Nachts, nachdem sie ihrem neuen Verehrer, einem fünfzehn Jahre jüngeren Vermögensberater, vom Balkon aus zum Abschied gewunken hatte, auf nassen Laubschlieren ausgeglitten und gestürzt. Ein paar Stunden lang hatte sie in der nebelfeuchten Herbstluft gelegen, bis eine Nachbarin endlich ihr Rufen hörte. Danach war sie buchstäblich nicht mehr auf die Beine gekommen, und da sie aus Eitelkeit sowohl Gehwagen als auch Rollstuhl ablehnte, war ihr Radius begrenzt, und ihr Kontakt mit ihren alten Bridgefreundinnen beschränkte sich auf endlose Telefonate.

Heute fand ich sie auffallend blass und versuchte gar nicht erst, sie zu einem kurzen Gang nach draußen zu locken. In der geräumigen Küche setzte ich Wasser auf, und als ich mit dem Tee zurückkam, hatte sie die Augen geschlossen. Ich zog mir einen Stuhl heran, setzte mich zu ihr und betrachtete sie. Ihre viel zu oft von der Sonne verbrannte Haut wirkte dünn und brüchig, und an den Schläfen nahm ich eine erste leichte Höhlung wahr. Sie spürte meinen Blick und bedeckte einen Moment lang ihr Gesicht mit den Händen, eine kindliche Geste, die mich weich stimmte. Dann schlug sie die Augen auf.

„Und warum bist du hier?" Der Moment war vorüber.

„Erinnerst du dich an diesen Jungen, damals, als das Schwimmbad gebaut wurde? An den Jungen, den die Beamten –"

„Natürlich!", unterbrach sie mich. „Du meinst den Jungen, der sich auf unserem Dachboden versteckt hatte."

„Ja. Oliver. Du erinnerst dich an ihn?"

„Oliver? Kann sein, dass er so hieß. Das war wirklich eine ärgerliche Geschichte. Ich hatte damals weiß Gott andere Sorgen, als diesen wildfremden Burschen, der von zu Hause weggelaufen war. Schließlich stand dein Vater kurz vor dem Ruin. Er hat versucht, die Sache so lange wie möglich geheim zu halten, wollte retten, was zu retten war, und nichts konnten wir weniger brauchen als die Schnüffler im Haus."

„Die du selbst gerufen hast, oder?"

„Aber sicher! Kaum war ich zurück, hat das Bürschlein die halbe Nacht über meinem Kopf rumort. Und dann hast du mir erzählt, was das für ein wilder Junge ist und dass er niemanden an sich ranlässt."

„So habe ich das bestimmt nicht gesagt."

„Und ob du das hast. In etwa zumindest. Ich glaube, der wurde schon länger gesucht. Jedenfalls sind gleich ein Mann und eine Frau gekommen, um ihn zu holen. Aber sie haben ihn nicht gekriegt. Stell dir vor, zwei erwachsene Menschen haben es nicht geschafft, den kleinen Kerl einzufangen. Und dann hatten wir tagelang diese Leute im Haus. Die haben alles auf den Kopf gestellt und wollten mit jedem reden, mit den Handwerkern und den Hausmädchen und sogar mit deinem Vater. Bloß, weil der Junge ihnen entwischt war. Das konnten sie wohl nicht auf sich sitzen lassen. Und dann hast du ihnen auch noch alle möglichen Hirngespinste aufgetischt, hast dauernd erzählt, dass irgendjemand hinter ihm her sei. Du warst vollkommen verrückt wegen dem, und diese Leute nahmen das alles ernst. Dabei hattest du hohes Fieber! Schließlich habe ich ihnen verboten, weiter mit dir zu sprechen."

„Und dann? Was ist dann passiert?"

Sie dachte eine Weile nach. „Da war doch dieser Klempner. Schmidt hieß der. Den haben sie in die Mangel genommen. Der hatte den Jungen mitgebracht. Weiß der Teufel, warum dieser Knabe wochenlang bei uns rumlungern konnte, ohne dass ein einziger Mensch auf den Gedanken gekommen wäre, der Sache nachzugehen. Angeblich war er der Neffe von dem Klempner, der Sohn seiner Schwester, unehelich auch noch. Und die Schwester hieß – die hieß – das fällt mir jetzt gerade nicht ein. Egal, die hatten sie nachher im Verdacht –"

Sie unterbrach sich, sah mich aufmerksam an. Ihre Müdigkeit schien verflogen. „Lena, warum willst du das eigentlich alles wissen? Warum interessiert dich das plötzlich? Das ist doch Jahrzehnte her."

„Und haben sie ihn gefunden?"

„Den Jungen? Ich glaube nicht. Aber warum –"

„Der Tee wird kalt." Ich hatte nicht die geringste Lust, mich zu erklären, stand auf und schenkte uns ein. Sie trank ein paar Schlucke, schien angestrengt nachzudenken, und dann erhellte sich ihre Miene wie von einer plötzlichen Eingebung.

„Sag mal", hob sie an, „machst du vielleicht eine Therapie? Glaubst du etwa, du hättest eine unglückliche Kindheit gehabt?"

„Nein, Mutter." Ich lachte. „Wie könnte ich auf solch einen Gedanken kommen!" Wieder musterte sie mich, diesmal irritiert, schüttelte den Kopf und murmelte etwas in der Art, dass ich schon immer ein seltsames Kind gewesen sei. Als ich wissen wollte, weshalb ich damals Fieber gehabt hätte, gab sie keine Antwort, war auf einmal wieder erschöpft oder tat zumindest so, und eine Zeit lang dachte ich, dass ich an diesem Nachmittag nichts weiter erfahren würde. Aber als wir vom Tee zum Sherry übergingen, kam sie von sich aus auf das Thema zurück.

Ich hätte immerzu gejammert, im Traum geschrien und im Wachen über ein Stechen im Kopf geklagt. Der Hausarzt habe eine Hirnhautentzündung festgestellt und dringend geraten, mich in ein Krankenhaus zu schaffen. Aber sie habe darauf bestanden, mich zu Hause gesund zu pflegen, und nächtelang selbst an meinem Bett gesessen.

„Das wird deinen Therapeuten vielleicht interessieren." Ein triumphierender Blick. Ich nickte. Sie nippte befriedigt an ihrem Sherry, hielt mir gleich darauf ihr leeres Glas hin.

„Und was war nun mit der Schwester?", fragte ich.

„Welcher Schwester?"

„Der Schwester von Herrn Schmidt. Adele."

„Adele, richtig! Wie konnte ich das vergessen."

„Hast du sie denn gekannt?"

„Nein. Natürlich nicht. Ach Kind, das war eine schreckliche Geschichte. Lass uns nicht mehr davon reden."

Sie seufzte, stellte ihr Glas auf den kleinen Tisch neben der Récamière, ließ sich zurücksinken und bat mich, ihr eine Decke über die Füße zu legen. Die Sonne war untergegangen und es wurde kühl. Ich sah zum Fenster hinaus und wartete. Es hatte keinen Sinn, zu insistieren. Auf drängende Fragen reagierte meine Mutter störrisch. Aber sie hatte ein Faible für Gerüchte und Schauergeschichten, und je brisanter das Thema, desto schwerer fiel es ihr, die Dinge für sich zu behalten.

„Würdest du mir noch einen Sherry geben?" Ich hörte an ihrer Stimme, wie erregt sie war.

„Versprichst du mir, dass du nicht wieder krank wirst?"

Ich nickte.

„Also gut. Die Adele, die war nicht normal. Die hätte im Grunde schon längst in eine Anstalt gehört. Und als sie den Jungen nicht gefunden haben, da haben sie gedacht, die verrückte Adele hätte ihm womöglich etwas angetan. Die Presse hat Wind davon gekriegt und die Sache groß rausgebracht. Jeden Tag waren die Zeitungen voll davon." Sie holte tief Luft und sah mich erwartungsvoll an.

„Schrecklich", murmelte ich, obgleich ich im Stillen versucht war zu glauben, jene Adele aus den Schlagzeilen sei eine andere gewesen. Meine Mutter redete sich in Eifer, hatte rote Flecken auf den Wangenknochen, und ich war sicher, dass sie es mit den Details wieder einmal nicht so genau nahm und allerlei schmückendes Beiwerk hinzuerfand. Sie zitierte die angeblichen Schlagzeilen der Boulevardpresse, *Barbarischer Kindsmord* und dergleichen mehr, beschrieb mir die Fotos von Adele, die braunen Locken, den schwarzen Balken über ihren Augen, den vor Entsetzen aufgerissenen Mund. Um den Hals habe sie ein Kreuz getragen, ein kleines silbernes Kreuz, und der Junge auch. Doch, gewiss, das könne sie beschwören, der Junge habe ein Kreuz getragen, so stand es in allen Zeitungen.

„Und du bist sicher", fragte ich, „dass das vermisste Kind der Junge vom Dachboden war und die verdächtige Person namens Adele die Schwester von Herrn Schmidt?"

„Na, hör mal!“ Sie war sichtlich empört und ich hatte Mühe, sie zu besänftigen. „Frag doch die Mädchen“, sagte sie. „Die haben damals von nichts anderem mehr geredet, die Gudrun vor allem, die war nämlich in den Klempner verliebt, diesen Schmidt. Und später hat sie dann den hübschen kleinen Schornsteinfeger geheiratet, erinnerst du dich? Wie hieß der noch? Der war doch, warte mal, der war –“

Sie schweifte ab, ihre Erschöpfung war nicht mehr gespielt und der Sherry tat seine Wirkung. Was die Mädchen oder sonst jemand den Beamten erzählt haben mochte? Das könne sie beim besten Willen nicht sagen. Und die Namen der Beamten? Nein, die hätte sie erst recht nicht mehr im Kopf. Überhaupt sei das Namensgedächtnis im Alter ein beträchtliches Problem. Ich war erstaunt, dass sie auf ihr Alter anspielte. Das tat sie sonst nie.

Der Schmidt sei jedenfalls nicht mehr ins Haus gekommen. Dafür hätte sie gesorgt. Der hätte mich doch bloß wieder an den Jungen erinnert, und jede Aufregung war mir streng verboten. Sonst bliebe am Ende etwas nach, hatte der Arzt gesagt. Wenig später seien die Bauarbeiten ja ohnehin von einem Tag auf den anderen eingestellt worden. Dann redete sie eine Weile von der Firma und von meinem Vater, die immer gleichen Geschichten von ihrer aufopfernden Fürsorge.

Später kamen wir noch einmal auf Adele zurück. Ob es tatsächlich Ermittlungen gegeben hatte oder ob von dem Mordverdacht nur in der Presse die Rede gewesen war, das wusste meine Mutter nicht zu sagen. So weit sie sich erinnern konnte, hatte man Adele in die Psychiatrie eingeliefert. In der Boulevardpresse sei von einem hysterischen Zusammenbruch die Rede gewesen, dann von einem Selbstmordversuch. Letztlich sei die Sache wohl im Sande verlaufen. Von dem Jungen hätte man nie wieder etwas gehört.

Irgendwann stand das junge Mädchen, das mir am Nachmittag aufgemacht hatte, wieder in der Tür, offensichtlich erstaunt, dass ich immer noch da war. Ihr Blick fiel auf die leere Sherryflasche. Missbilligend sah sie zu mir hin. Die Haut meiner Mutter fühlte sich heiß an, als ich mich zum Abschied zu ihr hinunterbeugte und unsere Gesichter sich flüchtig berührten.

Im Fahrstuhl wurde mir schlecht. Die Gedanken schwangen in meinem Kopf wie lose Fäden im Wind. Draußen atmete ich tief durch. Nach Einbruch der Dunkelheit war die Frühlingsluft empfindlich kalt, und auf dem Fahrrad kam ich allmählich wieder zur Besinnung.

6

Etwa eine Stunde später stand ich bei Lars vor der Tür und drückte auf den Klingelknopf. Da er sich nicht mehr gemeldet hatte, scheute ich mich, meinen Schlüssel zu gebrauchen. Erst nach dem dritten Klingeln machte er auf. In dicken Socken stand er im Flur, klein, zerzaust und irgendwie verwegen, seine Haut war sonnengebräunt und seine Haare standen zu Berge. Einen Moment lang schien er ungehalten über mein Auftauchen, aber dann sah er, wie es um mich bestellt war. „Komm rein", sagte er. „Hast du Hunger?"

Während ich ihm dabei zusah, wie er Brot, Käse und Oliven auftischte, die Kerzen anmachte und eine Flasche Rotwein öffnete, versuchte ich, meine Gedanken zu ordnen. Lars schenkte uns ein, schob Brot und Käse in meine Richtung und nickte mir aufmunternd zu. Er behandelte mich wie ein verstörtes Kind, und für den Augenblick wünschte ich mir nichts anderes. Wir saßen in dem lang gestreckten Atelierraum, der ihm zugleich als Esszimmer diente und an dessen Ende sich eine moderne und perfekt ausgestattete Küchenzeile befand. Erst als ich zu essen anfing, merkte ich, wie hungrig ich war.

Anfangs redeten wir kaum, und ich hätte es gern dabei belassen, aber nach einiger Zeit sah Lars mich fragend an und sagte schließlich: „Okay, also lass mich raten. Du bist bei deiner Mutter gewesen. Du hast rausgefunden, dass du es warst, die den Jungen verraten hat. Zumindest glaubst du das jetzt. Und Herr Schmidt glaubt es offenbar auch, denn für seine Bemerkung, du habest Adeles Leben zerstört, kann es ja kaum einen anderen Grund geben."

Ich nickte, ohne ihn anzusehen. Dann erzählte ich ihm, woran ich mich inzwischen selbst wieder erinnert, und was ich von meiner Mutter erfahren hatte. Als ich zu den Schlagzeilen und dem Mordverdacht kam, pfiff er leise durch die Zähne. Ich beeilte mich ihm zu versichern, dass meine Mutter Skandalgeschichten liebte und dazu neigte, geringfügige Vorkommnisse ins Maßlose zu übertreiben. Warum hätte Adele ihrem eigenen Sohn etwas antun sollen? Damit der leibliche Vater ihn nicht kriegte? Das war doch absurd.

Womöglich hatte meine Mutter die Schlagzeilen erfunden. Das Kreuz hatte sie schließlich auch erfunden. Oliver hatte nie ein Kreuz um den Hals getragen, das wusste ich genau. Oder sie hatte Schlagzeilen, die sie irgendwann einmal gelesen hatte, fälschlicherweise mit dem Verschwinden des Jungen in Verbindung gebracht. Seit dem Bankrott meines Vaters war ihre Zeitrechnung durcheinander geraten. Es gab nur ein Davor und ein Danach. Dem Davor pflegte sie die erfreulichen Dinge zuzuordnen, ganz gleich, wann sie tatsächlich stattgefunden hatten, dem Danach die Schrecken.

Lars widersprach. Der Name Adele käme schließlich nicht alle Tage vor. Und die Parallelität der Ereignisse sei ja wohl unbestritten. Die Schlagzeilen passten. Theoretisch zumindest. Besagen täte das natürlich noch gar nichts. Er schenkte uns Wein nach. „Die Boulevardpresse, mein Gott! Du kennst doch deren Methoden, damals wie heute. Menschen wie Herr Schmidt und Adele sind für die ein gefundenes Fressen, denn die brauchen sie nicht zu fürchten. Kein Anwalt, keine Verleumdungsklage, keine Gegendarstellung. Die meisten verlangen noch nicht mal eine offizielle Berichtigung. Nein, Lena, viel wichtiger ist doch, was du selber glaubst."

Ich überlegte eine Weile. „Um ehrlich zu sein", sagte ich schließlich, „ich weiß überhaupt nicht mehr, was ich glauben soll. Es fällt mir schwer, die Dinge in Einklang zu bringen. Sicher, von außen betrachtet scheint alles zu passen. Aber mir kommt es vor, als liefen in meinem Kopf zwei Filme gleichzeitig ab. Die Bilder überlagern sich. Wie bei einer Doppelbelichtung. Aus damaliger Sicht wirkte alles so – so anders. Und dann wieder –" Ich machte eine ausholende Geste. „Aber ich kann mir einfach nicht vorstellen, dass er tot ist. Das müsste ich doch spüren, oder?"

„Das kann ich dir nicht beantworten", sagte Lars ungehalten. „An solche Dinge glaube ich nicht. Aber du bist doch Journalistin, oder? Finde es raus!"

Ich erzählte ihm von meiner nächtlichen Telefonrecherche in Amerika und dass ich von achtzehn

Anschlüssen, die unter dem Namen Oliver Schmidt registriert waren, schon dreizehn probiert hatte.

Lars blickte zur Decke empor, seine Lippen wurden schmal. „Lena", sagte er, kaum hatte ich geendet, „das kann nicht dein Ernst sein, oder? Warum suchst du ihn nicht gleich auf dem Mond? Du glaubst doch nicht, dass du in Amerika einen Jungen findest, den du als kleines Kind gekannt hast und von dem du noch nicht mal den Namen sicher weißt? Ich bitte dich! Und das alles nur, weil eine wildfremde Frau in einem Imbiss irgendetwas von einem Sohn in Amerika gefaselt hat? Du bist doch verrückt. Kein Mensch hat den je gesehen. Mein Gott, Lena, wach endlich auf!"

Er warf mir vor, ich liefe davon, flüchtete mich ans andere Ende der Welt, statt mich den Dingen zu stellen, die sich vor meiner Haustür abspielten.

„Amerika! Wahrscheinlich willst du Oliver Schmidt gar nicht finden, willst deinem verlorenen Kinderparadies nachtrauern und weiter in deinen von Phantomen bevölkerten Fantasien leben. Wenn du es ernst meinst, dann fang da an, wo du zumindest eine Chance hast, etwas herauszufinden. Alles andere ist lächerlich."

Er glaubte daran, dass man Dinge klären und abhaken konnte. Und zwar endgültig. Das war Lars. In seiner Unversehrtheit, seinem Vertrauen in das Leben, auf die Zukunft, auf seine eigene Kraft. Deshalb hatte ich mich ihm angeschlossen, damals im Internat, dem gesunden Jungen aus dem Gemüseladen.

Ich hatte instinktiv erfasst, dass ich einen Menschen brauchte, der über ausgewogene innere Kräfte verfügte. Er war mein Retter. Aber das sagte ich ihm nicht.

„Und wo soll ich deiner Meinung nach anfangen, Oliver Schmidt zu suchen?"

Lars war augenblicklich wie ausgewechselt. „Du fängst bei der Boulevardpresse an. In den Archiven. Wenn die Sache tatsächlich in den Schlagzeilen war, müssten sich noch ein paar Menschen daran erinnern, Journalisten, Nachbarn, Beamte, die an der Suche beteiligt waren. Und es dürfte nicht allzu schwer sein, sie aufzuspüren. Du gehst zum Einwohnermeldeamt. Du gehst zur Polizei. Du machst den Schornsteinfeger ausfindig, den diese Gudrun geheiratet hat. Am besten versuchst du es mal bei der Innung. Vielleicht können die dir sagen, wer in dem Kehrbezirk damals zuständig war."

Er holte Papier und Bleistift und fuhr seinen Laptop hoch. Der Enthusiasmus ließ ihn jung aussehen. Beinahe wie damals im Internat, wenn er vor Eifer an der Unterlippe gesogen hatte, die Augenbrauen hochgezogen, die Stirn in Falten gelegt. Ich hatte ihn gleich gemocht, mit diesem leichten Stirnrunzeln und dem wissbegierigen Staunen im Gesicht – so anders als die arrogante und gelangweilte Miene all der verwöhnten Burschen, deren Eltern ein Vermögen für ihre Schulbildung ausgaben.

Lars klickte sich durchs Netz, machte Notizen, murmelte etwas vor sich hin. Dann hob er den Blick.

„Kennst du jemanden bei der *Abendpost*? Das wäre das Einfachste. Als Externer kommt man an die alten Sachen nicht so ohne weiteres ran, da müsste man wahrscheinlich –"

„Schon gut", unterbrach ich ihn. „Danke, aber stell dir vor, ich habe auch schon mal recherchiert."

„Da hätte ich so meine Zweifel." Er grinste, wandte sich wieder dem Bildschirm zu.

„Warst du eigentlich verreist?", fragte ich. Er gab keine Antwort. „Lars?"

„Hmm?"

„Warst du verreist?"

„Ich hatte ein paar Tage in Cuxhaven zu tun. Herrlich, bei dem Wetter." Endlich sah er wieder auf. „Bei Ebbe kann man an der Fahrrinne entlang neben den Schiffen herlaufen. Bei Flut ist die Elbmündung ein Teil vom Meer. Oder vom Himmel. Da weiß man oft nicht, wohin die Schiffe nun eigentlich hinter dem Horizont verschwinden." Er lächelte. „Das würde dir gefallen."

„Vielleicht nimmst du mich ja mal mit."

„Das Projekt ist abgeschlossen", sagte er ausweichend.

„Und was war das für ein Projekt?"

„Das Wattenmeer soll Weltkulturerbe werden. So hätten es jedenfalls die Naturschützer gern. Bis dahin ist es aber noch ein weiter Weg. Meine Fotos sind für eine Broschüre vom Naturschutzbund."

„Und die können dich bezahlen?"

„Ich mag unsere Umwelt, wie du weißt. Von denen nehme ich kein Geld.“ Er klappte den Laptop zu, trommelte mit den Fingern auf der Tischplatte und sagte schließlich: „Du siehst müde aus. Du solltest bald schlafen.“

„Hast du noch Wein?“

Er zögerte kurz, ehe er aufstand, um eine neue Flasche zu holen. „Ein Glas noch, okay?“

„Was heißt das?“

„Nichts weiter, ich möchte nicht – ich meine, ich muss morgen früh raus.“

„Keine Sorge. Ich wollte nur noch zwei Minuten mit dir über die Arbeit sprechen. Andersen. Erinnerst du dich?“

„Gibt es einen Text?“ Jetzt klang er wie Holger Behrendt.

„Nein“, sagte ich. „Es gibt keinen Text, es gibt gar nichts, nur einen wütenden Chefredakteur, der bis Anfang der Woche ein Konzept und Fotos auf dem Tisch haben will.“

„Das heißt bis morgen, oder?“

„Ich würde sagen, das heißt vor Mittwoch.“

Lars stand auf und kam mit einer Mappe mit Kontaktbögen zurück. Keiner der anderen Fotografen, mit denen ich gelegentlich arbeitete, machte sich noch die Mühe, solche Kontaktabzüge zu erstellen. Sie schickten die Bilder als Mailanhang, und ich konnte von Glück sagen, wenn sie zumindest eine Vorauswahl getroffen hatten. Ich überflog die Bögen und betrachtete nur jene Bilder mit der Lupe, die Lars mit Kreuzchen gekennzeichnet hatte.

„Eine endgültige Auswahl können wir erst treffen, wenn wir wissen, wie viel Platz wir haben. Und wenn du weißt, wie du die Geschichte schreibst."

Ich nickte. „Deine Bilder sind großartig. Das Problem bin ich. Andersen kommt mir vor wie eine geschlossene Auster."

„Vor der Reise hast du anders geredet."

„Ich weiß. Vor der Reise war alles anders."

Lars steckte die Kontaktabzüge wieder in die Mappe, legte das Blatt Papier dazu, auf dem er mögliche Anlaufstellen für eine Vermisstenrecherche notiert hatte, und schob beides zu mir hin. „Das nimmst du am besten mit."

An der Wohnungstür standen wir einander gegenüber. Diesmal versuchte ich nicht, ihn zu umarmen, sondern berührte ihn nur leicht an der Schulter.

„Danke."

Er schwieg, und ich wandte mich zum Gehen. Der Fahrstuhl war im Erdgeschoss, ich wollte nicht warten und nahm die Treppe. Auf halbem Weg in das drunter liegende Stockwerk sah ich mich noch einmal um. Lars hatte die Wohnungstür lautlos geschlossen.

Später fühlte ich mich so verlassen wie seit dem Verschwinden des Jungen nicht mehr. Ich lag im Bett und war hellwach, aber ich sah die Dinge wie im Traum, wo Räume sich weiten und Bilder aus dem Zusammenhang fallen.

In jenem Herbst, kaum durfte ich nach der Hirnhautentzündung wieder aufstehen, flüchtete ich mich in die Höhle, wann immer es mir gelang, der Aufsicht meiner Mutter zu entkommen. Ich legte mich hin und machte die Augen zu. Die Luft war kalt und feucht. Ich streckte die Hand aus und tastete nach dem Jungen, aber da war nichts, nur die glitschige hartstängelige Heide, und jedes Mal von Neuem erschrak ich zutiefst.

Als meine Mutter herausgefunden hatte, wo ich mich draußen versteckt hielt, ließ sie den Gärtner kommen. Er leistete gründliche Arbeit, rodete das Kieferngehölz, verbrannte die Heide und machte alles dem Erdboden gleich. Eine Weile suchte ich Zuflucht auf dem Spitzboden, aber auch das fand meine Mutter schnell heraus, sorgte dafür, dass die Leiter verschwand und die Bodentür mit einem Vorhängeschloss gesichert wurde.

Danach wappnete ich mich auf andere Weise. Ich versuchte, jedes Empfinden in mir abzutöten. Auf Fragen gab ich einsilbig Antwort, und von mir aus redete ich mit niemanden, weder zu Hause noch in der Schule, wo man mich nach meinem langen Fehlen ohnehin misstrauisch beäugte. Aber das störte mich nicht. Ich war es gewohnt, dass die anderen Kinder einen Bogen um mich machten.

Die Jahre, die folgten, blieben schemenhaft, flüchtig und eintönig, vermutlich, weil sie tatsächlich ohne besondere Vorkommnisse verliefen. Die immer gleiche Abfolge jahreszeitlich bedingter Gewohnheiten. Im Sommer die Mittagessen auf der Terrasse, im Winter die Abendessen am Kamin, der auf Anweisung der robusten Haushälterin ständig brannte, um Heizkosten zu sparen. Die Feiertage waren besonders trist, und nicht einmal der Farbfernseher, der irgendwann ins Haus kam und vor dem wir dann zu dritt die Nachmittage und Abende verbrachten, vermochte daran etwas zu ändern.

Die einzig sichtbaren Veränderungen bestanden darin, dass mein Vater schrumpfte, während ich heranwuchs, und dass wir beide von Jahr zu Jahr weniger sprachen. Bis ich ganz zu verstummen drohte und meine Klassenlehrerin dringliche Briefe schrieb. Meine Mutter kam nicht länger umhin, sie aufzusuchen, und das Ergebnis war, dass man mich mit fünfzehn ins Internat steckte. Woher meine Eltern das Geld dafür nahmen, habe ich nie erfahren.

Soweit ich mich erinnern konnte, hatte ich in all den Jahren nicht einmal nach Oliver gefragt. Und auch nicht nach Herrn Schmidt. Ich weiß nicht einmal mehr, ob ich an sie dachte. Und trotzdem war der Junge die ganze Zeit da. Der Schmerz hatte sich an einem Punkt in meinem Innern verdichtet, und manchmal kam es mir vor, als existierte ich nur in diesem einen Punkt, und mein übriger Körper wäre taub. Erst als ich Lars begegnete, erwachte ich nach und nach wieder zum Leben.

Am nächsten Morgen machte ich mich daran, seine

Liste pflichtschuldig abzuarbeiten, aber die Recherche vor Ort war kaum ergiebiger als meine Nachforschungen in Amerika. Beim Einwohnermeldeamt sollte ich Namen und Vornamen der gesuchten Person angeben, das Geburtsdatum oder ersatzweise die alte Adresse. Da fing es schon an. Oliver Schmidt, geboren 1960, mehr wusste ich nicht.

„Der Vater?" Eine schnarrende Stimme. Vielleicht waren tatsächlich alle Beamten so, wie man sie sich vorstellte.

„Keine Ahnung."

„Wie bitte?"

„Vater unbekannt."

„Na also."

Ich erklärte, sie seien aller Wahrscheinlichkeit nach zu dritt in Hamburg gemeldet gewesen, Oliver, seine Mutter Adele und sein Onkel Herr Schmidt.

Der Beamte erklärte mir umständlich, dass alle Anfragen, die einen Zeitraum vor dem Ende der achtziger Jahre betrafen, schriftlich an das Meldearchiv in Harburg gerichtet werden mussten. „Und das kann dauern." Also wieder nichts. Zumindest nicht so bald.

Mit der Presse erging es mir nicht besser. Ausgaben der *Abendpost* aus den sechziger und siebziger Jahren waren zwar im Verlagsarchiv verfügbar, aber ohne schriftliche Anträge nur Mitarbeitern, Sicherheitskräften, wissenschaftlichen Institutionen oder sonstigen Auserwählten zu Forschungszwecken zugänglich. Das hatte Lars also gestern gemeint.

Bei der Polizei verwies man mich ans Landeskriminalamt, wo ich erfuhr, dass Akten über Vermisstenfälle aus den sechziger Jahren nicht mehr existierten. – Mordverdacht? Das sei natürlich etwas anderes. Da gebe es mit Sicherheit Unterlagen, aber einsehen dürfe ich die nicht. Da könne ja jeder kommen! Wer ich überhaupt sei? In welchem Verhältnis ich zum Opfer stünde?

„Ich weiß nicht, ob es ein Opfer gibt", sagte ich. „Ich weiß nicht einmal, ob die Polizei ermittelt hat, verstehen Sie. Es soll im Zusammenhang mit dem vermissten Kind Oliver Schmidt in der Presse von Mordverdacht die Rede gewesen sein. Das ist alles, was ich bislang weiß."

„Und warum kommen Sie zu uns, wenn Sie nicht mal wissen, ob es Ermittlungen gegeben hat?"

„Um genau das herauszufinden, wurde ich an Sie verwiesen."

„An mich bestimmt nicht. Moment mal."

Am anderen Ende hörte ich Murmeln und gedämpfte Stimmen. Verstehen konnte ich nichts, anscheinend hielt jemand die Sprechmuschel zu. Nach einer Weile fragte eine andere Stimme: „Was kann ich für Sie tun?" Ich musste noch einmal von vorn anfangen. Auf die Frage, gegen wen der angebliche Mordverdacht sich gerichtet habe, nannte ich nach kurzem Zögern Adeles Namen. Kein Kommentar. Aber schließlich lag das Ganze auch mehr als dreißig Jahre zurück. Am Ende wurde ich angewiesen, meine

Anfrage schriftlich zu formulieren, genau wie beim Amt. Ich sollte ausführlich erläutern, warum ich etwas über diese Angelegenheit in Erfahrung bringen wollte und in welcher Weise ich mit Adele Schmidt und Oliver Schmidt bekannt oder möglicherweise verwandt sei. Dann werde man sehen. „Wenn Sie irgendetwas wissen, sind Sie verpflichtet, eine Aussage zu machen."

Der letzte Satz überraschte mich. Von der Seite hatte ich die Sache bislang nicht betrachtet. Ich hätte mich besser gleich als Journalistin ausgegeben und jedes persönliche Interesse an der Geschichte verschwiegen, aber dafür war es nach dem Telefonat zu spät. Jetzt konnte ich nur noch versuchen, meine Bekanntschaft mit den beteiligten Personen zu einer flüchtigen Kindheitsepisode herunterzuspielen und das Hauptaugenmerk auf mein journalistisches Anliegen zu lenken. In der schriftlichen Anfrage behauptete ich, an einer größeren Geschichte über ungeklärte Vermisstenfälle zu arbeiten. Ich wollte Antworten. Keine Fragen.

Nur bei der Schornsteinfeger-Innung war ich auf Anhieb erfolgreich. Dort gab man mir die Nummer eines ehemaligen Meisters, eines närrischen Alten, der akribisch über die Zuständigkeiten in sämtlichen Hamburger Kehrbezirken Buch geführt hatte, und zwar seit Ende der fünfziger Jahre. So kannte ich binnen Kürze nicht nur den Namen von Gudruns Mann, sondern auch dessen Werdegang im Kehrwesen, wo er es weit gebracht und sich am Ende gewiss nicht mehr die Hände schmutzig gemacht hatte.

Wolfgang Schenk lebte mittlerweile in Buxtehude und war seit ein paar Monaten pensioniert. Seine Adresse und die Telefonnummer fand ich mühelos im Internet. Von spärlichen Auskünften am Telefon hatte ich allerdings vorerst genug und studierte den Stadtplan. Wenn ich mich beeilte, konnte ich gegen halb fünf da sein, nach dem Kaffee und vor dem Abendessen, das schien mir eine günstige Zeit.

7

Gudrun machte mir auf. Ich erkannte sie sofort. Ich hätte sie überall erkannt, im größten Menschengetümmel, und darüber war ich selbst erstaunt, denn bis eben hatte ich ihr Gesicht nur vage vor Augen gehabt. Aber jetzt stand sie vor mir, in ihrer beleibten Schlichtheit, genau wie damals – die kurz gehaltenen braunen Haare, die dunklen flinken Augen, das Doppelkinn über einem gebügelten Blusenkragen –, nur dass alles etwas gediegener wirkte und von einer Rechtschaffenheit, die sich selbst gefiel.

Sie sah mich an, mit großen Augen, machte ein paarmal den Mund auf und zu, schnappte nach Luft, wandte den Kopf und rief über die Schulter hinweg ins Haus: „Wolfgang! Wolfgang – die Lena ist da!" Dann streckte sie beide Hände nach mir aus, zog mich in einen blitzblanken Vorflur, in dem Schuhe und Stiefel in Reih und Glied auf reinlichen Putzlappen standen, und schloss die Tür, wobei sie in einem fort redete.

„Mein Gott, Kind, dass du dich noch mal an mich erinnerst, nach so langer Zeit, mein Gott – Wolfgang, jetzt komm doch! Ich kann es nicht glauben, was bist du bloß groß geworden, so lang und so dünn, viel zu dünn, also nein, kocht dir denn keiner was?" Sie schob mich durch eine mattgelb geflieste Diele, von der eine geschwungene Treppe mit schmiedeeisernem Geländer nach oben führte, und weiter in eine große geräumige Küche aus hellem Kiefernholz. Dort bugsierte sie mich auf einen Stuhl und stellte sich hinter mich, die Hände auf meinen Schultern.

Noch einmal rief sie ungeduldig nach Wolfgang, und fast im selben Augenblick tat sich mir gegenüber eine Tür auf, die in den Garten hinausführte. Da stand er, kraftvoll und gedrungen, mit grauen Locken, geröteten Wangen, einem breiten Grinsen im Gesicht und großen erdigen Händen, die er demonstrativ in die Höhe hob. „Na, Zwerg, das ist ja eine Überraschung – muss mir aber erstmal die Pfoten waschen."

Ich sagte nichts, hätte schwören können, dass ich diesen Mann noch nie in meinem Leben gesehen hatte. Er trat an die Spüle, stellte das Wasser an und seifte sich Hände und Unterarme ein. Gudrun redete schon wieder, aber bei dem Geplätscher im Nirosta-Becken konnte ich sie kaum verstehen. Ich starrte auf den breiten Rücken des Mannes, der mich Zwerg genannt hatte wie damals Herr Schmidt, und versuchte, ihn mir jünger, schmaler, rußgeschwärzt und im Zylinder vorzustellen, aber das änderte nichts. Als Gudrun, die noch immer hinter mir stand, den Druck auf meine Schultern verstärkte, wurde mir bewusst, dass sie irgendeine Reaktion von mir erwartete. Ich murmelte etwas Zustimmendes, ohne zu ahnen, worum es ging, Gudrun ließ von mir ab und öffnete eine dritte Tür, diesmal die zur Speisekammer.

Später saßen wir im Garten. Das Haus lag am

Rand von Buxtehude, vor uns erstreckten sich weite Apfelplantagen, silbergraues Gezweig, überzogen von einem blassrosa Gespinst aus zerfaserter Zuckerwatte. Gudrun hatte aufgetischt, selbstgebackenes Bauernbrot, goldgelbe Butter, eingelegte Heringe, saure Gurken, ein großes Stück Schafskäse, selbst gemachte Leberwurst im Glas, einen halben Katenschinken, von dem Wolfgang mit geübter Hand dünne Scheiben absäbelte, bis ein ganzer Berg auf dem Brett lag, dazu eiskaltes Bier, die Flaschen beschlagen.

„Greif zu, Kind!" Sie strahlte, saß da, leicht vorgebeugt und erwartungsvoll, wollte mich essen sehen. Wolfgang schnitt jetzt daumendicke Scheiben von dem frischen Brot, das einen würzigen säuerlichen Duft verbreitete, und legte sie in einen Drahtkorb mit einer weißen Serviette.

Ich fragte: „Warum nennen Sie mich Zwerg?" Er hielt in seiner Tätigkeit inne, legte das Brotmesser beiseite.

„Nu wird's aber Tag! Du erinnerst dich nicht? Der Wolf? Der böse Wolf?" Er duckte sich wie zum Sprung, spreizte die Finger, knurrte und tat, als wollte er sich auf mich stürzen. Erschrocken fuhr ich zurück. Er richtete sich wieder auf und lachte. „Na, jetzt hat es geklingelt, was? Manchmal war ich auch der einsame Wolf." Er stieß ein lang gezogenes jämmerliches Geheul aus, das täuschend echt klang, und da dämmerte mir, dass ich das Wolfsspiel kannte, es aber nie gemocht hatte.

„Nun lass das Kind doch erstmal essen!“ Gudrun schob die eingelegten Heringe in meine Richtung und hielt mir den Brotkorb hin.

„Nur eine halbe Scheibe“, bat ich, aber Gudrun schüttelte energisch den Kopf.

„Papperlapapp“, sagte sie und packte mir einen großen Kanten auf den Teller. „Früher konntest du ordentlich zulangen. Konntet ihr beide.“

„Beide?“

„Na, der Oliver auch. Den kannst du doch nicht vergessen haben.“

„Nein, den habe ich nicht vergessen“, sagte ich, und nach einer kurzen Pause: „Wisst ihr, was aus ihm geworden ist?“

„Ach, Kind.“ Gudrun wich meinem Blick aus, schob eifrig die Heringe hin und her, und das Glas fuhr ratternd über das eisengraue Lochblech der Tischplatte. „Hätte ich bloß nicht davon angefangen. Das hat dich doch alles so krank gemacht, damals. Lass uns nicht mehr davon reden.“

Als sie von den Heringen abließ, herrschte im Garten eine seltsame Stille, vertieft durch die ländlichen Geräusche aus der Umgebung, dem Brummen eines Traktors irgendwo draußen in den Plantagen, dem Kreischen einer fernen Säge und den hellen metallischen Klängen auf dem Nachbargrundstück, wo die Klinge beim Jäten auf kleine Steine traf. Auf der Straße hinter dem Haus fuhr gelegentlich ein Auto. Und von dort hörten wir plötzlich Kinderstimmen, hell und metallisch wie das Bingbing auf den Steinen nebenan, und dazu ein dumpfes Getrappel, das zum Wirbel anschwoll und rasch wieder abflaute, als die kleine Horde am Haus vorbei war.

Gudrun seufzte. „Ihr wart ja noch Kinder.“ Ich war nicht sicher, was sie damit sagen wollte.

„Ja, das waren wir. Aber in letzter Zeit habe ich oft an ihn gedacht und ich würde zu gern wissen, was er heute macht.“

„Den findest du nie“, sagte Gudrun. „Den hat niemand je wieder gesehen. Der ist bestimmt schon lange …“

„Was mit ihm ist, weiß keiner“, unterbrach Wolfgang und fuchtelte mit dem Flaschenöffner in der Luft herum.

Gudrun hob die Schultern. „Ich hab mal gehört, der ist nach Amerika gegangen. Glaub ich aber nicht.“

„Könnte ich bitte ein Bier haben?“, sagte ich.

Erleichtert machte Wolfgang sich an den Flaschen zu schaffen und schenkte uns ein. Ich leerte mein Glas in einem Zug, hielt es ihm wieder hin. Nachdem er es zum zweiten Mal vollgeschenkt hatte, wandte ich mich an Gudrun und fragte: „Warum glaubst du nicht, dass er in Amerika ist? Könnte doch sein, oder?“ Und als sie keine Antwort gab: „Glaubst du, dass er tot ist?“ Sie verneinte mit gespielter Empörung, aber ihr Gesichtsausdruck besagte das Gegenteil.

„Okay“, sagte ich, um sie aus der Reserve zu locken, „ich habe auch mal gehört, dass er tot ist. Angeblich schon lange. Seit seinem Verschwinden damals."

Gudrun zuckte die Achseln, schwieg.

„Aber", fuhr ich fort, „kürzlich habe ich gehört, dass er tatsächlich in Amerika sein soll. Und zwar von einer Frau, die seine Mutter kennt. Adele."

Gudrun stieß einen überraschten Laut aus. Dann schüttelte sie den Kopf und murmelte: „Die Verrückte. Die gibt es also auch noch."

„Die Verrückte?"

Sie presste die Lippen zusammen und verschränkte die Arme vor der Brust. Einen Moment lang sah sie aus wie ein aufmüpfiges Kind, das beschlossen hat, kein Wort mehr zu sagen. Aber dann holte sie tief Luft, blickte mir in die Augen und fing zu reden an, so leise, dass ich sie kaum verstand, obgleich nur wir drei in dem Garten waren.

„Ach Gott, Kind, du warst doch so krank damals, du weißt ja gar nichts. Und wir, wir durften nichts sagen, wir sollten so tun, als ob alles gut wäre, der Junge wieder bei seiner Mutter, alles ganz normal. Und bloß nichts sagen, was dich aufregt, und wehe, wir haben mal die Zeitung liegenlassen, dann war deine Mutter gleich fuchsteufelswild! Die Zeitung hat nämlich geschrieben, dass was Schreckliches passiert ist. So schrecklich, dass zuerst keiner das aussprechen wollte. Aber dann … Wir haben immerzu darüber geredet, die Annie und die Else und ich. So schrecklich – ach Kind. Und wehe, deine Mutter hat uns mal gehört, wir haben bald bloß noch geflüstert. So pschpschpsch, und die Köpfe zusammengesteckt. Und dabei – ach Gott!" Sie bedeckte ihr Gesicht mit den Händen. Ich wartete. Sie wisperte etwas zwischen den Fingern hindurch, ich verstand nur das Wort vergiftet, aber das genügte. Also hatte tatsächlich in der Zeitung gestanden, Adele habe womöglich ihr eigenes Kind umgebracht. Erst als Gudrun mir die Bestätigung lieferte, wurde mir klar, dass ich bislang keinen Moment an das Vorhandensein dieser Schlagzeilen geglaubt hatte.

„Gudrun." Ich mühte mich, meiner Stimme einen ruhigen und festen Klang zu geben. „Gudrun, möchtest du mir sagen, dass in der Zeitung von dem Verdacht die Rede war, Oliver sei von seiner Mutter vergiftet worden?"

Sie nickte, die Hände noch immer vor dem Gesicht.

„Und kannst du mir einen einzigen Grund nennen, warum diese arme Frau das hätte tun sollen?"

Sie ließ die Hände sinken und mit dem Gewisper war es vorbei. „Diese arme Frau? Die war verrückt! Durchgeknallt. Die war früher mal ganz krank gewesen im Kopf. Und das durften wir natürlich nicht sagen, weil du ja auch krank warst. Deine Mutter hat sich furchtbar aufgeregt, hat uns die Hölle heiß gemacht. So weit hätte es gar nicht erst kommen müssen, hat sie immer gesagt. Und wir waren an allem schuld. Weil wir nicht gleich Bescheid gesagt haben, dass der Junge da war. Dabei war sie doch selber nicht da, den ganzen Sommer nicht. Aber uns hat sie beschimpft. Weil wir nichts gesagt haben, von dir und dem armen kleinen Kerl. Der war doch ganz weiß und ganz mager, als er zuerst kam. Und weißt du warum? Weil die Verrückte ihn eingesperrt hat! Der durfte nicht raus, keinen Schritt vor die Tür. Die von der Schule haben immerzu gefragt, wo er denn bleibt, und dann waren wohl auch die vom Amt da, und so ging das ja nicht, dass der einfach wegblieb und immer dünner wurde und weiß aussah wie die Wand. Und da hat der Hans ihn mitgebracht und gesagt, der Kleine soll erstmal zu Kräften kommen und dann sieht man weiter, und am besten keiner weiß was davon, und wollt ihr mir helfen."

„Der Hans?" Einen Moment lang war ich irritiert.

„Der Hans, Herr Schmidt, das weißt du doch, den hast du doch so geliebt." Ich nickte und Gudrun fuhr unbeirrt fort.

„Natürlich wollten wir ihm helfen! Die Annie, die Else und ich. Aber gefragt hat er eigentlich mich. Wir mochten uns gut leiden, der Hans und ich. Aber egal. Als du hinterher krank warst, hat deine Mutter Angst gehabt, dass du wegbleibst und sie nicht wieder erkennst, dass du bloß weiter so glasig guckst und immerzu aua sagst und dir den Kopf festhältst. Und alles wegen dem blassen Kerl, der hat dich ganz verrückt gemacht. Also mal ehrlich, das war ja auch schlimm mit deiner Hirnkrankheit. Die war ganz gefährlich, da hatten alle Angst. Dein Vater hat uns das mal erklärt. Ganz in Ruhe. Das hab ich verstanden, damals. Und dann wurde er selbst – na ja, das war ja auch alles viel, mit dem halben Schwimmbad, und dass die Fabrik weg war und obendrein der ganze Zement. Aber erst hat er noch gesagt, dass du solche Angst hast, weil du denkst, du hast was Schlimmes gemacht. Und dass deshalb dein Kopf spinnt und weh tut. Vor lauter Angst. Das hab ich verstanden, klar, du hast gedacht, du hast den Kleinen verraten. Hast du aber nicht, Kind, das war deine Mutter. Wenn die nicht gleich telefoniert hätte, dann wäre das alles nicht passiert. Du konntest gar nichts dafür. Und für die Verrückte schon dreimal nicht. Was immer die dann mit dem Kerlchen angestellt hat. – Und jetzt ist aber genug mit den alten Geschichten. Jetzt iss!"

„Moment", bat ich. „Hat Adele den Jungen nicht versteckt, weil der leibliche Vater hinter ihm her war?"

„Der leibliche Vater? Davon weiß ich nichts." Sie schüttelte energisch den Kopf.

„Aber es muss doch einen Grund gegeben haben –"

„Grund? Papperlapapp. Verrückt ist verrückt."

„Wie kannst du so sicher sein, dass Adele verrückt war? Hast du sie überhaupt gekannt?"

Gudrun sah mich erstaunt an. Aus ihrer Sicht spielte das keine Rolle. Sie konnte ja schließlich lesen. Sie wusste, was in der Zeitung gestanden hatte. Und was nicht in der Zeitung stand, das wusste sie ja schon vom Hans. Der Hans hatte ihr alles erzählt. Und selbst manchmal gefunden, dass seine Schwester komisch war. Schon früher, schon in Süddeutschland, da kamen die nämlich her, irgendwo vom Neckar. Die Adele war auch von einem anderen Vater, von wem, das wusste keiner. Die Mutter hatte sie mitgebracht, lange bevor der Hans zur Welt kam. Ja. Und der Vater vom Hans, ihr Stiefvater also, der war schon alt, und der hatte sie nicht haben wollen, von Anfang an nicht, hatte immer nur vom Bastard geredet, vom namenlos gezeugten Balg, wie sie da unten sagten, und ihr die Seele aus dem Leib geprügelt. Oder besser gesagt eben den Verstand. Von den Schlägen war sie kopfkrank geworden. Da war was kaputt gegangen, richtig kaputt. „Die hatte einen Sprung in der Schüssel. Das sagt man eben nicht nur so, das gibt es wirklich." So hatte der Hans es Gudrun erklärt. Ich musste lächeln. Vermutlich hatte ich den Ausdruck damals bei einem ihrer Gespräche aufgeschnappt, ohne den Zusammenhang zu begreifen.

An dieser Stelle mischte Wolfgang sich ein. Gudrun habe die Adele nicht gut leiden können. Eifersüchtig sei sie gewesen, und das, obgleich die andere doch nur die Schwester vom Hans gewesen sei und nicht etwa das Liebchen. Verliebt sei sie gewesen, seine Gudrun, bis unter die Haarwurzeln, und er habe sich damals ganz schön ranhalten müssen, um den Nebenbuhler aus dem Feld zu schlagen. Aber dann hätten sie sich verlobt, kurz vor Olivers Verschwinden, denn mit dem Hans, dem Schwerenöter, sei am Ende eben doch kein Staat zu machen gewesen, und das hätte seine Gudrun zum Glück rechtzeitig eingesehen. Bei den letzten Worten rieb er sich gemütlich den Bauch, schenkte uns noch einmal Bier nach und sagte, wir könnten es halten wie die Dachdecker, aber er für seinen Teil habe einen wahren Wolfshunger und werde jetzt anfangen zu essen.

Eine Weile sah Gudrun ihm dabei zu, mit leerem Blick, und ich wunderte mich, dass sie sich nicht ereiferte und, halb empört und halb belustigt, irgendeine Kabbelei anfing, wie Paare das sonst so oft taten. Aber jetzt war sie allem Anschein nach in Gedanken weit weg, in einer anderen Zeit und bei einem anderen Mann. Als sie wieder zu sprechen anhob, war ich nicht sicher, ob sie Wolfgangs Einwürfe überhaupt wahrgenommen hatte.

Zuerst, so hatte der Hans ihr erzählt, hätte keiner gemerkt, dass seine Schwester nicht ganz bei Trost war. Aber dann, als die Mutter von den beiden starb, da hätte die Adele Tage und Nächte lang so gotterbärmlich gewinselt, dass die gesamte Nachbarschaft sich die Mäuler fusselig redete, von wegen, das gehe doch nicht mit rechten Dingen zu, dass eine erwachsene junge Frau so gänzlich außer sich gerate und sich wie von Sinnen gebärde, weil ihre Mutter gestorben war.

Der Hans war damals noch keine sechzehn, aber an den hat sie sich geklammert und gebettelt und gefleht, dass er sie nur um Himmels willen nicht mit dem Stiefvater allein zurückließe, sonst werde sie der Mutter folgen und heimgehen zum Herrn, genau wie sie. Ja. Und dann war sie schwanger geworden, das Luder, von Gott weiß wem, genau wie die Mutter damals, und da hatte der Hans dann schon gar keine Wahl mehr gehabt, die zwei hatten fortgehen müssen, sonst hätte der Stiefvater die Adele totgeschlagen. Weit waren sie allerdings nicht gekommen, so ohne Geld und Hals über Kopf, nur bis ins nächste Dorf, zu irgendeiner Großtante, wo der Stiefvater sie leicht finden konnte.

Nach zwei Tagen schon hatte er vor der Tür gestanden, aber die Großtante war eine resolute Person und jagte den Wüstling wieder davon. In der nächstbesten Gastwirtschaft hatte er sich dann bis zur Besinnungslosigkeit betrunken, und als er sich auf den Heimweg begab, war ein Wunder geschehen. Ein plötzliches Unwetter war aufgezogen, und der Blitz hatte ihn erschlagen. Vielleicht war der Blitz auch nur in unmittelbarer Nähe in einen Baum gefahren, und vor Schreck hatte den alten Mann der Schlag getroffen. Das wusste Gudrun nicht mehr so genau. Zumindest hatte man am nächsten Tag seine Leiche gefunden.

Wolfgang hatte aufgehört zu essen und warf mir einen Blick zu, als wollte er sagen: „Glaubst du das etwa?“

Gudrun sank in ihren Stuhl zurück, erschöpft vom vielen Erzählen, sah uns nacheinander an und fügte bekräftigend hinzu: „In Süddeutschland, da passieren solche Sachen. Da gibt es Wunder. Wie in Italien und in der Bibel. Das könnt ihr mir glauben. Und der Hans war natürlich dankbar und froh, denn jetzt konnten sie erstmal dableiben." Ich nickte, wartete, dass sie weiterredete. Die Sonne lagerte wie ein großes müdes Tier irgendwo jenseits der Apfelplantagen, und obgleich es für Ende April ein heißer Tag gewesen war, spürte man schon jetzt, dass es binnen Kurzem wieder empfindlich kühl werden würde.

„Und dann?", drängte ich.

Sie waren bei der Großtante geblieben, bis Oliver ein paar Monate alt war. Dann hatten sie hier und da zur Untermiete gewohnt, Adele hatte gelegentlich geputzt, Hans hatte beim Bauern ausgeholfen und irgendwann eine Lehre angefangen. Warum sie nach ein paar Jahren ganz fortgezogen waren und wie sie das bewerkstelligt hatten, das wusste Gudrun nicht.

„Ich dachte", warf ich ein, „Herr Schmidt wäre schon längst in Hamburg gewesen, als Adele zu ihm kam und um Unterschlupf bat, weil der leibliche Vater ihr solche Schwierigkeiten machte."

„Der leibliche Vater, der leibliche Vater", sagte Gudrun gereizt. „Wie kommst du bloß dauernd auf den?"

„Soweit ich mich erinnern kann, hat Herr Schmidt damals selbst gesagt, dass Adele Angst um den Jungen hätte, weil dieser Nichtsnutz von Vater hinter ihm her sei, und dass wir Oliver deshalb verstecken sollten. War es nicht so?"

Gudrun wiegte den Kopf und überlegte. „Kann schon sein, dass von dem mal die Rede war, dass der irgendwie auftauchte. Das weiß ich nicht mehr so genau. Aber fest steht, dass die Adele verrückt war. Und dass sie den kleinen Kerl deshalb eingesperrt hat – und wer weiß was noch. Sie wollte den ganz für sich, zum Liebhaben. Das hat der Hans gesagt. Sie wollte niemand anderen an den Jungen ranlassen."

„Und war sie dann nicht böse, weil Herr Schmidt den Jungen mit zu uns gebracht hat?"

„Was weiß denn ich. Die war öfter mal wegen irgendwas böse." Wieder verschränkte sie die Arme vor der Brust und machte ein feindseliges Gesicht.

„Na ja", sagte ich, „anfangs ist er ja abends immer mit nach Hause gefahren. Aber dann? Dann hat sie ihn doch wochenlang nicht zu Gesicht gekriegt. Wenn sie wirklich so an ihm hing und ihn ganz für sich wollte, wie du sagst, muss sie ihrem Bruder doch mächtig zugesetzt haben. Und überhaupt, warum ist sie nicht einfach gekommen und hat ihn geholt?"

„Also erstens mal hat sie gar nicht gewusst, wo das ist, wo ihr Bruder den Oliver hingebracht hat. Und zweitens wäre der Kleine ja nicht einfach mit ihr mitgegangen. Der war doch selig, dass er endlich draußen rumtoben konnte. Und mit dir sein. Endlich frei." Ich dachte an seine anfängliche Scheu, seine Wildheit, seine heiseren Schreie am Hang, und etwas in mir krampfte sich zusammen.

„Glaubst du denn, dass Oliver sich vor seiner Mutter gefürchtet hat?"

„Na hör mal! Würdest du dich vielleicht gerne einsperren lassen, bis du weiß und mager bist wie ein Sträfling?"

„Er hat gesagt, dass er sie vermisst."

„Aber zu ihr gewollt hat er bestimmt nicht, oder?"

„Nein", gab ich zu, „das nicht. Aber er hat sie trotzdem geliebt. Und sie ihn doch auch. Sie wollte ihm ja nichts Böses. Sie hatte einfach Angst. Oder sah ihr Bruder das anders?"

„Du kannst einem wirklich Löcher in den Bauch fragen. Woher soll ich das alles wissen? Also, ich weiß nur, dass der Hans nichts auf seine Schwester hat kommen lassen, egal, was die angestellt hat. Dass er immer zu ihr gehalten hat. Und alles für sie getan. Meine Güte, so ein Bruder! Dabei war er ja bloß ihr Halbbruder. Und gehabt hat er nichts davon. Rein gar nichts. Nur Verdruss. Und auf was der alles verzichtet hat. Wenn die Adele nicht gewesen wäre" – sie warf einen scheelen Blick zu Wolfgang hinüber, der sich gerade das dritte Brot belegte –, „wenn die nicht gewesen wäre, dann hätte ich auf dem Standesamt vielleicht mit Gudrun Schmidt unterschrieben." Wolfgang grummelte vor sich hin, schien aber nicht sonderlich betroffen.

„Und Sie?", fragte ich. „Haben Sie Adele Schmidt damals kennengelernt?" Er kaute in aller Ruhe zu Ende. Dann lehnte er sich zurück und nickte.

„Du!?" Gudrun war sichtlich verblüfft. „Das ist ja das Erste, was ich höre. Du hast die Adele gekannt?"

„Aber sicher." Wolfgang genoss ihre Verwirrung und ließ sich mit seinen Erläuterungen Zeit. Neugierig sei er gewesen, klar, er hätte damals schließlich auch so einiges gehört. Eine Zeit lang sei er ja oft ins Haus gekommen, weil für das neue, beheizbare Schwimmbad und die Sauna einer der beiden Schornsteine hatte geprüft und nachgerüstet werden müssen, ein zweiter Zug für die geplante Gastherme. Ständig hätten sie am Küchentisch gehockt, der Hans und seine Gudrun und manchmal auch die zwei anderen Mädels. Die Annie hätte ihm, Wolfgang, allerlei zugetragen, die hätte ihn nämlich sehr gemocht, die Annie, aber er hätte eben nur Augen für seine Gudrun gehabt, damals schon, und irgendwann habe er wissen wollen, was es mit dem Getuschel um die Schwester des Nebenbuhlers und ihren Jungen auf sich hatte.

Und so war er eines Tages, als er wusste, dass Herr Schmidt am Abend zum Firmenjubiläum musste, einfach zu ihnen hin gegangen. Die zwei hatten ganz friedlich am Tisch gesessen, die Adele und der Kleine, das hatte er schon von draußen gesehen, denn die Wohnung lag im Parterre und die Vorhänge waren nur halb zugezogen. Auf sein Klingeln hatte Adele nicht geöffnet, und kurz darauf war das Licht ausgegangen. Er hatte gewartet. Und irgendwann hatte er gehört, wie jemand im dunklen Flur an die Tür geschlichen kam und horchte. Plötzlich hatte sie die Tür aufgemacht und in der Dunkelheit vor ihm gestanden und ganz ruhig gefragt: „Was wollen Sie?“

Er war ins Stottern gekommen, hatte schließlich nach dem Hans gefragt. Vielleicht war es seine Unsicherheit gewesen, vielleicht seine etwas linkische Art, jedenfalls hatte Adele Licht gemacht, und da hatte Oliver von hinten gerufen: „Das ist doch der Wolf!“ Sie hatte ihn hineingebeten, aber er hatte nicht gewollt, und so hatten sie eine Weile an der Tür geplaudert, ganz normal und freundlich, nichts Besonderes. Nur ihre manchmal etwas stockende Sprechweise war ihm aufgefallen. Und dass sie oft lange überlegte. Meistens hatte wohl er geredet, und das hatte ihr anscheinend gefallen.

Später hatte er sie noch ein paarmal aufgesucht, immer unter irgendeinem Vorwand, und stets ein Weilchen an der Tür gestanden. Er wusste selbst nicht genau, warum er das getan hatte. Jedenfalls nicht mehr aus Neugier. Und auch nicht, weil Adele ihm etwa schöne Augen gemacht hätte. Er hatte ganz einfach gern mit ihr geredet, weil sie anders war. Nicht wie die Mädchen sonst, so albern und kokett. Adele war ernst und geradeheraus. Das hatte er gemocht.

Wolfgang hielt inne und Gudrun sagte schnippisch: „So ist das also.“

Er lachte. „Das ist es, was ich meine.“ Dann tätschelte er besänftigend ihre Schulter, aber sie wehrte ihn ab, verlangte auf der Stelle zu wissen, was sonst noch passiert sei.

„Nichts“, sagte er. „Irgendwann bin ich nicht mehr hingegangen. Ich hatte Angst, dass die Leute reden. So was geht ja schnell.“ Ein paar Wochen darauf hatte er Adele noch einmal gesehen, zufällig auf der Straße. Zu der Zeit war Oliver wohl schon eine Weile nicht mehr zu Hause gewesen. Adele hatte verändert gewirkt, fahrig, verhärmt, die Lippen bleich und rissig, blaue Schatten unter den Augen. Sie hatte sich beständig umgesehen, als fürchtete sie, irgendwer sei ihr auf den Fersen. Da habe er sich mächtig erschrocken und sich nicht getraut, sie anzusprechen.

„Ich sag doch, sie war verrückt.“ Gudrun reckte triumphierend das Kinn.

Wolfgang schüttelte nachdenklich den Kopf. „Ich weiß nicht. Ich glaube, sie hatte einfach entsetzliche Angst. Mir tat sie leid. Auch hinterher, als diese ganzen schrecklichen Gerüchte aufkamen. Ich kann mir nicht vorstellen – also, wenn ich dran denke, wie die zwei da am Tisch saßen, der Kleine und sie, so schön sah das aus. Wie auf einem Bild. Mutter und Kind beim Abendbrot. Ich kann mir nicht vorstellen, dass die dem Kleinen was Böses wollte.“

„Das hast du noch nie so gesagt.“ Gudruns Stimme klang rau.

„Na, dann sag ich es eben jetzt.“

„Und was haben Sie der Polizei gesagt?“, warf ich ein.

„Nichts. Die haben mich nie gefragt."

„Und du?" Ich sah zu Gudrun.

„Ich? Ich war nicht dabei. Ich habe diese Person mein Lebtag nicht gesehen."

„Aber du hast Oliver gekannt. Und Herrn Schmidt. Du warst die ganze Zeit im Haus. Ich dachte, die Beamten hätten damals alle im Haus befragt."

„Versucht haben sie es, weiß Gott, aber da waren sie bei mir an der falschen Adresse." Und wieder verschränkte sie die Arme. Kein Zweifel, dass die Beamten nicht ein Wort aus ihr herausgebracht hatten. Für Herrn Schmidt hätte sie damals vermutlich noch ganz andere Dinge auf sich genommen, trotz der Verlobung mit Wolfgang.

Eine Weile blieben wir still, alle drei, und jeder hing seinen Gedanken nach. Der Himmel sah jetzt porös aus und grau wie Elefantenhaut. Nur dort, wo die Sonne verschwunden war, blieb eine spröde Rötung.

„Mein Gott, Kind", sagte Gudrun plötzlich, „du hast ja schon ganz blaue Lippen!"

Wir trugen all die guten Dinge, von denen bislang nur Wolfgang gegessen hatte, in die Küche und bauten sie dort auf dem Tisch wieder auf. Wir sprachen kaum, aber unsere Handreichungen wirkten wie aufeinander abgestimmt, und auf dem Weg vom Gartentisch zum Küchentisch entstand auf einmal etwas Vertrautes zwischen uns. Wolfgang machte Licht und stellte die Heizung hoch, die sogleich zu knacken und zu glucksen anfing, entschied, dass es für Bier jetzt zu kalt sei, und öffnete eine Flasche Rotwein.

Jetzt brauchte Gudrun mich nicht mehr zum Essen zu ermuntern. Das Brot schmeckte würzig, der Schinken war zart, der Rotwein überraschend gut und ich wurde nicht müde, alles zu loben. Gudrun nickte zufrieden. Sie selbst aß allerdings kaum etwas und sagte wenig. Womöglich machten Wolfgangs Besuche bei Adele ihr mehr zu schaffen, als man nach all den Jahren annehmen sollte. Schon wieder war diese Frau ihr in die Quere gekommen. Und Wolfgangs Stimme hatte überraschend weich geklungen, als er davon sprach, wie Oliver und Adele am Tisch gesessen hatten.

„Habt ihr eigentlich Kinder?“, fragte ich.

Beide schüttelten den Kopf, blickten weder einander an noch mich, und Wolfgang murmelte: „Hat nicht sollen sein.“ Aus irgendeinem Grund schien er peinlich berührt. Schließlich gab Gudrun sich einen Ruck.

„Nun kannst du auch gleich alles erfahren.“

Mit Kindern konnte es nicht klappen, das hatten sie von Anfang an gewusst, obgleich sie beide gern welche gehabt hätten. Aber Wolfgang war in jungen Jahren an Mumps erkrankt und infolgedessen nicht zeugungsfähig. Als Adele eine Woche nach Olivers Verschwinden in die Psychiatrie eingeliefert wurde – auch daran hatte meine Mutter sich also richtig erinnert –, da hatten sie sich überlegt, den Jungen zu sich zu nehmen. Zu dem Zeitpunkt waren sie noch überzeugt, dass der halbverwilderte kleine Kerl sich irgendwo versteckt hielt und bald wieder auftauchen würde. Später könnten sie ihn dann womöglich adoptieren. Sie waren ja gerade erst verlobt und hatten mit der Heirat eigentlich bis zum nächsten Sommer warten wollen, aber der Gedanke an den Jungen spornte sie zur Eile an.

Am Tag nach Olivers Verschwinden war Herr Schmidt nicht mehr auf der Baustelle erschienen, und mittlerweile ließ er sich auch in der Firma nicht mehr blicken. Es hieß, er habe Urlaub genommen, eines familiären Notfalls wegen und auf unbestimmte Zeit. Also fuhren Wolfgang und Gudrun eines Abends zu seiner Wohnung. An wen sonst hätten sie sich des Jungen wegen auch wenden sollen. Dass Wolfgang schon früher dort gewesen war, erwähnte er mit keinem Wort. In der Wohnung war es dunkel und still. Niemand reagierte auf ihr Klingeln. Erst auf Wolfgangs Klopfen hin ging im Wohnzimmer das Licht an, aber auch dann brauchte es noch eine ganze Weile, ehe Herr Schmidt endlich die Tür öffnete.

Im ersten Moment hatten sie Mühe, in der verwahrlosten Gestalt den schmucken Klempner zu erkennen. Er hatte sich seit Tagen nicht rasiert, die Augen waren rot unterlaufen, das Hemd war fleckig. Auch Herr Schmidt brauchte ein paar Augenblicke, um seine beiden Besucher einzuordnen. Von der einstigen Vertrautheit zwischen Gudrun und ihm war nichts mehr zu spüren, und er bat die beiden auch nicht in die Wohnung.

Nach kurzem betretenem Schweigen platzte Gudrun mit ihrem Anliegen heraus. Herr Schmidt reagierte abweisend und barsch. Die Mutter sei schließlich noch immer Adele, und er selbst sei ja auch noch da. Aber Gudrun ließ nicht locker, versicherte ihm, wie gut der Junge es bei ihnen haben würde, dass sie schon eine Wohnung hätten und einen Termin beim Standesamt, dass es doch das Beste wäre in dieser Situation und so fort. Vermutlich um sie loszuwerden, lenkte Herr Schmidt schließlich ein, wollte sich ihren Vorschlag überlegen und sich melden sowie der Junge wieder aufgetaucht sei. Dann schloss er rasch die Tür. Danach hatten sie nie wieder von ihm gehört.

Drei Tage später tauchte der Mordverdacht zum ersten Mal in den Schlagzeilen auf, und von Stund an war Gudrun überzeugt, dass die Verrückte dem Jungen etwas angetan hatte. Selbst als die Sache im Sande verlief, weil es keine Beweise gab, keine Indizien, wie Wolfgang scheinbar sachkundig erklärte, hörte Gudrun noch lange nicht auf, Adele mit Schimpf zu überschütten. Erst hatte Adele ihr den Hans genommen, dann die Aussicht auf ein Kind. So etwa musste sie es empfunden haben.

In den Jahren darauf hatten Wolfgang und Gudrun nur noch hin und wieder Gerüchte gehört. Adele sei in eine geschlossene Anstalt überführt, aber schon bald wieder entlassen worden. Die Geschwister seien fortgezogen, lebten wieder in Süddeutschland. Die Geschwister seien nach Amerika ausgewandert, dem Oliver hinterher, der es dort ordentlich zu was gebracht habe. Adele sei an einem unbekannten Ort für immer weggesperrt. Adele sei an einem Tumor im Kopf gestorben. Die Geschwister hätten sich gemeinsam auf dem Dachboden erhängt, an welchem Ort, wusste keiner zu sagen. Dass die beiden tatsächlich nur eine gute Stunde von Hamburg entfernt eine Pension betrieben, machte anscheinend zu wenig her, als dass ein etwaiges Gerücht überzeugte Anhänger gefunden hätte. So hatten Herr Schmidt und Adele es geschafft, in fast unmittelbarer Nachbarschaft endgültig zu verschwinden. Bis eines Tages ich dort aufgetaucht war. Kein Wunder, dass Herr Schmidt darüber in Zorn und Verzweiflung geriet.

Ehe ich mich von Gudrun und Wolfgang verabschiedete, musste ich noch das Haus bewundern, von den Einbauschränken oben im Schlafzimmer bis zu den Apfelstiegen im Keller. Das meiste hatte Wolfgang selbst gebaut. Gudrun schenkte mir Eingemachtes, einen ganzen Karton voll, und ich musste versprechen, im Sommer wiederzukommen.

Die beiden begleiteten mich zum Wagen. Auf halbem Weg klingelte das Telefon und Wolfgang lief zurück ins Haus. So hatte ich ein paar Augenblicke mit Gudrun allein. Ich wollte wissen, wie Oliver gewesen war. Wie wir miteinander gewesen waren. Ob wir wirklich jede Nacht draußen geblieben waren. Ich wollte die Bilder abgleichen. Innenansicht und Außenansicht. Und mehr noch. Ich war begierig darauf, mich selbst in Gudruns Sätzen zu erkennen. So wie man sich als Kind gern selbst auf alten Fotos sieht oder sich bestimmte Episoden immer wieder erzählen lässt.

Aber Gudrun blieb einsilbig. „Ach Gott“, sagte sie schließlich. „Ihr wart Kinder, ihr zwei, und ihr konntet euch gut leiden. Das war alles.“

8

Das Telefon klingelte. Ich zog mir die Decke über den Kopf. Vielleicht würde es einfach aufhören. Vielleicht geschahen auch anderswo Wunder, nicht nur in Italien und in der Bibel. Der Anrufbeantworter war laut gestellt. Holger Behrendt sagte: „Ich erwarte Ihren Rückruf. Jetzt." Er hatte die Woche verstreichen lassen, jetzt war seine Geduld am Ende.

Ich kochte Kaffee und setzte mich an den Laptop. Nach drei Stunden hatte ich ein Konzept zusammengeschustert, schnörkellos und solide, ohne eine Spur von Gefühl. Das verträumte, von hybriden Fantasien beflügelte Kind mit seiner zarten gepeinigten Seele, das Andersen einst gewesen war, ließ mich kalt. Er hatte es immerhin geschafft, gleich wie, er hatte ein Leben gelebt. Und Oliver womöglich nicht.

Um Zeit zu gewinnen, mailte ich den Text nicht an Behrendt direkt, sondern an seine Assistentin. Ich rief einen Kurierdienst an, steckte die Kontaktabzüge von Lars in einen großen Umschlag und wartete, bis ein schmaler Junge mit abgewetzter Schultertasche und Jeans, die nur den halben Po bedeckten, sie abgeholt hatte. Dann las ich meine ungelesenen Mails.

Eine Antwort vom LKA. Damit hatte ich nicht gerechnet, nicht nach so kurzer Zeit. Das Schreiben war in einem merkwürdigen Tonfall gehalten, knappe, kryptische Sätze, aus denen man statt einer Einladung zum Gespräch auch eine höflich umschriebene

Vorladung hätte lesen können. Ein Herr Lohse bot mir wahlweise zwei Termine an, tags darauf oder in der kommenden Woche, beide früh um acht. Ich entschied mich für den ersten.

Das LKA befand sich im neuen Polizeipräsidium gleich hinter dem Stadtpark und nicht weit von der City Nord, ein moderner, seiner Architektur wegen viel diskutierter Rundbau mit zehn sternförmig angefügten Blöcken. So imposant die linearen Schwünge auf den ersten Blick auch scheinen mochten, kaum hatte ich den weiträumigen Eingangsbereich und die Sicherheitsschleuse passiert, tat sich ein Labyrinth gewundener Gänge auf, einer wie der andere, beklemmend und scheinbar ausweglos.

Herr Lohse sah nicht aus wie ein Beamter. Klein, um die fünfzig und mit roten Haaren, wirkte er auf verschmitzte Weise hintersinnig, etwa so, als hätte er von allem, was er sagte, zugleich eine verballhornte Version im Kopf. Anfangs war ich amüsiert. Erst im Lauf unseres Gesprächs begriff ich, dass sein doppeldeutiges Gebaren Teil einer Strategie war. Je länger wir miteinander redeten, desto mehr verunsicherte er mich. Sollte ich irgendeine versteckte Komik verstehen und mit ihm belustigt sein? Oder belustigte er sich in Wahrheit über mich?

Mein journalistisches Anliegen jedenfalls nahm er mir keinen Augenblick ab, besah sich schmunzelnd meinen Presseausweis und überging meine Erläuterungen zu dem geplanten Artikel. Er gab mir das

Gefühl, dass er mir immer einen Schritt voraus war und die meisten seiner Fragen nur stellte, um meine Reaktionsweise besser einschätzen zu können. An seinen Erkenntnissen ließ er mich nur gerade so weit teilhaben, wie ihm notwendig schien, um mich aus der Reserve zu locken.

Den Fall kannte er natürlich auch nur aus den Akten, hatte sich aber gründlich vorbereitet. Er bestätigte mir, dass eine Vermisstenmeldung bereits vorlag, als meine Mutter die Polizei verständigte. Andernfalls wären die Beamten wohl kaum so schnell bei uns gewesen. Dass es sich tatsächlich um den vermissten Oliver Schmidt handelte, hatten sie allerdings erst vor Ort erfahren. Von wem? Er zog die Brauen hoch, schlug eine der Mappen auf, die in einem Stapel vor ihm lagen, und blätterte in den Unterlagen. Schließlich schob er sie beiseite, legte die Fingerkuppen aneinander und sah mich über seine Brille hinweg an.

„Eins müssen Sie verstehen, Frau Vogel, Ermittlungsergebnisse, ganz gleich, aus welchem Jahrzehnt, unterliegen der absoluten Geheimhaltung. Das gilt gleichermaßen für die Informationen als solche wie auch für sämtliche Quellen, das heißt natürlich in erster Linie für Zeugenaussagen und Zeugenhinweise. Selbst wenn ich wollte – ich dürfte Ihnen gar nicht sagen, wer die Identität des Jungen preisgegeben hat."

Ich hatte nur aus Neugier gefragt. Wer der Junge war und zu wem er gehörte, hätte damals jeder

Handwerker auf der Baustelle erzählen können, ohne sich etwas dabei zu denken. Es erschien mir absurd, darum ein solches Gewese zu machen. Ein Scherz? Herr Lohse verzog das Gesicht, dem Anschein nach belustigt. Ich sagte: „Sehr witzig. Sie dürfen mir bestimmt auch nicht sagen, wie das Wetter war, oder?"

Ich hatte seine Miene missdeutet. Sein Blick wurde streng. „Wir sind hier keine Komiker, Frau Vogel. Es geht um Menschenleben."

Er blätterte wieder in seinen Unterlagen. Nach einer Weile fuhr er in beschwichtigendem Ton fort: „Ich denke, ich kann Ihnen zumindest sagen, dass damals neun Zeugen befragt worden sind, die Hausangestellten, die Handwerker, Ihre Frau Mutter. Und Sie." Er blickte mich an, abwartend, aber ich ließ mir keine vorschnelle Äußerung mehr entlocken. „Sie waren also selbst Zeugin. Wissen Sie noch, was Sie damals ausgesagt haben?"

„Ich bitte Sie! Ich war neun. Das Ganze ist dreieinhalb Jahrzehnte her! Wie soll ich da noch wissen, was ich damals gesagt habe? Ich kann mich nicht einmal mehr daran erinnern, überhaupt mit irgendwelchen Beamten gesprochen zu haben."

Er ließ eine steile Falte zwischen seinen Brauen wachsen. Komiker, dachte ich wütend und wahrte mühsam die Beherrschung.

„Das wissen Sie nicht mehr? Standen Sie unter Schock?"

„Ja, vielleicht. Ich –“

„Und aus welchem Grund standen Sie unter Schock?“

Was hätte ich ihm antworten sollen? Wie hätte ich ihm erklären sollen, was es mit dem Jungen auf sich hatte, was er mir bedeutete, was uns miteinander verband? Ich verstand es ja selbst kaum.

„Ich habe gesehen, wie sie ihn gejagt haben“, sagte ich leise. „Beinahe hätten sie ihn gekriegt. Und dann ins Heim gesteckt, oder? Ich glaube, das hätte er nicht ertragen.“

„Man hätte ihn zunächst amtlicher Obhut übergeben und die häuslichen Verhältnisse überprüft. Er wird ja nicht ohne Grund fortgelaufen sein. Wissen Sie etwas darüber?“

„Nein“, sagte ich. „Darüber weiß ich nichts.“

„Ich würde Ihnen gern ein paar Passagen aus dem Protokoll Ihrer damaligen Aussage vorlesen.“ Herr Lohse fischte eine Mappe aus dem Stapel und schlug sie auf. „Hätten Sie etwas dagegen?“

Ich fühlte mich überrumpelt. „Nein, ich dachte nur –“

„Ihre eigene Aussage muss ich Ihnen schließlich nicht vorenthalten, oder?“ Jetzt lachte er tatsächlich.

„Aussage. Finden Sie nicht, dass dieser Ausdruck einigermaßen befremdlich ist, wenn man bedenkt, dass ich neun Jahre alt war?“

Er sah auf, einen Moment lang irritiert. „Aus den Akten geht hervor, dass die Sache absolut korrekt abgelaufen ist. Die Befragung erfolgte in Gegenwart Ihrer Frau Mutter."

„Schon gut. Lesen Sie vor."

Er räusperte sich.

Was glaubst du, warum der Oliver hier war?

Weiß nicht.

Ob der zu Hause was ausgefressen hat?

Nee.

Aber er hat sich doch hier versteckt, oder?

Herr Schmidt hat ihn versteckt.

War das sein Vater?

Nee.

Und warum hat Herr Schmidt ihn versteckt?

Weiß nicht.

Wo war denn Olivers Mutter?

Weiß nicht.

Lena, du bist doch schon groß. Du weißt doch bestimmt etwas über Olivers Eltern. Er hat dir doch sicher so was erzählt. Das musst du uns sagen, hörst du.

Ich erinnerte mich. Mein Körper erinnerte sich. Die ungeheure Anspannung, die Verstocktheit, die Angst, etwas Falsches zu sagen, und das Gefühl, der Kopf werde im nächsten Moment zerspringen. Es war, als wollte man mich noch einmal in die zu enge Haut des Kindes zwängen. Dann sah ich sie vor mir. Einen Mann und eine Frau. Nicht dieselben, die den Jungen gejagt hatten. Aber irgendwie ähnlich. Reden tat nur die Frau. Und plötzlich wusste ich wieder, was dann geschehen war und dass ich schließlich alles erzählt hatte, wie blass der Junge zu Anfang aussah und wie die Hausmädchen ständig tuschelten und ihn fütterten, wie er mit Herrn Schmidt vom Grundstück fuhr und heimlich zur Milchpforte wieder hereinkam. Und dass Herr Schmidt im Keller geweint hatte.

Kannst du dir vorstellen, warum Herr Schmidt so traurig war?

Nee.

Das glaube ich dir nicht.

Er hatte Angst. Wegen Olivers Vater. Von dem haben sie nicht mal ein Foto. Den kennen sie gar nicht.

Weißt du, wie Olivers Mutter heißt?

Nee. Ich weiß nur, dass – dass die noch viel mehr Angst hat als Herr Schmidt. Dass sie Sachen durcheinanderbringt vor lauter Angst. Dass sie Oliver nicht rauslässt. Dass sie ihn nie rauslässt. Alle sagen, sie ist nicht ganz dicht. Aber er will das nicht. Er mag nicht, wenn sie das sagen. Er vermisst seine Mutter nämlich immerzu. Wir wollten ihr Postkarten schicken.

Postkarten?

Ja. Wenn wir weg sind. Wir wollten weg. Aber dann kam meine Mutter zurück, und dann haben sie ihn gejagt. Sie haben ihn aber nicht gekriegt. Er ist – ich weiß nicht – ich glaube … ich glaube, er ist geflogen, über den Fluss, und dann … Er hatte Angst. Sie müssen ihm helfen, Sie müssen …

Lena. Beruhige dich doch, Lena, lauf nicht weg …

Herr Lohse hatte das alles vorgelesen, ohne ein einziges Mal die Tonlage zu wechseln. Jetzt hob er den Blick und wollte wissen, ob ich mich erinnern könne. Ich schüttelte den Kopf. Er sah mir an, dass ich log. Ich lenkte ab.

„Ist es eigentlich üblich, dass Sie solche Befragungen wortwörtlich aufzeichnen?"

„Ich muss gestehen, dass mich das auch überrascht hat. Es sind allerdings nur ein paar Passagen, und die Kollegin damals hat einen Vermerk dazu geschrieben."

„Welcher besagt?"

Er zögerte. „Ich weiß nicht recht – na gut, die Kollegin war der Meinung, Sie hätten Angst gehabt, etwas Falsches zu sagen, womöglich jemanden zu verraten. Um das zu belegen, hat sie das Gesprächsprotokoll den Akten beigefügt. Sie war der Meinung, wir könnten noch sehr viel mehr von Ihnen erfahren, und deshalb wollte sie auch, dass Sie mit einer Psychologin reden, aber das hat Ihre Frau Mutter nicht zugelassen."

„Und was erwarten Sie jetzt von mir?", fragte ich.

„Ich dachte, Sie hätten vielleicht etwas hinzuzufügen. Aus heutiger Sicht. Manche Dinge verlieren sich in der Erinnerung, andere werden klarer, weil man im Rückblick die Zusammenhänge erkennt."

Ich wies auf die Mappe. „War das alles?"

Er blätterte, grinste, mimte jetzt absichtlich den

Schelm. „Anscheinend sind Sie wirklich weggelaufen."

Ich verzog keine Miene.

„Und?", fragte er.

„Und was?"

„Haben Sie etwas hinzuzufügen?"

„Ich dachte, der Fall wäre längst abgeschlossen."

„Wir verfolgen die Sache zur Zeit nicht aktiv, aber sollten sich neue Hinweise ergeben, könnte das möglicherweise zu einer Wiederaufnahme der Ermittlungen führen. Immerhin bestand damals der Verdacht, Oliver Schmidt sei ermordet worden."

„Und von wem?"

Er lachte laut auf. „Wenn wir das wüssten, wäre der Fall tatsächlich abgeschlossen."

„Ich meine, wen hatten Sie damals im Verdacht?"

„Darüber darf ich eigentlich nichts sagen." Er beugte sich vor, senkte die Stimme. „Aber schließlich stand das seinerzeit alles in der Boulevardpresse. Der Verdacht fiel auf die Mutter des Jungen. Aber es gab kein Motiv. Und die Beweise reichten nicht aus."

„Was für Beweise?"

„Darüber darf ich Ihnen wirklich nichts sagen."

„Wie hat die Presse überhaupt Wind von der Sache bekommen?"

„Wir haben die Öffentlichkeit einbezogen. Ein durchaus übliches Verfahren. Nach Rücksprache mit der Staatsanwaltschaft wegen der Persönlichkeitsrechte des Vermissten und wegen seiner möglichen Gefährdung durch eine Öffentlichkeitsfahndung. In diesem Fall kam man zu dem Schluss, dass es angemessen sei, eine Suchmeldung an die Presse zu geben."

„Und dann?"

„Es gab Hinweise."

„Ich nehme an, mehr dürfen Sie mir nicht sagen?"

„Warum hatten Sie damals solche Angst um Oliver?"

Ich stand auf. „Wollen Sie vielleicht ein paar Jahrzehnte später den Psychologen spielen? Ich fürchte, das wäre meiner Frau Mutter nicht recht."

Herr Lohse lächelte, ließ sich nicht anmerken, ob er verärgert war. Er geleitete mich den langen gewundenen Gang entlang zum Fahrstuhl, fuhr mit mir nach unten und verabschiedete sich an der Sicherheitsschleuse. „Überlegen Sie es sich, Frau Vogel, und falls Ihnen doch noch etwas einfällt, rufen Sie mich an." Er drückte mir die Hand, ein paar Sekunden zu lang, zwang mich, ihm in die Augen zu sehen. Dann ließ er meine Hand los, zwinkerte mir zu, wandte sich ab und ging zurück zum Fahrstuhl, ohne sich noch einmal umzudrehen.

Ich stand da und sah ihm nach. Mein Kopf tat weh. Meine Augen brannten. Ich hatte mich wie ein Idiot benommen. Und nichts erfahren. Der Mann würde sich ins Fäustchen lachen. Von wegen Journalistin.

In der Schleuse kriegte ich kaum Luft. Das saugende Geräusch der automatischen Sicherheitstüren.

Dann Stille. Die beiden Plätze hinter der gläsernen Trennwand waren nicht besetzt. Niemand war da, um meinen Ausweis zu kontrollieren und meinen Besucherpass entgegenzunehmen. Ich saß in der Schleuse fest. – Gefangen. Davor hatte Oliver sich gefürchtet.

Draußen trieb ein frischer Wind mir feinen Sprühregen ins Gesicht. Das Wetter war vor ein paar Tagen umgeschlagen. Ich atmete tief durch und ging zu meinem Wagen, unschlüssig, was ich als Nächstes tun sollte. Ich wollte auf keinen Fall nach Hause. Ich wollte mich nicht mit Holger Behrendt auseinandersetzen. Und erst recht wollte ich nicht sehen, dass bei Lars womöglich sämtliche Fenster offen stünden und er sich mit geschlossenen Augen und weit ausgebreiteten Armen dem Frühlingsregen darbot.

In unseren besten Zeiten hatten wir an solchen Tagen blau gemacht, hatten uns am Morgen geliebt und waren dann irgendwohin gefahren, wo man nur die Nässe roch und nicht die Ausdünstungen der Stadt, in den Sachsenwald oder in die Heide und manchmal auch an den Fluss. Außer uns war niemand draußen gewesen, bei dem Wetter und mitten in der Woche. „Riechst du das?“, hatte Lars gesagt. „Die Erde öffnet ihre Poren.“

Nur einmal waren wir dorthin gefahren, wo ich früher in den Nächten mit dem Jungen umhergestreift war. Vom Elbwanderweg aus hatte ich Lars das Haus meiner Eltern gezeigt. Aber den Jungen hatte ich mit keinem Wort erwähnt. Danach war ich selbst nicht mehr dort gewesen, etwa zwei Jahrzehnte lang nicht. Jetzt fuhr ich hin.

Ich stellte den Wagen auf dem Parkplatz am Wittenbergener Anleger ab. An Wochentagen war hier noch immer wenig los. Ich ging die wenigen Schritte zum Strand. Das Wasser, das bis weit hinter der Mündung mit den Gezeiten des Meeres anstieg und abflaute, gab einen breiten Streifen frei, die Ebbe hatte vermutlich ihren Tiefststand erreicht. Ich zog die Schuhe aus und lief barfuß am Wasser entlang. Die Nächte waren nach wie vor kalt, und der feste Sand unter meinen bloßen Sohlen fühlte sich eisig an.

Ich hatte Mühe, mich zu orientieren. Büsche und Weiden, die den Strand säumten, sahen nach all den Jahren fremd und verändert aus, und der kleine Pfad entlang eines Bachlaufs, den wir immer genommen hatten, um zum Hang und zur Höhle zurückzukehren, schien nicht mehr zu existieren. Schließlich gelangte ich zum Campingplatz, der mir größer vorkam als damals und auf dem eine Menge Wohnwagen standen. Die Zeit des Reisens hatten sie allem Anschein nach längst hinter sich, die Ansammlung erinnerte eher an eine Schrebergartensiedlung.

Ich zog meine Schuhe wieder an und überquerte die kleine Uferstraße. Auf der anderen Seite folgte ich dem Elbwanderweg in weiten Schlaufen den Hang hinauf. Der frühere Park meiner Eltern gehörte mittlerweile zum großen Teil der Stadt, die Wege waren öffentlich, und ich begegnete vereinzelten Spaziergängern. Ich erkannte weder die Schneise, wo der Junge und ich mit verschränkten Gliedern hinabgekollert waren, noch den Platz, an dem unsere Höhle sich befunden hatte.

Als ich auf dem Höhenweg nicht weit von meinem Elternhaus angelangt war, kam mir von der anderen Seite her eine Schulklasse entgegen und tobte gleich darauf lärmend ins Tal hinunter. Der breite Abhang vor dem Haus war wie früher mit Gras und Heide bewachsen und auf der einen Seite von hohen Blutbuchen gesäumt. Ich beobachtete die Kinder. Sie mussten zwischen acht und zehn sein. Wie damals der Junge und ich. Nur dass wir flink gewesen waren und nicht solchen Krach gemacht hatten wie diese Horde von Tölpeln. Ich konnte mich an den Wind erinnern, an das Tuten der Schiffe, den Ruf des Bussards und an die kehligen Laute des Jungen. Ansonsten war es still gewesen. Wir waren still gewesen. Als hätten wir immerzu achtgegeben, dass niemand auf uns aufmerksam wurde.

Der Gedanke war neu. Er hatte etwas Bedrückendes und passte nicht zu den leuchtenden Bildern, die ich über die Jahrzehnte von jenem Sommer bewahrt hatte. Waren wir je so ausgelassen und albern gewesen wie diese Schulkinder, die da übereinander purzelten und sich nicht lassen konnten vor Übermut? Jetzt hätte ich mir Szenen gewünscht wie diese, in denen ich selbst vorkam. Und der blasse Junge auch.

Die Stimmen der Kinder hallten lange nach. Oliver war lautlos verschwunden.

Ich sah zu den Esskastanien. Hoch am Himmel war mittlerweile eine verhangene Mittagssonne zum Vorschein gekommen und blendete trotz der Schleierwolken. Ich kniff die Augen zusammen, um den Flecken auszumachen, an dem ich ihn zuletzt gesehen hatte, aber es gelang mir nicht. Ich machte die Jahreszeit dafür verantwortlich. Zwischen den unbelaubten Bäumen war es licht und leer, keine Spur von der unergründlichen Schwärze des Schattens, in den Oliver entkommen war.

Ich betrachtete das Haus. Der neue Besitzer hatte einen hohen, mit Stacheldraht bewehrten Zaun gezogen. An der Dachtraufe meinte ich, eine Überwachungskamera zu entdecken, vielleicht auch nur einen Bewegungsmelder. Die grünen Fensterläden waren verschwunden. Stattdessen schimmerten silbrige Jalousien hinter den Scheiben. Alle Fenster waren geschlossen und die Jalousien, so weit ich sehen konnte, überall heruntergelassen. Die früher leicht abschüssige Rasenfläche vor dem Haus war aufgeschüttet worden und vollkommen eben. Die Terrasse umgab eine halbhohe Mauer, auf der in regelmäßigen Abständen kugelköpfige Buchsbäume in weißen Kübeln standen und sich fremd ausnahmen in dieser Umgebung.

Was aus der einstigen Baustelle geworden war, konnte ich vom Höhenweg aus nicht sehen und ging ein Stück weit hinab ins Tal. Dort, wo das Schwimmbad hatte entstehen sollen, wuchsen magere Sträucher. Vermutlich hatte man die verrotteten Bretter und Baumaterialien abtransportiert und das halb betonierte Becken zugeschüttet. Auch das musste jetzt viele Jahre her sein, und doch schien mir die Stelle noch immer seltsam kahl.

Das ganze Haus wirkte abweisend, unbelebt und seltsam fremd, aber das Fehlen der Baustelle irritierte mich am meisten. Wenn es diese Baustelle nicht gegeben hätte, wäre alles anders gewesen. Ohne sie wäre meine Mutter nicht einen ganzen Sommer lang auf Sylt geblieben. Herr Schmidt wäre nicht jeden Tag ins Haus gekommen. Die Handwerker hätten nicht wochenlang unter der gestreiften Markise herumgelungert, während die Mädchen rauchend um den blauen Resopaltisch saßen, als verginge keine Zeit. Mein Vater wäre nicht mit mir durch die leeren staubigen Räume gewandert und hätte mich am Ende *mein Kind* genannt. Und den Jungen hätte es in meinem Leben nie gegeben.

Einen Moment lang war es, als hätte all das in Wahrheit gar nicht stattgefunden. Als seien die Bilder im Schwinden begriffen, weil sie nicht existieren konnten ohne den Ort, an dem sie angesiedelt waren. Wie die Bilder der Träume schwinden, wenn man erst einmal richtig wach ist und bei klarem Bewusstsein. Danach bleibt nichts als die Erinnerung an eine eigentümlich belebte Finsternis.

Aber jetzt war helllichter Tag. Ich rieb mir die Augen, suchte die sonderbaren Gedanken zu verscheuchen und ging den Hang weiter hinunter bis ins Tal, wo ich am Ende der Wiese wieder auf den Wanderweg traf.

Auf dem Rückweg in die Stadt zog ich Bilanz. Beim LKA war ich keinen Schritt weitergekommen, und was meine eigene Erinnerung anbelangte, so fischte ich buchstäblich im Trüben. Lars wüsste Rat. Er wusste immer Rat. Er würde mir alle Informationen besorgen, die ich brauchte, aus Pressearchiven, von Kollegen oder sonst woher. Er hatte schon früher alles besorgt, Dinge, die damals im Internat nicht leicht zu haben waren, Wein, Zigaretten und Dope oder Tickets für ein längst ausverkauftes Konzert. Er hatte Kontakte in alle Himmelsrichtungen, und wenn er keine hatte, verschaffte er sie sich. Sein Talent, Menschen für sich einzunehmen, öffnete ihm sämtliche Türen.

Aber dann war es ausgerechnet Holger Behrendt, der mir zu größerer Klarheit verhalf.

9

Wir trafen uns zum Mittagessen. Behrendt hatte darauf bestanden, mit einer sanften Strenge, die keinen Widerspruch duldete. Wenn er wütend war, wehrte ich mich vehement, wenn er väterlich wurde, war ich folgsam. Am Telefon hatte er kein Wort zu meinem Konzept gesagt. Das hielt ich für ein schlechtes Zeichen und hatte mir früh um sechs den Wecker gestellt, um nicht mit leeren Händen am vereinbarten Ort zu erscheinen. Aber dann hatte ich fünf Stunden am Tisch gesessen und nichts zuwege gebracht. Meine Sätze waren wie sperrige Stöcke, die ich nicht zu handhaben wusste.

Das Lokal, das Behrendt vorgeschlagen hatte, lag am Rand des Univiertels, eine Art Bistro mit nur sieben Tischen, vorzüglichen Weinen und einem schlichten, aber schmackhaften Mittagstisch. Behrendt legte großen Wert auf kulinarische Qualitäten und hätte sich, ganz gleich aus welchem Anlass, nie in einem schlechten Restaurant verabredet. Er brauchte keine exquisite Küche, konnte über einen grünen Hering ebenso ins Schwärmen geraten wie über entbeinte Wachteln mit Trüffelfüllung, solange die Zutaten frisch und nach seinem Geschmack zubereitet waren, und das hieß möglichst schlicht und ohne die Natur der Produkte zu verfälschen.

Als ich eintraf, saß er bereits draußen an einem der Sommertische unter noch spärlich belaubten Linden und hatte ein Glas Weißwein vor sich. Er war Anfang sechzig, meistens braun gebrannt und trug sein volles weißes Haar kurz geschoren. Er sah aus, wie der Chefredakteur von einem Monatsmagazin für eine schöngeistige und betuchte Klientel auszusehen hatte. Nur in der Kleidung unterschied er sich auf angenehm altmodische Weise von seinesgleichen. Ich hatte ihn noch nie in etwas anderem als einer abgewetzten braunen Samtjacke mit Lederflicken an den Ellbogen und einer beigefarbenen Cordhose gesehen. Dazu trug er je nach Jahreszeit einen weinroten Kaschmirschal oder ein dezent gemustertes Seidentuch. Heute war trotz des sonnigen Maiwetters noch der Kaschmirschal dran.

Er lobte den leichten Wein aus der Gascogne, fragte, ob ich auch ein Glas wolle und schlug vor, später zum Essen nach drinnen zu gehen. Einen Tisch habe er schon reserviert. Ich war mit allem einverstanden. Als mein Wein kam, hob Behrendt sein Glas. Unsicher sah ich ihn an.

„Ich dachte, Sie wären wütend auf mich."

„Das bin ich auch."

„Und worauf trinken wir dann?"

„Darauf, dass ich elf Jahre lang keinen Grund hatte, wütend auf Sie zu sein."

Ich fragte mich, ob das ein Rausschmiss war – falls man bei einer freien Mitarbeiterin überhaupt von Rausschmiss reden konnte. Wir hoben die Gläser, tranken, schwiegen. Behrendt musterte mich unverhohlen, ließ sich jedoch nicht anmerken, zu welchem Ergebnis er kam. Endlich sagte er: „Also, Lena, was ist los mit Ihnen? Reden Sie. Ich bin ein guter Zuhörer."

„Wie kommen Sie darauf, dass – ich meine, war das Konzept eine Katastrophe?"

„Nein, keine Katastrophe. Aber belanglos. Nullachtfünfzehn. Da hätte ich auch einen dieser Absolventen von irgendeiner Journalistenschule für zwei Tage nach Odense schicken können. Sie wissen ja, jung, begabt, gewandt und professionell, aber das Entscheidende fehlt."

„Und was ist das?"

Er lachte. „Keine Ahnung. Aber bei Ihnen habe ich es bisher immer gefunden." Dann wurde er wieder ernst. „Lena, Sie waren von dem Andersen-Thema begeistert, erinnern Sie sich? Schon nach drei Tagen haben Sie mir endlose Geschichten über dieses ‚hybride und gepeinigte Genie' erzählt, und ich habe versucht Sie zu bremsen, damit unsere Sommerfrischler an Dänemarks Küsten nicht überfordert wären. Mal abgesehen davon, dass diese Leser, wie es aussieht, nun ohne Andersen auskommen müssen – obgleich die Fotos von Lars Feldmann ganz hervorragend sind –, habe ich das schriftliche Konzept nicht von derselben Person bekommen. Deshalb frage ich mich, was mit Ihnen los ist. Und ob Sie sich mir anvertrauen mögen. Sie wirken ein wenig verloren, wenn ich das sagen darf."

Er überraschte mich. Wir hatten noch nie über Persönliches geredet, in all den Jahren nicht. Zumindest hatten wir das Persönliche nie explizit zum Thema gemacht. Ich fragte mich, was ich von ihm wusste, und stellte fest, dass es eine ganze Menge war. Ich kannte seine Einstellung, seine Vorlieben, seine Art und Weise, Dinge und Menschen zu beurteilen, und ich kannte auch seine Schwächen. Oft wusste ich im Voraus, wie er sich in dieser oder jener Angelegenheit verhalten, welche Position er beziehen würde. Meistens stimmte ich mit ihm überein. Behrendt war ein ausgezeichneter Journalist und also ein genauer Beobachter. Ich brauchte gar nicht erst zu versuchen, so zu tun, als sei alles in Ordnung.

„Ich weiß nicht, wo ich anfangen soll."

„Am besten von vorn."

„Dann wird es zu lang. Sie würden mir mindestens die Hälfte rausstreichen."

„Abwarten." Er kniff die Augen zusammen, sah zum Himmel, wies auf den Giebel des gegenüberliegenden Hauses. „Wenn die Sonne dahinter verschwindet, wird es hier frisch. Dann gehen wir rein und bestellen Essen. Und um vier habe ich einen Termin. Das ist alles."

Ich mochte seine nüchterne Art. Keine übertriebene Anteilnahme, keine unnötigen Beteuerungen seiner Verschwiegenheit. Bei ihm wusste man immer, woran man war.

Als die Sonne besagten Giebel gegenüber erreicht hatte, war ich gerade bei der Rückkehr meiner Mutter. Wir gingen hinein, setzten uns an den reservierten Tisch am Fenster, bestellten Kalbsrouladen mit Pastinakenpüree und ungeschälten kleinen Kartoffeln, in der Pfanne gedünstet, dazu eine Flasche Wasser und eine Flasche von dem Weißwein aus der Gascogne. Behrendt hatte nicht zu viel versprochen. Er war wirklich ein guter Zuhörer, aufmerksam und zurückhaltend. Ich fühlte mich nicht einen Moment lang bloßgestellt. Wenn ich den Faden verlor oder mich in der zeitlichen Abfolge irrte, strukturierte er die Ereignisse mühelos im Kopf und vergewisserte sich mit fragenden Halbsätzen.

Später wusste ich nicht mehr, an welcher Stelle meines Berichts sein Verhalten sich geändert hatte, aber irgendwann spürte ich, dass er nicht mehr nur zuhörte, sondern Teil des Geschehens wurde. Als wäre ein Funke übergesprungen und hätte ihn vom Zuschauer zum Mitspieler gemacht. Das irritierte mich, aber nur kurz. Ich war viel zu sehr mit mir beschäftigt.

Als ich geendet hatte, waren wir bei Espresso und Cognac. Behrendt warf einen Blick auf die Uhr. Er nahm sein Mobiltelefon aus der Jackentasche, stand auf und trat vor die Tür. Ich beobachtete ihn. Das Gespräch war kurz. Er schien sehr erregt und blieb noch ein paar Minuten draußen. Dann kam er zurück und setzte sich wieder an seinen Platz. Ich fragte, ob er schlechte Nachrichten erhalten hätte. Er sah mich an, runzelte die Stirn, als hätte er meine Frage nicht verstanden. Ich wies auf das Telefon in seiner

Hand, und er betrachtete es beinahe erstaunt. Dann schüttelte er langsam den Kopf.

„Nein. Ich habe meinen Termin abgesagt."

„Sehen Sie, es war doch zu lang. Tut mir leid." Er wirkte verstimmt und ich war enttäuscht. „Meinetwegen hätten Sie nicht absagen müssen. Außerdem ist es erst kurz nach drei."

Behrendt lehnte sich zurück. „Ich weiß, wie spät es ist, und ich habe auch nicht Ihretwegen abgesagt. Ich glaube, jetzt muss ich Ihnen etwas erzählen. Mögen Sie eine Tarte au chocolat? Die ist hier ganz vorzüglich."

Nachdem er für uns beide die Tarte, zwei weitere Espresso und zwei weitere Cognac bestellt hatte, eröffnete er mir in Kurzform, dass der Fall von Oliver und Adele Schmidt ihm nicht neu war. Im Gegenteil. Es war die erste große Geschichte gewesen, an der er als junger Reporter mitgearbeitet hatte. Anfangs hatte kein Mensch geahnt, was diese Vermisstenmeldung alles nach sich ziehen würde, sonst hätte man ihn vermutlich gleich aus der Sache herausgehalten. Als dann der Verdacht auf Kindsmord hinzukam, hatte sein damaliger Chef gewollt, dass er dranblieb, hatte dem Neuling ein besonderes psychologisches Feingefühl attestiert und ihm den Rücken gestärkt.

Ich hörte ihm zu, sagte nichts. Am meisten überraschte mich seine Erregung. Ich kannte ihn als ausgewogene Persönlichkeit, als jemanden, der mit Bedacht urteilte und sich selten aus der Ruhe bringen ließ. Jetzt rang er sichtlich um Fassung. Dass er früher einmal bei der *Abendpost* gewesen war, hatte ich zwar nicht gewusst, fand es aber auch nicht verwerflich. Er war nicht der einzige fähige Journalist, der bei einem solchen Blatt angefangen hatte.

„Von wegen Feingefühl", sagte er. „Ich habe diese arme Frau gehetzt wie einen waidwunden Hasen. Und die ganze Meute ist hinter mir her. Am Ende war sie seelisch tot."

Ich betrachtete ihn zunehmend befremdet und war zugleich begierig darauf, mehr zu erfahren. „Kaum zu glauben", sagte er zögernd, „dass ich –" Er räusperte sich. „Es versetzt mich jedes Mal selbst in Erstaunen, wenn ich daran zurückdenke. Aber ich sollte der Reihe nach erzählen. Oder möchten Sie lieber nicht –"

„Doch", sagte ich. „Bitte. Ich möchte alles erfahren."

Er nickte. „Also gut. Die Polizei hat damals die Presse um Mithilfe gebeten. Aber das wissen Sie ja schon. Die Meldung ging offenbar noch am selben Tag raus, an dem Oliver den Beamten auf dem Grundstück Ihrer Eltern entkommen ist. Offiziell hieß es allerdings, er sei zum letzten Mal am Strand in der Nähe des Wittenbergener Leuchtturms gesehen worden. Über die näheren Umstände wurde damals absolutes Stillschweigen gewahrt, und das wohl nicht nur, weil die Beamten ihr Versagen kaschieren wollten.

Selbst ich habe den Namen Vogel heute zum ersten Mal in Verbindung mit dem verschwundenen Jungen gehört. Ich nehme an, die Identität Ihrer Familie zu verschweigen, war gleichermaßen im Sinne Ihrer Eltern, wie im Sinne der Presse. Es mag merkwürdig klingen, aber der Boulevardjournalismus hat seine eigenen Gesetze. Man braucht Helden mit weißer Weste, man braucht eine intakte Oberschicht und eine unbescholtene Prominenz, über die man berichten kann. Und diese Leute genießen eine Art Glamourschutz. Ihr Nimbus darf nicht zerstört werden, ihre Skandale gehören nach Sylt oder nach St. Moritz und bestimmt nicht in die Niederungen geistiger und sozialer Beengtheit.

An jenem Donnerstag rief der Chef mich am frühen Nachmittag zu sich. Sein Eckbüro war ein gläserner Kasten, zwei riesige Panoramafenster nach draußen, zwei Trennscheiben zur Redaktion. Jeder konnte sehen, was in dem Zimmer vor sich ging. Der Chef hielt mir ein Fax unter die Nase, das ich selbst ihm ein paar Minuten zuvor gebracht hatte. Er wollte wissen, was da drin stand, aber ich hatte nicht einen einzigen Blick auf das Blatt Papier geworfen. Ich hatte gedankenlos den Botengang ausgeführt, den man mir aufgetragen hatte – eine Schlafmütze, ein Träumer, ein Taugenichts, unbrauchbar für die Blitzattacken der Boulevardpresse. So etwa kanzelte er mich ab.

Ich stand vor seinem Schreibtisch, mit dem Rücken zur Redaktion, starrte abwechselnd auf die Vermisstenmeldung und über seinen Kopf hinweg nach draußen. Sonne und Wolken. Ein wilder Himmel. Die Kollegen konnte ich nicht sehen, aber ich spürte ihre hämischen Blicke. Sie mochten mich nicht. Sie fanden mich arrogant. Und jetzt guckten sie alle zu. Was der Chef sagte, konnte man draußen nicht verstehen, aber seine Mimik und meine Haltung sprachen Bände. In dem Augenblick habe ich mir geschworen, dass ich sie verblüffen würde, egal wie.

Der Polizeireporter übernahm das Kommissariat, bei dem die Vermisstenmeldung eingegangen war, und ich wurde losgeschickt, um die sogenannten Kommodenfotos zu besorgen, Bilder des Vermissten, die sich in den Schubladen der Angehörigen fanden. In Wahrheit lief ich den ganzen Nachmittag lang nur einem Fotografen hinterher, der ein paar aktuelle Aufnahmen machen sollte, Eltern, Nachbarn, Wohnort, was immer er vor die Linse kriegen konnte. Er war seit Jahren im Geschäft und wusste, wie das Spiel funktionierte.

Bei den Schmidts in der Osdorfer Landstraße standen wir vor verschlossener Tür, die Nachbarn wussten schon aus dem Radio von der Vermisstenmeldung, lungerten draußen herum und redeten, aber nicht mit mir. Mein Kollege fotografierte pausenlos, und ich stapfte mit meinem Notizblock von einem zum anderen. Wir klingelten an verschiedenen Haustüren, ließen uns in einen benachbarten Garten führen, mühten uns, von der Straße aus zwischen den zugezogenen Vorhängen der Schmidts hindurchzuspähen, und brachten trotz allem so gut wie nichts in Erfahrung.

Als wir wieder in die Redaktion kamen, war der Artikel des Polizeireporters bereits im Satz und mich schickte man nach Hause. Am nächsten Morgen konnte ich dann in unserem Blatt lesen, dass Oliver Schmidt schon wiederholte Male von zu Hause fortgelaufen war, dass die Nachbarn immer wieder Zank und Geschrei bei den Schmidts gehört hatten; selbst Handgreiflichkeiten wollten sie in der von der Straßenseite gut einsehbaren Wohnung im Parterre beobachtet haben, und so müsste man wohl davon ausgehen, dass Oliver Schmidt auch diesmal aus eigenem Antrieb weggelaufen sei.

Ich wollte den Polizeireporter zur Rede stellen, aber der war gar nicht im Haus, und als er spätnachmittags eintraf, scheuchte er mich davon wie eine lästige Schmeißfliege. Der Fotograf, den ich noch gestern für meinen Verbündeten gehalten hatte, machte es nicht anders. Ich spürte, dass etwas im Gange war, eine summende Geschäftigkeit, aber mich ließ man außen vor, schickte mich zu einem kranken Elefantenbaby in Hagenbecks Tierpark und am Samstag zum Jubiläum eines Taubenzüchtervereins.

Alles, was ich in diesen Tagen über den verschwundenen Jungen erfuhr, stammte aus den Medien. Ständig gab es neue Meldungen, Zeugen, die dieses oder jenes gehört oder gesehen haben wollten. Es wimmelte von Widersprüchen, die Boulevardblätter überboten einander in reißerischen Schlagzeilen, das meiste hielt ich für erfunden und kam zu dem Schluss, dass diese Blätter schlimmer waren als ihr Ruf.

Das Verhalten der Kollegen empörte mich. Ich wollte die wahre Geschichte. Zumindest redete ich mir das ein. In einigen wenigen Punkten stimmten fast alle Verlautbarungen überein, und nur die nahm ich als gesichert an. Demnach lebte Adele Schmidt mit ihrem unehelichen Sohn Oliver bei ihrem Bruder, die Geschwister stammten aus Süddeutschland und hatten wenig Kontakt zu den Nachbarn. Schon vor seinem Verschwinden hatte man Oliver wochenlang nicht mehr draußen gesehen. Erst hieß es, er wäre krank, und später, er wäre bei Verwandten in Süddeutschland zur Erholung. Und dann hatte nicht etwa die Mutter den Jungen als vermisst gemeldet, sondern der Amtsvormund Gottfried S., der sich allerdings in der Sache nicht äußern wollte.

Am Sonntag hatte ich frei und begab mich am frühen Abend noch einmal zu der Wohnung der Schmidts in der Osdorfer Landstraße. Alles sah genauso aus wie drei Tage zuvor, die Gardinen waren zugezogen, nirgendwo brannte Licht, kein Laut drang aus dem Garten und ich hätte nicht zu sagen vermocht, ob seither jemand ein oder aus gegangen war.

Ich schlenderte die Straße entlang und hielt Ausschau nach meinesgleichen, aber die Kollegen hatten offenbar entschieden, dass hier nichts mehr zu holen wäre. Und wirklich war an diesem lauen Septemberabend auf der Straße so gut wie nichts los, kaum Verkehr, nur hin und wieder ein zielstrebiger Fußgänger, der in der trägen Sonntagsstille wie ein Verspäteter oder Flüchtender daherkam und eilig wieder in einem Hauseingang oder in einer Seitenstraße verschwand. Ich fragte mich, was ich hier tat, und ging schließlich in die einzige Kneipe, die ich in der näheren Umgebung ausgemacht hatte.

Und dann hatte ich Glück. Am Tresen saß der zweite Vorsitzende des Taubenzüchtervereins. Ich setzte mich neben ihn und bestellte Bier. Wir redeten ziemlich lange über Tauben. Und dann redeten wir über Adele Schmidt. Eine Taube mit gebrochenem Flügel hatte sich im vergangenen Sommer ausgerechnet in Adeles winzigen Garten verirrt und war von ihr gesund gepflegt worden. Der Bruder hatte überall in der Nachbarschaft Zettel aufgehängt, *Verletzte Brieftaube gefunden*, sogar hier in der Kneipe, wo er sonst nicht verkehrte. Und so war die vermisste Taube, die Vanessa hieß, glücklich wieder bei ihrem Besitzer gelandet.

Bald wusste ich alles über Vanessa, welche Entfernungen sie trotz der Verletzung inzwischen wieder zurücklegen konnte, was die letzten Röntgenaufnahmen beim Tierarzt ergeben hatten und wie ungewöhnlich es war, dass so ein komplizierter Bruch so gut verheilte. Ich wagte nicht, ihn zu unterbrechen, aber er kam von sich aus wieder auf Adele zu sprechen, lobte sie in den höchsten Tönen und schrieb ihren Händen eine magische Wirkung zu. Ja, das meine er ganz ernst, sie verfüge über heilerische Fähigkeiten, und vielleicht sei sie deshalb so sonderbar.

Sonderbar? Behutsam hakte ich nach. Er zuckte die Achseln. Na, sonderbar eben. So genau könne er das auch nicht sagen, aber sie rede halt nicht viel und sei immer so ernst. Menschenscheu. Ließe ja kaum jemanden ins Haus. Dabei wäre da alles tipptopp, blitzsauber und aufgeräumt, die hätte ihre kleine Wirtschaft im Griff, der Bruder könnte sich freuen.

‚Und der Junge?'

‚Der Junge?' Er sah mich an, seine Miene verdüsterte sich. ‚Ach, daher weht der Wind. Hätte ich mir ja denken können. Sie interessieren sich gar nicht für Tauben, oder?' Ohne meine Antwort abzuwarten, ließ er mich stehen und begab sich an einen der hinteren Tische, wo sich inzwischen einige seiner Vereinskollegen eingefunden hatten. In vertrauter Runde fing er sogleich an, lauthals über die rüden Methoden der Schmierenschreiber zu schimpfen. Ich zahlte unsere Biere, fuhr mit der letzten S-Bahn in die Redaktion und schrieb einen Dreispalter über die heilenden Hände der Adele S.

Die Heilerin, so lautete am nächsten Tag unsere Schlagzeile, ansonsten war so gut wie nichts von meinem Artikel übrig geblieben. In der Vormittagskonferenz fragte der Chef: ‚Woher haben wir das?' Der Spätredakteur wies mit einem Kopfnicken in meine

Richtung. Der Polizeireporter zischte: ‚Pass bloß auf, Bürschchen. Auf Wilderei in fremden Revieren steht bei uns die Todesstrafe.' Alle lachten. Auch der Chef. Aber beim Hinausgehen sagte er leise zu mir: ‚Dranbleiben, Junge, immer dranbleiben.'

Mit der Heilerin fing es an. Allein das Wort weckte natürlich alle möglichen Assoziationen, und weiß Gott nicht nur positive. Am nächsten Tag tauchte der Begriff in sämtlichen Medien auf, und damals war ich ziemlich stolz. Binnen nur einer Woche ist daraus dann die Giftmischerin geworden.

In den Tagen dazwischen habe ich kaum geschlafen, jeweils nur ein paar Stunden in der Redaktion zugebracht und ansonsten die meiste Zeit in Osdorf herumgelungert. Adele war meine einzige Chance. Wenn ich versucht hätte, bei der Polizei, beim Amtsvormund oder bei sonst einer offiziellen Stelle Erkundigungen einzuholen, hätten die sogenannten Kollegen mit Sicherheit einen Weg gefunden, mich kaltzustellen. So übernahmen sie zumindest die meisten meiner Beobachtungen und waren froh, dass sie sich nicht selbst die Nächte um die Ohren schlagen mussten.

Tatsächlich habe ich Adele während der ganzen Zeit nur wenige Male zu Gesicht bekommen, zuerst gleich an dem Montag nach der Konferenz. Ich schlenderte durch einen Supermarkt, nur ein paar Straßen von ihrer Wohnung entfernt, und da sah ich sie, eine ausladende Gestalt in einem weiten Cape mit Kapuze, die mit leicht geneigtem Kopf vor einem Regal stand und die Tütensuppen studierte. Ich erkannte sie gleich, obwohl bis dahin noch kaum Fotos von ihr kursierten und obwohl sie größer war, als ich erwartet hatte.

Und ich wusste auch gleich, was der Taubenzüchter gemeint hatte. Sie war anders, und das sah man ihr an. Aber was genau sie von anderen unterschied, ließ sich schwer beschreiben. Damals habe ich im Laufe der Woche ziemlich viele Adjektive ausprobiert – versehrt, angstvoll, stoisch, unbeirrbar, verschreckt, stolz, verkümmert, arglos und so fort – allesamt widersprüchlich und unzutreffend. Heute würde ich sagen, sie wirkte wie jemand in einem fremden Land, der das Reisen nicht gewohnt ist und die Sprache nicht versteht, jemand, der vorübergehend die Orientierung verloren hat, aber hartnäckig bestrebt ist, sich dennoch ohne Hilfe zurechtzufinden.

In dem Supermarkt stand ich hinter ihr an der Kasse, hatte mir gerade noch rechtzeitig eine Packung Erdnüsse gegriffen, um nicht aufzufallen. In ihrem Einkaufswagen lag nicht viel, zwei Tüten Tomatensuppe, Reis, Pfeffer, eine Flasche Asbach und zwei Flaschen Apfelsaft. Die Kassiererin sah sie neugierig an, sagte aber nichts. Sie schien zu wissen, wen sie vor sich hatte. Die wenigen Dinge waren schnell addiert. Ich überlegte fieberhaft, wie ich Adele aufhalten konnte. Als ich meine Erdnüsse bezahlt hatte, rannte ich hinter ihr her und versperrte ihr den Weg.

Mit einem Ruck blieb sie stehen, warf den Kopf in den Nacken, als hätte ich sie in vollem Lauf ausgebremst. Dabei war sie gar nicht schnell gegangen. Ich hielt ihr die Erdnüsse hin und behauptete, die hätte sie vergessen. Sie lächelte unsicher, schüttelte den Kopf, setzte sich schwerfällig wieder in Bewegung. ‚Warten Sie!‘, rief ich. ‚Bitte, helfen Sie mir!‘

Sie blieb wieder stehen, warum, das weiß ich bis heute nicht. Sie muss gewusst haben, dass ich Journalist war. Vielleicht wollte sie mir wirklich helfen. Ich fragte sie nach ihrem Sohn. Sie zögerte. Dann kramte sie in ihrer Einkaufstasche, hielt eine Tütensuppe hoch und sagte: ‚Mein Sohn isst gerne Tomatensuppe.‘ Als stünde sie vor laufender Kamera. Dabei hatte ich nur Block und Stift in den Händen. Ich fragte nach ihrem Bruder, nach den angeblichen Streitereien, ob er Oliver und sie geschlagen habe, ob sie glaube, dass Oliver aus Angst fortgelaufen sei. Ich fragte und fragte, und sie tat nichts weiter, als abwechselnd zu nicken und den Kopf zu schütteln. Schließlich sagte sie: ‚Kann ich jetzt gehen?‘ Ich verzog keine Miene. Da nahm sie mir die Erdnüsse aus der Hand, hielt sie hoch und sagte: ‚Ich esse gerne Erdnüsse.‘ Dann rannte sie weg, flink und behände, wie ich es ihr niemals zugetraut hätte.

Ich war so verwirrt, dass ich ihr nicht gleich folgte, und an der nächsten Kreuzung hatte ich sie verloren. Mir ist immer noch ein Rätsel, wie sie in die Wohnung gelangt ist, ohne dass die Pressemeute sie aufhielt, die sich mittlerweile – angelockt von der geheimnisumwobenen Schlagzeile *Die Heilerin* – aufs Neue vor ihrer Haustür zusammengerottet hatte. Es musste eine Möglichkeit gegeben haben, durch eines der benachbarten Gebäude in den winzigen Hintergarten zu gelangen, aber vermutlich brauchte man dazu den Schlüssel von irgendeiner Garage oder einem Gartentor.

Nach und nach trollten sich die anderen Journalisten und bald nach Einbruch der Dunkelheit war ich der Einzige, der weiter ausharrte. Die Begegnung im Supermarkt reichte mir nicht. Wenn ich eine Kamera bei mir gehabt hätte, dann ja, aber so gab die Szene wenig her, und ich hatte meine Chance verpatzt.

Gegen zehn ging in der Wohnung das Licht aus. Ich wartete noch mehr als eine Stunde. Als ich eben gehen wollte, wurde eines der Fenster aufgestoßen, und ich erblickte Adeles Schatten. Sie stand einfach nur da und sah hinaus in die Nacht. Irgendwann fing sie leise an zu sprechen. Ich hielt den Atem an, aber ich war zu weit weg und verstand kein Wort. Sie rang die Hände, wurde laut, beinahe schrill, und ich glaube, sie rief nach Gott, aber ich bin nicht sicher.

Dann kam jemand die Straße entlanggerannt, öffnete hastig die Haustür und verschwand im Innern. Das muss ihr Bruder gewesen sein. Wo er um diese Zeit herkam und wie lange er fort gewesen war, weiß ich nicht. In seiner Firma jedenfalls hatte er pünktlich um vier Schluss gemacht, um dann, wie ich später erfuhr, vom nächsten Tag an nicht mehr zur Arbeit zu erscheinen.

Die Haustür fiel wieder ins Schloss und gleich darauf trat er hinter Adele, legte ihr beide Arme um den Leib und hielt sie fest, bis sie verstummte. Dann schloss er das Fenster, zog die Gardinen zu und machte Licht.

Ich war zu spät für die letzte S-Bahn, fuhr per Anhalter in die Stadt und schaffte es gerade noch rechtzeitig in die Redaktion, so dass am nächsten Tag zumindest in einem Teil der Auflage von Adeles nächtlicher Zwiesprache mit Gott berichtet wurde. *Heilerin hadert mit dem Herrn.* Der Chefredakteur nickte mir anerkennend zu. Und dabei blieb es. Niemand richtete freiwillig das Wort an mich, die Kommunikation blieb auf das Nötigste beschränkt. Noch gab es keine konkreten Verdachtsmomente, aber die Sache spitzte sich zu, und so stiegen auch die Chancen jedes Einzelnen, sich mit exklusiven Informationen zu profilieren. Ich hatte zwei Mal Glück gehabt, damit schien es fürs Erste vorbei, aber ich gab nicht auf.

Tagsüber herrschte um die Schmidtsche Wohnung eine Art Belagerungszustand, mit Einbruch der Dunkelheit war ich meistens allein. Ich beschrieb die Gewohnheiten der Nachbarn und das ganz gewöhnliche Geschehen auf der Straße und würzte es mit den wenigen Informationen, die ich hier und da aufschnappen konnte. Jede Nacht brannte in der Wohnung Licht, das war eigentlich das einzig Bemerkenswerte.

Man sah die Schatten der Geschwister, die sich hin und her bewegten, ruhelos, wie mir schien – oder wie ich zumindest schrieb.

Meine Berichte wurden nicht mehr ignoriert, zum Teil sogar wörtlich übernommen, aber mein Name tauchte noch immer nicht auf. Nur das Elefantenbaby und die Taubenzüchter, irgendwo weit abgeschlagen auf den Lokalseiten, hatten sie mir freiwillig gelassen. Der Durchbruch gelang mir erst, als Adele Ende der Woche in die Psychiatrie eingeliefert wurde und ich mir dort Zutritt verschaffte. Weiß Gott kein rühmlicher Auftritt, zumal ich mir gleich nach der verpassten Chance mit der Tütensuppe eine kleine Kamera gekauft hatte.

Es war nicht das erste Foto von ihr. Aber vielleicht das grausamste. Wir saßen am Tisch in einer Art Speiseraum. Ich hatte einen weißen Kittel an und tat, als wollte ich sie füttern, obwohl nicht die geringste Notwendigkeit dazu bestand. Meine dürftige Tarnung konnte jeden Moment auffliegen, und ich war sehr nervös.

Zu dem Zeitpunkt gab es erste Gerüchte. Adele selbst sollte ihrem Sohn etwas angetan haben. Danach sollte sie einen hysterischen Zusammenbruch erlitten und versucht haben, sich das Leben zu nehmen. Bei ihrem Anblick fiel es mir schwer, das zu glauben. Sie war so ruhig. Das konnte natürlich an den Medikamenten liegen, aber sie wirkte wach, nicht wie jemand, den man mit starken Mitteln sediert hatte. Ich sprach leise und langsam und hütete mich, direkte Fragen zu stellen. Vielleicht war an den Gerüchten etwas dran, und ich wollte auf keinen Fall riskieren, dass sie laut wurde. Ich bat sie, mir zu erzählen, was vorgefallen sei, warum sie hier war, wovor sie Angst habe.

Adele sah die ganze Zeit zum Fenster hinaus, einen unbestimmten Ausdruck im Gesicht. Sie sagte: ‚Ich habe keine Angst.' Dann lächelte sie plötzlich, wandte sich mir zu und wollte wissen, ob ich ihr Erdnüsse mitgebracht hätte. Ich war vollkommen perplex. Gleich darauf nahm ihr Gesicht wieder diesen unbestimmten Ausdruck an und sie sprach kein Wort mehr, ganz gleich, was ich sagte oder tat. Und dann war ich es, der zuerst die Nerven verlor, nicht sie. Der Schlafmangel, die abfälligen und spöttischen Bemerkungen der Kollegen und jetzt auch noch das Gefühl, dass sogar Adele sich über mich lustig machte. Ich packte ihre Handgelenke, zwang sie, mich anzusehen, und sagte: ‚Haben Sie Ihren Sohn umgebracht?'

Ihr Gesicht habe ich nie vergessen. Ich ließ ihre Handgelenke los, zückte blitzschnell die Kamera und drückte ab. Der *Schrei* von Munch. Ich kann das Bild nicht mehr ansehen, ohne an Adele Schmidt zu denken. Und ich war schamlos genug, diesen Vergleich zu strapazieren, als ich kaum eine Stunde später in der Redaktion an meinem Schreibtisch saß.

Das Foto machte Furore. Und ich hatte meinen ersten Aufmacher. Die Schlagzeile lautete *Kindsmord im Vorort – hat Adele S. ihren Sohn vergiftet?* Diesmal mussten die anderen mir ihre Informationen überlassen. Plötzlich war ich für alle der Held und sie wetteiferten sogar darum, mir zuarbeiten zu dürfen.

Man hatte Adele gleich nach ihrer Einlieferung den Magen ausgepumpt und den Inhalt analysiert. Ein Gericht aus Tomatensuppe und Reis, dem bestimmte Mengen von Valium, Rattengift und Aceton beigemischt waren. In der Wohnung der Geschwister hatte man leere Tablettenröhrchen und Verpackungen entdeckt, aber nur einen Teil ihres Inhalts in Adeles Magen wiedergefunden. So kam es zu der Theorie, sie habe den Jungen vergiftet und anschließend versucht, sich das Leben zu nehmen.

Andere Indizien gab es nicht, nur die leeren Verpackungen. Und es gab auch kein stichhaltiges Motiv, obgleich darüber in der Presse endlos spekuliert wurde. Die einen behaupteten, der vielen Streitereien wegen habe das Jugendamt Adele den Jungen wegnehmen wollen, was vom Amtsvormund Gottfried S. weder dementiert noch bestätigt wurde. Andere wollten wissen, dass der leibliche Vater aufgetaucht sei und irgendwelche Ansprüche geltend gemacht habe. Juristisch gesehen hätte das zu der damaligen Zeit zwar nicht weit geführt, aber angeblich hatte er Adele gedroht. Natürlich wurden auch allerlei Vermutungen über ihren Geisteszustand angestellt, wozu mein Foto nicht unmaßgeblich beitrug. Immer wieder kamen Nachbarn zu Wort und warteten mit immer neuen Geschichten auf. Der zweite Vorsitzende des Taubenzüchtervereins gab ein langes Interview im Radio. Nur der Bruder verweigerte jede Aussage, stand angeblich selbst kurz vor dem Zusammenbruch.

Alles in allem reichten die Verdachtsmomente nicht aus, um Anklage zu erheben. Vor allem gab es keine Leiche. Der Junge wurde nie gefunden. Der Fall verschwand aus den Schlagzeilen, und irgendwann versandete die Suche in den Archiven des LKA."

Behrendt hielt einen Moment lang inne, strich sich mit der flachen Hand über das Gesicht, als wollte er den erbarmungslosen Jungreporter abstreifen, ehe er fortfuhr.

„Ich bin dann noch gut ein Jahr bei dem Blatt geblieben, aber für einen Aufmacher hat es nie mehr gereicht, und mit den Kollegen kam ich bis zuletzt nicht gut klar. Das sage ich nicht, um mich in einem besseren Licht erscheinen zu lassen. Damals hätte ich sonst was angestellt, um noch einmal einen solchen Treffer zu landen. Die Skrupel kamen erst später.

Ich habe mich oft gefragt, was aus Adele Schmidt geworden ist, aber ich bin der Sache nie nachgegangen. In Wahrheit wollte ich es wohl gar nicht wissen. Ich glaube allerdings, dass ich ihr einmal begegnet bin, und nach dem, was Sie vorhin erzählt haben, bin ich ziemlich sicher.

Es muss ungefähr zehn Jahre her sein. Ich habe mir mit meiner Frau eine Ausstellung in Schloss Gottorf angesehen, und danach sind wir am Kanal spazieren gegangen. Ein lauer sonniger Septembernachmittag mitten in der Woche. Außer uns war kaum jemand unterwegs, und es war so still, dass auch wir irgendwann aufhörten zu reden. An einer großen Ausbuchtung nicht weit von der Breiholzer Fähre kam uns eine hochgewachsene Gestalt entgegen. Schon aus einiger Entfernung fiel sie mir auf. Etwas an ihr kam mir bekannt vor, die Haltung, der Gang – eine Erinnerung, die ich nicht zu benennen wusste, die ein unangenehmes Empfinden und zugleich eine erwartungsvolle Spannung in mir auslöste. Ich sah kurz zu meiner Frau, die neben mir ging, und stellte fest, dass sie die entgegenkommende Person ebenfalls beobachtete.

Als wir nur noch wenige Schritte von der Fremden entfernt waren, wechselte ich die Spur, um sie passieren zu lassen, und als wir aneinander vorbeigingen, begegnete ich ihrem Blick. In dem Moment wusste ich, an wen sie mich erinnerte. Ich bin nicht sicher, ob sie mich erkannt hat, aber irgendein seltsamer Funke muss zwischen uns übergesprungen sein, denn nach einer Weile fragte meine Frau: ‚Hattest du mal was mit der? Merkwürdige Person. Aber nicht uninteressant.‘

Am Abend wollte ich ihr von der Sache erzählen, aber ich ließ es bleiben. Ich schämte mich. Eine Zeit lang tröstete ich mich damit, dass es Adele gut ging. So hatte sie zumindest ausgesehen. Aber nach ein paar Monaten kamen mir Zweifel. Das Letzte, was ich damals von ihr gehört hatte, war, dass sie von der Psychiatrie in eine geschlossene Anstalt verlegt worden war. Ich konnte mir schwer vorstellen, dass sie es geschafft haben sollte, von dort in ein selbstbestimmtes Leben entlassen zu werden. Und irgendwann war ich sicher, dass die Person am Kanal jemand anderes gewesen sein musste."

Als Behrendt geendet hatte, schwiegen wir lange. Endlich fragte ich: „Und, was glauben Sie? Hat Adele Schmidt ihrem Sohn etwas angetan?"

Behrendt sah mich an. Er schien mit sich zu ringen, und sein Gesicht nahm einen gequälten Ausdruck an. Dann sagte er: „Finden Sie es heraus."

10

Behrendt meinte es ernst. Er wollte, dass ich mich der Sache annahm, ganz offiziell, er wollte, dass ich darüber schrieb. Er versprach mir jede Freiheit, Zeit, Geld, Informationen, was immer ich brauchte. Er sagte, ich könnte ihn zitieren und alles verwenden, was er mir erzählt hatte, vor allem in Bezug auf die Methoden der Boulevardpresse. Das Ganze klang nach einer Mischung aus Bußübung und verspätetem Rachefeldzug. Mit meinem eigenen Anliegen hatte es, wie ich fand, wenig zu tun. Ich lehnte ab, aber Behrendt akzeptierte kein Nein. Ich sollte darüber nachdenken, mir Zeit lassen.

Zum Thema Andersen hatte ich vorgeschlagen, das Portrait in der Dezemberausgabe zu bringen, zum Abschluss des Andersen-Jahrs und mit Vorleseempfehlung für die Kleinen zur Weihnachtszeit, endlich einmal nicht die ständig strapazierte *Meerjungfrau*, sondern *Der Schneemann*, ein weniger bekanntes Märchen, das vieles über Andersen selbst erzählte. Behrendt nickte zerstreut, sagte, er werde seinerseits darüber nachdenken. So waren wir verblieben.

Als ich zu Hause ankam, fühlte ich mich erschöpft und leer, ein Zustand, der zu der fahlen Farblosigkeit draußen passte. Die Sonne war untergegangen und langsam begann es zu dunkeln. Ich machte kein Licht, legte mich auf mein Bett, wartete darauf, dass die Stille ihre besänftigende Wirkung tat, aber in meinem Kopf redeten sie alle durcheinander, Behrendt und Lohse und Gudrun und manchmal, leise, ein Kind. Das war der Junge, aber ich konnte ihn nicht verstehen. Ich stand wieder auf und sah hinüber zu Lars. Seine Fenster waren sämtlich hell erleuchtet. Erleichtert griff ich zum Telefon. Diesmal wollte ich zumindest vorher fragen, ob ich willkommen war.

Seine Stimme klang anders, aufgekratzt. Im Hintergrund war Lärm. Ich sagte nichts, sah wieder zu den Fenstern hinüber, und da erst bemerkte ich die anderen. Das ganze Atelier, so schien es, war voller Menschen. – Lars feierte den Frühling. Jedes Jahr irgendwann in der ersten Maihälfte lud er spontan seine Freunde ein. Und Lars hatte viele Freunde. Er hatte schon immer viele Freunde gehabt, auch damals im Internat, obwohl er die Menschen nicht suchte. Sie suchten ihn. Er war gern für sich, und in seinem Kopf war so viel los, dass er sich niemals langweilte. Er mochte Geselligkeit, aber er brauchte sie nicht. Vielleicht war es das, was ihn für andere so anziehend machte.

Ich legte auf, ohne etwas zu sagen, aber er hatte meine Nummer schon auf dem Display erkannt, und im nächsten Augenblick klingelte mein Telefon. Ich rührte mich nicht. Der Anrufbeantworter sprang an. „Lena, sei nicht albern, komm rüber, okay? Ich würde mich wirklich freuen. Und unsere Freunde auch.“ Ich sah ihn da oben am Fenster stehen. Er blickte zu mir herüber, aber ich saß noch immer im Dunkeln.

„Lena.“ Er hob grüßend den Arm. Die vertraute Geste tat mir weh. Jemand trat hinter ihn, berührte ihn an der Schulter. Eine hochgewachsene Frau. Er drehte sich um, nickte, folgte ihr ins Innere der Wohnung.

‚Unsere Freunde', das hatte er schon immer gesagt, aber es stimmte nicht, stimmte in diesem Moment weniger denn je. Es waren seine Freunde. Bei mir klingelte fast nie das Telefon. Bislang hatte mich das kaum gestört. Wenn ich Lust auf Gesellschaft hatte, ging ich nach drüben ins Atelier. Bei Lars war fast immer Betrieb, seine Assistenten, seine Kunden, Galeristen, Menschen, die er fotografierte, Freunde, die auf einen Kaffee oder ein Glas Wein vorbeikamen. Ich fühlte mich wohl mit ihnen. Sie mochten mich, und das nicht nur, weil ich zu Lars gehörte. Aber dennoch waren es seine Freunde, nicht meine, das hatte ich immer gespürt.

Jetzt hätte ich mich gern mit jemandem betrunken. Die Wirkung des Weißweins vom Mittag hatte sich längst verflüchtigt. Ich überlegte, wen ich anrufen könnte, aber mir fiel niemand ein, von dem ich nicht annehmen musste, dass er drüben im Atelier war. Ich blätterte in meinem Adressbuch. Angelika. Sie war mir als Einzige von den Menschen geblieben, die ich unabhängig von Lars gekannt hatte. Ehe ich ins Internat kam, hatten wir in der Schule nebeneinander gesessen, aber das war auch schon fast alles, woran ich mich erinnern konnte. Lange Jahre hatten wir uns aus den Augen verloren. Als ich nach Hamburg zurückkam, waren wir uns zufällig auf der Straße begegnet und seither trafen wir uns gelegentlich, wobei meist sie es war, die darauf drängte.

Wann immer Angelika mir von Dingen erzählte, die wir angeblich gemeinsam erlebt hatten, war ich erstaunt und ein wenig befremdet. Das Mädchen, mit dem sie getuschelt und gekichert hatte, Streiche ausgeheckt, Hausaufgaben von Dritten abgeschrieben und später endlos über Jungs gelästert, kam mir so gar nicht wie ich selbst vor. In meiner Erinnerung sah ich mich ernst, schweigsam und abweisend. Aber wenn ich ihr zuhörte, stellte sich manchmal tatsächlich etwas wie eine nachträglich empfundene Leichtigkeit ein, und das Kind, das ich gewesen war, erschien mir weniger dunkel und weniger starr.

Ich wählte ihre Nummer und hinterließ eine Nachricht auf dem Anrufbeantworter. Dann saß ich da und fixierte das Telefon. Als ob sie nichts Eiligeres zu tun hätte, als mich zurückzurufen. Vielleicht würde sie überhaupt nicht zurückrufen. In letzter Zeit hatte ich sie vernachlässigt. Ich hatte sie spüren lassen, dass ich die Reminiszenzen an unsere Kindheit auf Dauer ein wenig ermüdend fand, und hatte sie mehr als einmal versetzt. Aber jetzt sehnte ich mich nach ihrer bodenständigen Art, die Dinge zu betrachten und zu gewichten. Was auch geschehen mochte, sie bestärkte mich, war immer auf meiner Seite. Vor ihr brauchte ich mich nicht zu schämen, wenn ich etwas Dummes tat.

Später wählte ich die Nummer meiner Mutter. Ich ließ es lange klingeln. Womöglich war sie schon im Bett. Ich sah die dunkle Wohnung vor mir, die verlassene Récamière am hohen Fenster und draußen den Fluss, der jetzt schwarz aussah, gesprenkelt von tanzenden Lichtreflexen. Im Containerhafen auf der anderen Seite herrschte bis weit in die Nacht hinein emsige Betriebsamkeit, und die Lichter der Lastkräne und das Blinken der insektenartigen ferngesteuerten Transportfahrzeuge spiegelten sich auf der bewegten Wasserfläche.

Ihre Stimme klang fremd, ohne Gesicht, zumindest im ersten Moment. „Lena! Du? Mitten in der Nacht?“ Ich sah auf die Uhr. Es war kurz vor elf.

„Hast du geschlafen?“

„Unsinn. Ich schlafe so gut wie nie. Das nennt man senile Bettflucht. Ich sehe fern, die einzig interessante Sendung des Tages, also falls du –“

„Was siehst du denn?“ Ich wollte nicht, dass sie auflegte.

„Tagesthemen, was sonst. Uli Wickert. Mein Gott, was für ein gut aussehender Mann. Findest du nicht? Ach, nein, du hast ja nur Augen für deinen kleinen Freund, wie heißt er noch?“

„Mutter, bitte, ich habe dich angerufen, weil, weil ...“ Ich wusste es selbst nicht.

„Weil?“

„Ich wollte dir etwas erzählen.“

„Was denn?“ Wahrscheinlich hoffte sie auf eine

der Klatschgeschichten, die sie so liebte, vor allem, wenn sie anrüchig waren und von ‚halbseidenen' oder ‚liederlichen' Frauenzimmern handelten.

„Ich war draußen, bei unserem alten Haus."

„Ach." Ich hörte die Enttäuschung in ihrer Stimme.

„Kennst du eigentlich den jetzigen Besitzer?"

„Ich weiß nicht einmal mehr, wie er heißt. Ein denkbar uninteressanter Mann, blass und zierlich mit schlecht sitzenden Anzügen. Keine Ahnung, woher der so viel Geld hatte. Aber er hat anstandslos gezahlt." Ich dachte, dass ich sie immer während der Tagesthemen anrufen sollte. Herr Wickert wirkte offenbar belebend.

„Ich bin barfuß gelaufen. An der Elbe." Darauf sagte sie nichts. Barfußlaufen gehörte nicht zu den Dingen, die ihr im Mindesten reizvoll erschienen. „Die Baustelle ist nicht mehr da."

„Lena! Das ist lächerlich. Natürlich ist die Baustelle nicht mehr da. Warum musst du schon wieder von diesen alten Geschichten anfangen? Du weißt genau, wie schwer das alles für mich war."

„Nein. Das weiß ich nicht. Wir haben nie darüber gesprochen. Jedenfalls kann ich mich nicht daran erinnern. Ich kann mich an so vieles nicht erinnern. Damals, als der Junge da war, Oliver –" Sie schnitt mir das Wort ab.

„Dazu ist alles gesagt."

„Aber du musst doch –"

„Lena! Habe ich dir am Sonntag zu viel Sherry

gegeben? Weißt du nicht mehr, dass wir uns gerade erst sehr ausführlich über diese Dinge unterhalten haben?“ Sie klang gelangweilt und beleidigt, wie immer, wenn sie einem Gespräch ausweichen wollte.

„Ich war übrigens auch bei Gudrun.“

„Ach ja?“ Ein Anflug von Interesse.

„Sie hat den Schornsteinfeger geheiratet, Wolfgang. Die beiden wohnen in Buxtehude.“

„Wo die Hunde mit dem Schwanz bellen.“ Sie gluckste. Ich stöhnte. Der Scherz war so abgenutzt wie die steinernen Stufen der alten Buxtehuder Pfarrkirche. Dort wurden die Glocken schon am Seil geläutet, am ‚Schwanz‘, während man andernorts noch mit dem Hammer die Glocke schlug, und in Verbindung mit dem niederländischen ‚Hunten bellen‘ für Glockengeläut war daraus eine Art verbales Wahrzeichen geworden.

„Na gut“, sagte meine Mutter. „Haben sie Kinder?“

„Nein. Vielleicht möchtest du es nicht hören, aber damals wollten sie Oliver adoptieren.“

„Warum sollte ich das nicht hören wollen? Im Gegenteil. Diese Adele war ja offenbar nicht in der Lage, anständig für den Jungen zu sorgen. Und als Schornsteinfeger verdient man doch ganz gut.“

„Ich glaube kaum, dass es am Geld lag.“

„Es liegt immer am Geld. Aber das kannst du nicht wissen. Dafür bist du viel zu verwöhnt. Frag mal deinen kleinen Freund.“

Als ob ausgerechnet meine Mutter eine Ahnung davon hätte, wie es sich anfühlte, arm zu sein. Wirklich arm. Armut bedeutete für sie nichts weiter, als dass man vorübergehend mit einem halbfertigen Schwimmbad, einer robusten Haushälterin und billigem Fusel in alten Weinflaschen Vorlieb nehmen musste.

„Wie kommst du darauf, dass er das weiß?"

„Lena, bitte, dafür habe ich nun wirklich einen Blick. Der kommt aus ganz kleinen Verhältnissen." Der alte schamlose Dünkel.

„Mittlerweile ist er ein ziemlich berühmter Fotograf."

„Wie heißt er noch mal?"

„Lars Feldmann." Ich sah hinauf zu den Fenstern drüben.

„Nie gehört." Kunst interessierte sie nicht.

„Deichtorhallen. Einzelschau. Vor zwei Jahren. Nur unter anderem." Sie schwieg. „Gropius-Bau in Berlin, geplant für diesen Herbst. New York, London, Tokio. Einzelausstellungen. Alle innerhalb der letzten fünf Jahre."

„Schon gut, schon gut. Manche schaffen es eben trotzdem."

Ich wartete, dass sie noch etwas sagte, aber das tat sie nicht.

„Bevor ihr geheiratet habt, Vater und du, hast du da eigentlich –"

„Nein. Was auch immer – mit Sicherheit nicht.

Ich war ein Kind. Siebzehn. Und damals war man mit siebzehn wirklich noch ein Kind. Unvorstellbar naiv." Und nach einer Pause: „Lena? War dieser Lars mit in Buxtehude?"

„Nein."

„Und ist er jetzt bei Dir?"

„Nein."

„Warum denn nicht?"

„Er gibt eine Party."

„Wie bitte?"

„Er gibt eine Party. Ganz einfach."

„Und warum bist du nicht dort?"

„Wir haben uns getrennt." Das war das Letzte, was ich hatte sagen wollen.

„Ach Gott." Direkte Antworten hatten sie schon immer aus dem Takt gebracht. „Ich habe Gudrun damals übrigens abgeraten."

„Wie kommst du jetzt auf Gudrun?"

„Wir haben doch gerade von ihr gesprochen."

„Wir haben von Lars gesprochen."

„Ich weiß. Der heute ohne dich eine Party gibt. Es tut mir leid, aber vielleicht ist es besser so. Ihr wart doch sehr verschieden."

Das hatte ich nun davon. „Also, was war mit Gudrun? Wovon hast du ihr abgeraten?"

„Nun ja, ich meine, ein Kind von einer Frau wie Adele, da weiß man doch nicht, was man sich ins Haus holt, da kann ja später weiß Gott was draus werden."

„Du *wusstest*, dass sie ihn adoptieren wollte?"

„Warum denn nicht? Die Mädchen haben immer großen Wert auf meine Meinung gelegt. Ganz im Gegensatz zu meiner Tochter."

„Und du hast ihr abgeraten? Vorhin hast du doch gesagt –"

„Na sicher, für den Jungen wäre das ein Sechser im Lotto gewesen. Die Gudrun war eine anständige Person. Aber das Risiko – um Himmels willen!"

Ich ließ mit einem Zischen Luft ab, um meine Entrüstung zu bekunden, aber meine Mutter fuhr unbeirrt fort.

„Du siehst das natürlich anders. Du warst ja vollkommen vernarrt in dieses unnütze Bürschlein. Du hättest beinahe den Verstand verloren. Ist dir das eigentlich klar? Du warst außer dir, von Sinnen, und kein Arzt hier konnte mir sagen, ob dein Kopf für immer kaputt war, oder ob du wieder ganz normal werden würdest. Weißt du eigentlich, was ich damals alles für dich getan habe? Tagelang. Nächtelang. Rund um die Uhr hast du mich auf Trab gehalten. Schließlich habe ich einen Neurologen aus Basel kommen lassen, eine Kapazität. Professor Hellmann. Und weißt du, was der gesagt hat? Das Kind ist nicht krank, das Kind ist hysterisch. Von wegen Hirnhautentzündung. Das stand später nur im Attest, weil du so lange in der Schule gefehlt hast. Hysterisch hat er gesagt. Beim nächsten Tobsuchtsanfall sollten wir dich in die Wanne stecken, kaltes Wasser, das würde am besten helfen. Aber das mussten wir gar nicht. Es hat schon gereicht, dir damit zu drohen. Vielleicht erzählst du das auch mal deinem Therapeuten. Vielleicht begreift der dann, was mit dir los ist. Dieser Hellmann, der hat seine Sache verstanden, das merkte man gleich. Und dazu noch ein blendend aussehender Mann, markantes Gesicht, fantastisch. Ach, Lena, warum hast du mir bloß immer das Leben so schwer gemacht?"

Hellmann? Ich konnte mich nicht einmal an den Namen erinnern, geschweige denn an ein Gesicht. Alle anderen hatte ich wieder vor Augen, als meine Mutter sie aufzählte. Ich wusste wieder, dass damals immerzu Ärzte gekommen waren. Der Hausarzt, der die Hirnhautentzündung diagnostiziert hatte, der Kinderarzt, der hinzugezogen wurde, die Frau vom Kinderarzt, die gleichfalls praktizierte, ein anderer Hausarzt, weil meine Mutter dem ersten nicht traute. Alle hatten sie meinen Kopf angefasst und daran herumgedrückt, und jedes Mal hatte ich geschrien, denn mein Kopf tat auch so schon weh genug. Am meisten fürchtete ich mich vor der Frau. Sie war mindestens einen Kopf größer als ihr Mann und schien ihn auch fachlich übertrumpfen zu wollen, denn jedes Mal von Neuem malträtierte sie mich erbarmungslos mit ihren harten Händen. Bis ich sie irgendwann in den Finger biss. Danach kam sie nicht wieder.

Aber ein Professor Hellmann? Vergeblich suchte ich mich zu besinnen. Nichts. *Das Kind ist hyste-*

risch. Zumindest an die kalte Badewanne müsste ich mich doch erinnern, selbst wenn man sie mir nur angedroht hatte. Oder hatte meine Mutter die Empfehlung dieser Irrenhaus-Therapie erst nachträglich erfunden? Das wäre fast noch schlimmer. Vielleicht war sie der Ansicht, ich sei bis heute nicht wieder ganz normal geworden. Vielleicht hielt sie mich für verrückt. Genauso verrückt wie Adele. Und wenn Lars und ich ein Kind gewollt hätten? Eine Verrückte und der Sohn kleiner Leute. Was hätte das für ein Balg abgegeben.

„Bist du eigentlich froh, dass ich keine Kinder habe?"

„Lena, wie kommst du denn darauf!"

„Vielleicht wären sie alle hysterisch geworden. Und hätten dir das Leben schwer gemacht. Eine ganze Horde hysterischer Enkel. Das wäre doch die Hölle, oder?"

„Lena. Bitte. Ich kann doch nichts dafür, dass –"

„Schon gut."

Als ich aufgelegt hatte, sah ich wieder auf die Uhr. Kurz nach Mitternacht. So lange hatte ich noch nie mit meiner Mutter telefoniert. Drüben war noch immer alles hell erleuchtet, die Fenster im Atelier standen mittlerweile offen, viele tanzten. Als ich mein eigenes Fenster aufmachte, hörte ich die Musik, Michael Jackson, *Black or White.* Beim übernächsten Stück beugte ich mich weit hinaus. *She's out of my Life.* Lars konnte ich nirgendwo entdecken. Was hatte ich erwartet? Dass er wehmütig zu mir herüber sah? Lächerlich. Hysterisch. Ich schloss das Fenster und zog die Gardinen vor.

In der Nacht wachte ich auf. Irgendetwas musste mich geweckt haben. Im Raum war es stickig und obendrein stockdunkel. Ich schlief sonst nie bei geschlossenen Vorhängen. Und dann war er plötzlich wieder da. Professor Hellmann.

Auch damals, oben in meinem Kinderzimmer, hatte mich etwas geweckt. Draußen dämmerte der Abend und das Licht im Raum war körnig. Wie immer, seit ich krank war, griff ich mir als Erstes an den Kopf und fing leise an zu wimmern. Das half und lenkte ein wenig von den Schmerzen ab. Jemand räusperte sich. Ich sah zur Tür. Da stand er im Türrahmen, groß und grau, und im ersten Moment hielt ich ihn für meinen Vater. Er fragte, ob er hereinkommen dürfe. Die sonore einschmeichelnde Stimme war mir auf Anhieb zuwider und ich sagte nein, aber das kümmerte ihn nicht. Mit drei Schritten war er an meinem Bett, beugte sich über mich und sah mich durchdringend an. Sein Atem roch nach Sherry. Also hatte er schon mit meiner Mutter getrunken.

Dass er Arzt war, brauchte er mir nicht zu sagen, aber er tat es trotzdem, stellte sich als Professor Doktor Doktor Hellmann vor und fragte, ob ich wisse, was das bedeute. „Dass Sie mir wehtun wollen", sagte ich. Er lächelte verkniffen und erklärte, er sei Chef einer großen Klinik und ein Professor mit zwei

Doktortiteln. Er nannte mich ‚mein Kind'. Das durfte er nicht. Ich wurde wütend und sagte, er solle aus meinem Zimmer gehen, jetzt gleich, aber er blieb da, an meinem Bett, beugte sich noch weiter zu mir hinab.

Als er die Hände nach meinem Kopf ausstreckte, fing ich an zu schreien. Ich brüllte so laut ich konnte und ich hörte nicht auf, obgleich der Schmerz von dem Brüllen immer schlimmer wurde und ich dachte, mein Kopf würde im nächsten Moment zerspringen.

Er sah erschrocken zur Tür. Dann waren seine Hände in meinem Gesicht. Er hielt mir den Mund zu. Ich wehrte mich, aber er war stärker. Irgendwann war das Schreien nur noch in meinem Kopf. Ich strampelte mit den Beinen, wand mich in seinem Griff, aber ich kam nicht los. Ich hatte Angst. Ich dachte, dass ich sterben musste. Und dann dachte ich an den Jungen, daran, wie er den Hang hinabgeflogen und zwischen den Esskastanien verschwunden war, und auf einmal wurde ich leicht und wusste, dass ich es ihm im nächsten Augenblick nachtun würde.

Als ich wieder zu mir kam, standen Hellmann und meine Mutter im Zimmer, ein Stück weit von meinem Bett entfernt, und unterhielten sich leise. Sie machten ernste Gesichter, und als sie merkten, dass ich wach war, versuchte Hellmann ein beschwichtigendes Lächeln, und meine Mutter schüttelte missbilligend den Kopf. Ich machte sofort die Augen wieder zu. Ich würde sie nicht mehr öffnen. Nie mehr. In dem Moment hielt ich es für eine Frage des

Willens und war überzeugt, dass ich, wenn ich nur die Augen geschlossen hielt und fest an den Jungen dachte, dorthin gelangen würde, wo er war. Ich sah uns auf dem Dachfirst sitzen. Zwischen den Blutbuchen hing ein riesiger, blass gewaschener Mond. Ich hörte ihn sagen: ‚Wir könnten fliegen.' Ich breitete die Arme aus. Aber ich hob nicht ab.

Nach drei Tagen machte ich die Augen wieder auf. Die Schmerzen waren weg. Ich hatte Hunger. Und Durst. Dabei hatten sie mir ständig löffelweise süßen Tee eingeflößt, ich hatte immerzu schlucken müssen und eine Menge getrunken. Aber mit offenen Augen fühlte sich alles anders an. Ich selbst fühlte mich anders an. Meine Mutter war erleichtert, das spürte ich, aber sagen tat sie nichts dergleichen. Wenig später brachte Gudrun mir einen kleinen Teller mit püriertem Huhn und Kartoffelbrei. Enttäuscht blickte ich auf die Portion. „Ist das alles?"

„Nun mal langsam, wenn es drin bleibt, kriegst du in drei Stunden mehr." Sie lächelte. Vielleicht mochte sie mich doch.

Der Anrufbeantworter klickte leise. Lars? Ich stand auf und machte am Schreibtisch Licht. Der Anrufer hatte keine Nachricht hinterlassen. Im Display erschien eine Nummer, die ich nicht kannte. Um diese Zeit? Bestimmt hatte irgendwer sich verwählt. Ich löschte den Eintrag und stellte fest, dass vor Kurzem noch jemand angerufen hatte. Angelika. Diesmal stimmte die Nummer. Auch sie hatte keine Nachricht hinterlassen, aber vermutlich hatte das Klicken des Anrufbeantworters mich geweckt.

Ich machte das Licht wieder aus und zog die Vorhänge auf. Drüben im Atelier waren alle Fenster dunkel. Der Himmel über den Hochhäusern lichtete sich. Noch sah er aus wie stumpfes Zinn, aber bald würde er sich verflüssigen und die Farbe von dünner Milch annehmen. Ich fragte mich, was sich sonst noch alles in meiner Erinnerung verbarg. Ich könnte mich in Hypnose begeben, um es herauszufinden, aber im Grunde war es mir auch so schon genug. Außerdem hatte ich eine kaum zu überwindende Scheu vor unkontrollierbaren Situationen.

Fest stand, dass ich Oliver unten im Tal zuletzt gesehen hatte. Aber von dem Moment an verlor sich seine Spur. Ob er in die Osdorfer Wohnung zurückgekehrt war, ob Herr Schmidt oder Adele ihn überhaupt noch einmal zu Gesicht bekommen hatten, war meines Wissens nicht belegt. Allem Anschein nach hatte die Polizei sich damit begnügt, der verstörten Adele nachzuspüren. Dabei hätte Oliver sonst etwas zugestoßen sein können. Entführt, missbraucht, ermordet – wie viele Kinder waren schon auf diese Weise verschwunden. Jemand ganz anderes konnte schuld sein. Aber hatte man je nach einem solchen Jemand gesucht?

Um kurz nach acht rief ich im LKA an. Nein, Herr Lohse sei nicht zu sprechen, heute nicht und morgen auch nicht, er sei ein paar Tage außer Haus.

Ob ich vielleicht mit seinem Kollegen –? Ich lehnte dankend ab.

Wenig später klingelte ein Kurier an der Tür und brachte mir einen großen Umschlag von Behrendt. Er enthielt alle Artikel, vom Aufmacher bis zur kleinsten Meldung, die damals zum Thema Adele S. in der *Abendpost* erschienen waren. Ich kochte frischen Kaffee und setzte mich an meinen Schreibtisch. Die ersten zwei oder drei Berichte las ich Wort für Wort, die nächsten überflog ich nur noch, und nachdem ich etwa ein Drittel des Stapels durchgesehen hatte, schob ich den Rest beiseite. Beim Mittagessen mit Behrendt hatte ich weit mehr erfahren, als die deprimierende Lektüre dieser raffiniert inszenierten Sensationsstory in mehreren Folgen zu bieten hatte.

Ein paar Tage darauf rief Herr Lohse mich zurück. Am Telefon zeigte er sich zunächst sehr viel umgänglicher und aufgeschlossener als während unserer Begegnung. Vielleicht lag es daran, dass sein sonderbar verschmitzter Ausdruck mir jetzt keine Rätsel aufgeben konnte. Nein, alternative Ermittlungen habe es damals nicht gegeben, dafür hätte jeder Anhaltspunkt gefehlt. Der Junge müsse zum Fluss geflüchtet und eine Zeit lang im flachen Wasser gelaufen sein, denn dort hätten die Spürhunde seine Fährte verloren. Es klang, als wäre von einem entsprungenen Sträfling die Rede.

Und Zeugen? Nein? Aber die Pressemeldungen. Es habe doch geheißen, Oliver Schmidt sei zuletzt am

Wittenbergener Ufer gesehen worden. Daraufhin bestätigte er, was Behrendt bereits angenommen hatte, nämlich dass man meine Eltern aus der Sache habe heraushalten wollen, ja, auch seitens der Polizei. Die Persönlichkeitsrechte seien schließlich ein wertvolles Gut, man müsse abwägen. Aber, so viel dürfe er mir wohl sagen, Oliver Schmidt sei tatsächlich auf dem Grundstück meiner Eltern zum letzten Mal nachweislich gesichtet worden.

Seine Stimme wurde vertraulich, und er ging sogar so weit einzuräumen, er selbst habe sich bei Durchsicht der Akten gewundert, dass der Junge ungesehen bis in die Osdorfer Wohnung gelangt sein sollte. Das wiederum wunderte mich nicht im Geringsten. Wenn Oliver bis Sonnenuntergang gewartet hatte, hätte er jede Entfernung ungesehen zurücklegen können. Die Nacht war sein Element. Aber das konnte Herr Lohse nicht wissen.

Ich ging nicht weiter darauf ein, sondern kam auf die Tablettenröhrchen zu sprechen, deren Inhalt sich nur zum Teil in Adeles Magen hatte nachweisen lassen, und fragte ohne Umschweife, ob es sich dabei tatsächlich um die einzigen Indizien gehandelt habe.

Schweigen. Schließlich räusperte er sich.

„Woher wissen Sie davon?"

„Hören Sie, ich bin Journalistin. Im Übrigen stand es damals in den Zeitungen."

„Wie ich Ihnen schon sagte, die Beweislage war dünn."

„Sie haben von Hinweisen aus der Öffentlichkeit gesprochen. Gingen die eigentlich an die Polizei – oder direkt an die Presse?"

„In solchen Fällen kommt es sehr darauf an, das Zusammenspiel von Presse und Polizei –"

„Verstehe. Sie sagten weiter, Adele Schmidt hätte kein Motiv gehabt. In der Presse wurde allerdings darüber spekuliert, das Jugendamt hätte ihr den Jungen wegnehmen wollen. Haben Sie beziehungsweise Ihre Kollegen damals eigentlich den Amtsvormund des Jungen vernommen, diesen Gottfried ... Gottfried ... wie hieß er noch?"

Ich hörte, dass Lohse in seinen Papieren blätterte. Einen Moment lang bildete ich mir tatsächlich ein, ich hätte ihn überlistet. Aber dann lachte er leise. Jetzt konnte ich mir sein Gesicht vorstellen.

Als Nächstes rief ich Behrendt an. Er meinte sich zu erinnern, jener Gottfried S. habe Gottfried Schrader geheißen und versprach, sich darum zu kümmern.

„Haben Sie die Pressemappe zu Adele Schmidt bekommen?"

„Ja, danke."

„Brauchen Sie sonst noch etwas?" Er fragte nicht, ob ich mir die Sache inzwischen überlegt hätte, war klug genug, mich nicht zu bedrängen. Eine halbe Stunde später mailte er mir sowohl die Telefonnummer von Gottfried Schrader als auch den Namen und die Adresse des Amtsvormunds, der in Süddeutschland für Oliver zuständig gewesen war. Also hatte Adele definitiv nicht nur vorübergehend bei Herrn Schmidt Unterschlupf gesucht, sondern war gleichfalls ganz nach Hamburg gezogen. Sonst hätte der Amtsvormund nicht gewechselt.

Gottfried Schrader lebte in Hamburg, lehnte ein Treffen jedoch kategorisch ab. Das Gespräch war kurz, seine Antworten fielen einsilbig aus und seine Stimme blieb förmlich, unbeteiligt. Obgleich er mindestens achtzig sein musste und also längst pensioniert war, berief er sich auf seine Vorschriften als Amtsvormund und erklärte, dass er zu keinerlei Äußerung berechtigt sei, weder in Bezug auf die Mitglieder der Familie Schmidt noch hinsichtlich der Gespräche, die er in dieser Angelegenheit geführt habe, sei es mit der Polizei oder sonst jemandem. Ein verstockter alter Mann, den ich nicht aus der Reserve locken würde.

Ich klickte noch einmal die Mail von Behrendt an. Der frühere Amtsvormund in Süddeutschland hieß Adam Sorge und wohnte in Ladenburg am Neckar. – Ladenburg. Neckar. Das klang weit weg. Und ich wollte weit weg. Vielleicht würde Herr Sorge mit mir reden, wenn ich überraschend vor seiner Tür stand.

11

In Ladenburg nahm ich mir ein Zimmer in einem altmodischen Gasthaus. Es lag gegenüber von der Sebastiankapelle mit ihren steinernen Fratzen an der Westseite des Turms, Relikte aus heidnisch-germanischer Zeit zur Abwehr des Bösen. Das schien mir ein gutes Omen. Auf der langen Zugfahrt nach Süden, die mich immer weiter hinein in einen voll erblühten Frühling gebracht hatte, war eine unbestimmte Hoffnung in mir gekeimt. Und jetzt, während ich draußen vor dem Gasthaus im Halbschatten saß und einen Schoppen trank, wurde mir bewusst, dass diese Hoffnung Adele betraf. Was immer dem Jungen widerfahren sein mochte, ich wünschte, Adele hätte nichts damit zu tun.

Adam Sorge wohnte im Schriesheimer Viertel, in einem der alten Fachwerkhäuser, das mit seinen abblätternden Fensterläden und grob verputzten Bruchstellen im Mauerwerk auf sympathische Weise vernachlässigt wirkte. Alle übrigen Häuser in der Gasse waren aufwendig hergerichtet, hatten schmucke Fassaden mit frommen und farbig hervorgehobenen Balkeninschriften über dem Eingang und überbordende Blumenkästen vor den Fenstern.

Der Mann, der mir am nächsten Tag die Tür aufmachte, war hochgewachsen und hager. Er musste etwa Mitte siebzig sein, trug eine grobgestrickte Weste über einem blauen Cordhemd, und sein schütteres, überraschend dunkles Haar fiel im Nacken ein Stück weit über den Kragen. Er sah mich forschend an. Sein Blick war kühl und abschätzig. Als ich von einer komplexen Angelegenheit anfing, über die ich gern mit ihm sprechen würde, unterbrach er mich nach wenigen Worten.

„Sagen Sie Ihren Leuten, die Angelegenheit ist für mich nicht komplex, sondern absolut simpel: Ich verkaufe nicht." Er war schon drauf und dran, mir die Tür vor der Nase zuzuschlagen, aber mein verblüfftes Gesicht machte ihn offenbar stutzig. „Wer sind Sie eigentlich?"

Diesmal stellte ich mich gleich als Journalistin vor und behauptete, an einem größeren Artikel zum Thema Amtsvormundschaft in den sechziger Jahren zu arbeiten. Er lachte schallend und bat mich hinein. „Da habe ich doch tatsächlich geglaubt, Sie kämen im Auftrag dieser Halunken." Die ganze Zeile, so klärte er mich auf, gehörte mittlerweile einer Immobilienfirma, die seit Jahren versuchte, ihn, den letzten Privateigentümer, mit allen erdenklichen Mitteln zur Aufgabe zu bewegen.

Ich merkte gleich, dass er gern redete. Oder besser gesagt: Er erzählte Geschichten. Und man hörte ihm gern zu. Nach kürzester Zeit hatte ich nicht nur eine ziemlich genaue Vorstellung von den Machenschaften der Immobilienmanager, sondern ich sah auch die verschiedenen Typen vor mir, die sie Adam Sorge auf den Hals geschickt hatten, vom eleganten

Schnösel im Nadelstreifen bis zum schnodderigen Schlägertypen in Wollmütze und Arbeitsstiefeln mit Stahlkappen.

Das Innere des Hauses war auf die gleiche angenehme Weise vernachlässigt wie das Äußere. Die Räume waren klein und verwinkelt, nicht besonders hell, und die klamme Winterkälte steckte noch überall im Gemäuer. Nur die wohnliche Küche mit einem großen Fenster zur Gasse wies eine gewisse Großzügigkeit auf. Dort setzten wir uns an einen langen Holztisch. Ich hätte mir ein weniger spezifisches Thema ausdenken oder mich besser vorbereiten sollen. Nach kaum zehn Minuten sagte Adam Sorge: „Und weshalb sind Sie nun wirklich hier?"

Ich hatte seit Tagen wenig geschlafen. Die lange Zugfahrt gestern und die frühsommerliche Wärme hier unten hatten mich in einen angenehm entrückten Zustand versetzt. Außerdem war der Mann mir nicht unsympathisch. Ich merkte schnell, dass er nicht nur bestens mit dem Fall vertraut, sondern auch emotional engagiert war, und ich erzählte ihm die ganze Geschichte, beinahe so ausführlich, wie ich sie Behrendt ein paar Tage zuvor erzählt hatte. Zuletzt berichtete ich von dem kurzen Telefonat mit Schrader.

Adam Sorge schwieg. Es kam mir vor, als sei er nach Kräften bemüht, eine gelassene Miene zu wahren, aber ein heftiges Zucken im rechten Auge verriet seine Erregung. Irgendwann stand er auf, stellte eine Flasche Spätburgunder und zwei Gläser auf den

Tisch und schenkte uns ein, ohne zu fragen. Aber statt zu trinken, blieb er hinter seinem Stuhl stehen und betrachtete mich eingehend.

„Und nun sind Sie also hier", sagte er schließlich. „Um was zu erfahren?" Ich hatte den Eindruck, er wollte Zeit gewinnen, wollte sich selbst darüber klar werden, inwieweit er bereit war, offen mit mir zu reden.

„Ich möchte wissen, was damals passiert ist."

„Das verbindet uns." Er lächelte. „Ich weiß nicht, ob ich Ihnen helfen kann. Ich war damals ja schon seit einigen Jahren nicht mehr für Oliver zuständig. Sicher, ich habe ein paarmal mit dem Hamburger Kollegen gesprochen, aber –" Er zögerte. „Es wundert mich übrigens nicht, dass Schrader nicht mit Ihnen reden wollte. Ich kannte ihn ja nur vom Telefon, aber schon seine Stimme ließ darauf schließen, wes Geistes Kind er war. Der ist in der Nazizeit groß geworden, korrekt bis zum Letzten und emotional lädiert, ohne jede Empathie. Er wollte alles richtig machen – oder anders gesagt, er hatte furchtbare Angst, Fehler zu machen und dafür zur Rechenschaft gezogen zu werden. Dabei musste man als Amtsvormund in den sechziger Jahren schon Mündelgelder unterschlagen oder etwas in der Art, um überhaupt belangt zu werden.

Sie müssen sich das etwa so vorstellen: Der Amtsvormund war eine Respektsperson. Er und seinesgleichen waren zwar dem Jugendamt angegliedert, konnten aber im Grunde schalten und walten, wie sie wollten. Das ist heute ganz anders, wie überall gibt es einen Wust von Vorschriften und fachlichen Weisungen, die den Ermessensspielraum des Einzelnen auf ein Minimum beschränken. Aber damals waren wir kleine Herrscher, was natürlich auch der Willkür Tür und Tor öffnete. Dem Amtsjargon nach hatten wir darauf zu achten, dass nichts das Kindswohl gefährdete. Aber was heißt das schon? Manche fanden, wenn der Vater zwei Flaschen Bier zum Abendbrot trank, sei das Grund genug zum Eingreifen, andere zuckten bloß die Achseln, wenn ein Kind geschlagen oder misshandelt wurde, und taten dergleichen nach dem Motto ab, dass ein paar Ohrfeigen noch niemandem geschadet hätten.

Die meisten kriegten ihre Mündel ohnehin kaum zu Gesicht. Man residierte am Schreibtisch, führte die Akten, verwaltete die mündelsicheren Gelder, schickte die Fürsorgerinnen los, um die häuslichen Verhältnisse zu überprüfen. Ich hatte Kollegen, die haben die Kinder, für die sie verantwortlich waren, nie im Leben gesehen. Sie haben auch nicht mit den Erziehern gesprochen, mit den Eltern, sofern vorhanden, mit den Lehrern, Heimleitern oder wem auch immer, nicht einmal wenn es um Fragen ging wie die, ob ein Kind aufs Gymnasium gehen oder einen Lehrberuf ergreifen sollte. Sie haben ausschließlich nach Aktenlage geurteilt und mit einem Federstrich über das Schicksal eines Menschen entschieden."

Endlich setze er sich wieder hin, nahm sein Glas und schwenkte den Wein versonnen im Gegenlicht, ehe er trank. Die Nachmittagssonne prallte jetzt auf das Küchenfenster und verbreitete angenehme Wärme. Ich hob an, etwas zu sagen, aber er wehrte mit einer beschwichtigenden Geste ab.

„Seien Sie unbesorgt, ich komme schon noch zur Sache. Ich erzähle Ihnen das alles nur, damit Sie ein Gefühl für die Situation kriegen, in der wir uns damals befanden. Die Dinge ließen sich leichter regeln als heute, und auf dem kurzen Dienstweg fand sich fast immer eine Lösung. So war es denn auch kein Zufall, dass ich der Amtsvormund von Oliver Schmidt geworden bin. Von Adeles Sohn. Ich kannte sie gut, alle beide, auch den Hans, ihren jüngeren Bruder, und eine Zeit lang konnte ich sie schützen."

Er stützte die Ellbogen auf, legte das Kinn auf die verschränkten Hände und sah mir noch einmal forschend ins Gesicht. Dann schien er endgültig zu einem Schluss gelangt zu sein. Sein Auge hatte schon vor einer Weile aufgehört zu zucken, und jetzt wirkte er entspannt. „Gut", sagte er und lehnte sich zurück. „Sie waren offen zu mir, und ich will es auch sein.

Als Adele mit ihrer Mutter nach Ladenburg kam, war Adele drei und ich war zwölf, also genau in dem Alter, in dem man sich brennend für die Dinge interessiert, von denen die Erwachsenen hinter vorgehaltener Hand reden. Deshalb kann ich mich noch gut an das Geschwätz erinnern, an die rechtschaffene Empörung, die sich damals an Marktständen und Stammtischen Luft machte. Der alte Schuster Schmidt, der habe sich da so ein dralles junges Ding ins Haus geholt, könne die Finger nicht von ihr lassen, wolle wahrhaftig mit ihr zum Standesamt, dabei sei die ein Flittchen gewesen, habe sich mit sonst wem rumgetrieben, er habe sie ja von der Straße aufgelesen, in Karlsruhe oder Stuttgart, vielleicht auch in Mannheim, mit diesem namenlosen Balg im Gepäck, ohne Vater, das sei doch der beste Beweis. So haben die Leute damals geredet, und ich habe mich gewundert, was es mit dem Balg auf sich haben mochte, weil sie es immer ‚unehrlich' nannten. Das habe ich anfangs zumindest verstanden, denn das Wort ‚unehelich' hatte ich noch nie gehört.

Kennengelernt habe ich die Adele erst Jahre darauf. Das heißt, ich habe sie natürlich öfter gesehen, das bleibt in so einer Kleinstadt nicht aus, und nach all dem Gerede war ich auch neugierig, fand aber nichts Besonderes an diesem pummeligen kleinen Mädchen. Außer vielleicht, dass sie in ihren Bewegungen und Reaktionen verlangsamt wirkte, bedächtig könnte man fast sagen, wenig kindlich. Aber verstört schien Adele damals noch nicht. Das kam erst in der Pubertät. Da konnte es dann passieren, dass sie vor Schreck ganz weiß wurde, wenn man sie ansprach, zu stottern anfing oder gar nichts sagte und einfach davonlief.

Später dann – nun ja, die Adele war ein besonderer Mensch. Ich hatte sie gern, sehr gern. Sie redete wenig und blieb meistens für sich. Sie war eben anders, vor allem scheu. Aber niemals hätte sie jemandem etwas zuleide getan. Wenn sie ihre Furcht einmal überwand, war sie freundlich und lieb, und nach all den Schikanen seitens des Stiefvaters erschien es wie ein Wunder, dass sie noch immer irgendwie unschuldig wirkte und ohne Arg.

Der alte Schmidt verstand sich auf sein Schusterhandwerk, aber nachdem er Adeles Mutter geheiratet hatte, machten die Leute einen Bogen um seinen Laden. Das Geschäft lief immer schlechter, und die Schuld daran gab er Adele. Wenn sie nicht gewesen wäre, so hat er wohl geglaubt, hätten die Leute seine Heirat akzeptiert. Obgleich er fast dreißig Jahre älter war als Adeles Mutter. Schon vor der Geburt vom Hans soll er Adele geschlagen haben. Und später missbraucht, aber ich glaube nicht, dass das stimmt.

Von den Prügeln hat sie mir selbst erzählt – auf ihre Art. Und von der Angst. Einmal hat er sie im Winter abends losgeschickt, um Bier zu holen. Das Geld hatte er ihr abgezählt in die Hand gegeben. Draußen war es eisig, sie hatte keine Handschuhe an, irgendwann ist sie gestolpert und das Geld fiel in den frischen Schnee. Sie hat es gesucht, mit bloßen Händen im Schnee, aber sie hat es nicht gefunden und sich lange nicht nach Hause getraut. Als sie irgendwann in der Nacht ohne Bier und ohne Geld in der Tür stand, hat er sie in die hell erleuchtete Küche gezerrt. Sie musste ihre blau gefrorene rechte Hand flach auf den Tisch legen, und er hat ihr mit einem Faustschlag zwei Finger gebrochen.

Aber er brauchte noch nicht mal einen Grund. Oft hat er sie auch bloß so geschlagen. Und einmal in einem cholerischen Anfall hat er sie an den Schultern gepackt und ihren Kopf gegen die Wand geknallt, immer wieder, bis sie ohnmächtig wurde. Danach hat sie jahrelang Kopfschmerzen gehabt. Sie konnte nicht mehr denken, so hat sie später selbst gesagt, und deshalb hat sie auch die Schule nicht geschafft. Alle haben davon gewusst, aber niemand hat etwas unternommen. Auch ihre Mutter nicht. Die hatte wahrscheinlich Angst, der alte Schmidt würde sie zurück auf die Straße schicken, trotz Trauschein. Und beim Jugendamt sah man ohnehin keinen Handlungsbedarf, denn schließlich war Adele von ihrem Stiefvater adoptiert und lebte der Aktenlage nach in geordneten Verhältnissen.

Ihr einziger Trost war der kleine Hans. Mit dem hat sie sich ständig abgegeben, von Anfang an, und hat ihn, als er groß genug war, Huckepack getragen und überall mit hingeschleppt. Die Mutter war froh. Sie gab sich nicht gern mit Kleinkindern ab, daraus machte sie kein Hehl, und im Übrigen hatte sie vermutlich genug damit zu tun, den alten Schmidt in seiner mehr und mehr verwahrlosten Werkstatt bei Laune zu halten.

Auch der Hans hat sich vor seinem Vater gefürchtet, als er größer war. Er selbst hatte zwar nichts auszustehen, denn auf den spät gezeugten Sohn war der Alte mächtig stolz, aber es war wegen Adele. Er konnte sie nicht beschützen, dazu war er zu jung, und so musste er hilflos zusehen, wenn der Vater sie windelweich schlug oder tagelang ohne Grund in ihrer Dachkammer einsperrte. Hinterher hat er immer versucht, seine Schwester zu trösten, und war dann besonders lieb zu ihr.

Man wusste nie, wann der Alte zuschlug. Manchmal geschah wochenlang gar nichts, und dann wieder tobte er ohne Pause, prügelte Adele grün und blau und ohrfeigte ein paarmal sogar die Mutter. Erst als er sich angewöhnte, gelegentlich ein paar Tage zu verschwinden, konnten sie zwischendurch aufatmen. Angeblich besuchte er einen fast hundertjährigen Onkel, den er zu beerben hoffte. Aber die Leute sagten, er sei in Leutershausen, einem benachbarten Ort, dessen Name damals als Synonym für die käufliche Liebe gebraucht wurde, weil eine zwielichtige Person mit ein paar halbwüchsigen Mädchen eine alte Poststation bezogen und ein paar rote Laternen aufgehängt hatte. Das Ganze war noch nicht mal ein Puff, nur so ein schummriger Ort zum Trinken, aber egal. Ohne den Alten war auch die Mutter wie ausgewechselt, machte sich fesch, lachte und scherzte beim Einkaufen, und bei gutem Wetter spazierten sie alle drei unten am Neckar entlang.

In der Zeit war ich schon auf der Verwaltungsschule für den gehobenen Dienst in Stuttgart. Ich hatte mein Jurastudium in Heidelberg aufgegeben, und obwohl es ja auch von Stuttgart bloß ein Katzensprung ist, kam ich nur gelegentlich an den Wochenenden nach Hause. Und an einem dieser Sonntage habe ich die drei unten am Ufer gesehen, die Mutter, Adele und Hans. Adele muss damals siebzehn oder achtzehn gewesen sein und Hans vielleicht vierzehn. Die zwei Frauen hätten Schwestern sein können, beide groß und üppig und stattlich, in hellen, weit ausgeschnittenen Kleidern mit nackten Beinen und breitkrempigen Sonnenhüten auf dem Kopf. Und vorneweg der Hans, hoch aufgeschossen, schmal und ordentlich herausgeputzt, Schiebermütze, weißes Hemd und weiße Kniestrümpfe, Pullunder und kurze Hosen, blank gewienerte Halbschuhe. Sie wirkten ausgelassen, gaben ein harmonisches Bild ab. Kein Fremder wäre auf den Gedanken gekommen, dass sie unter der Fuchtel des Alten sonst meist in Angst und Schrecken lebten.

Ihr Anblick überraschte mich. Vor allem der Anblick von Adele. Ich hatte sie länger nicht gesehen, wahrscheinlich zwei, drei Jahre nicht, und konnte kaum glauben, dass aus dem verstörten Mädchen auf einmal diese reife junge Frau mit einer sehr sinnlichen Ausstrahlung geworden war. Den Grund dafür kannte ich damals natürlich noch nicht. Ich wusste auch nicht, wie rasch sie sich wieder in das angstgepeinigte Geschöpf von früher verwandeln konnte. In dem Moment sah man ihr nichts davon an, und ich wunderte mich, dass sie im Ort noch immer als sonderbar galt.

Nachdem ich in Stuttgart meinen Abschluss gemacht hatte, kam ich für einige Monate nach Hause. Meine Eltern hatten ein Elektrofachgeschäft, mein Vater war damals sehr krank, und meine Mutter schaffte es nicht allein. Also reparierte ich Toaster und Staubsauger, verkaufte Glühbirnen und Doppelstecker und gelegentlich eine Waschmaschine. Manchmal denke ich, ich hätte dabei bleiben sollen. Es war eine gute Zeit. Und vielleicht wäre manches anders gekommen – aber wer weiß das schon.

Adele war mir seit jenem Sonntag nicht mehr aus dem Kopf gegangen, aber ich musste eine ganze Weile warten, ehe ich sie wieder zu Gesicht bekam. Dem Vernehmen nach hatte der Alte zwar vor einiger Zeit einen Schlaganfall erlitten und war bettlägerig, so dass er sie wohl kaum einsperren konnte, aber Adele ließ sich nirgendwo blicken. Erst Wochen später begegnete ich ihr auf dem kleinen Platz hinter dem Martinstor. Sie war noch schöner geworden. Zumindest empfand ich es so. Als ich sie ansprach, wandte sie nur kurz den Kopf und ging eilig weiter. Von da an verbrachte ich jede freie Minute damit, ihr aufzulauern, sie abzupassen, zu versuchen, ihr näher zu kommen, ohne sie zu verschrecken.

Sie mochte mich, das spürte ich, aber verabreden konnte man sich nicht mit ihr. Der Stiefvater hatte ihr jeden Kontakt mit Männern verboten, und sie hätte nie gewagt, sich ihm zu widersetzen, obwohl er ihr krank und geschwächt, wie er war, nichts anhaben konnte. Nur wenn wir uns scheinbar zufällig begegneten, erlaubte sie mir gelegentlich, sie ein kleines Stück zu begleiten, und mit der Zeit gelang es mir, mehr und mehr ihr Vertrauen zu gewinnen.

Sie dürfen sich aber deshalb nicht vorstellen, wir hätten etwa wie Freunde miteinander geplaudert. Adele plauderte nicht. Und sie ging auch meistens nicht neben mir, sondern ein paar Schritte vorweg oder ein paar Schritte hinterher. Wenn Adele mir etwas von sich erzählte, geschah es ganz unverhofft und meistens in stark verkürzten Sätzen. Fragen waren verboten. Wenn ich dagegen verstieß, verstummte sie auf der Stelle und fing nie wieder von der jeweiligen Sache an, egal, wie sehr ich sie darum bat. Ließ ich sie jedoch gewähren, ohne sie zu unterbrechen, verfiel sie oft in eine Art Singsang, und auf diese Weise teilte sie mir vieles von sich mit.

Wäre ich weniger naiv und weniger verliebt gewesen, hätte ich vielleicht schon damals verstanden, in welcher Beziehung sie zu ihrem Bruder stand. So war ich glücklich darüber, dass sie immer zutraulicher wurde, sich offenkundig freute, wenn sie mich erblickte, und es schon bald, so bildete ich mir zumindest ein, von sich aus darauf anlegte, mir zu begegnen.

Gegen Ende des Sommers wurde sie geradezu kühn. Eines Nachmittags hatte ich ihr beiläufig erzählt, dass ich den wunderbar lauen Abend an der sandigen Badestelle unten am Fluss verbringen wollte. Ich hatte wenig Hoffnung, dass sie dieser dürftig getarnten Aufforderung Folge leisten würde, aber dann erschien sie tatsächlich, und das nicht nur einmal, sondern der Vorgang wiederholte sich regelmäßig, bis das Wetter umschlug.

Diese Begegnungen kamen einer Verabredung schon ziemlich nah, und anfangs war ich freudig erregt, wenn sie einfach nur neben mir saß und kleine Steine ins Wasser warf. Ihrer Anziehungskraft schien sie sich nicht bewusst zu sein, und doch hatte ich manchmal das Gefühl, dass sie mit mir spielte. Sie konnte verblüffend treffende Bemerkungen machen, aber man wusste nie, ob es mit Bedacht geschah oder zufällig so aus ihr herauskam. Zärtlichkeiten erlaubte sie nicht. Im Höchstfall durfte ich ein paar Augenblicke lang den Arm um sie legen.

An einem dieser Abende gestand ich ihr, wie sehr ich sie begehrte. Sie war zutiefst beschämt, senkte den Blick und sagte kein Wort. Ich bat sie, mich ein einziges Mal zu küssen. Da sah sie mich lange an und sagte dann leise und bestimmt nein. Ihre Entschiedenheit erschreckte mich, aber ich glaubte noch immer, wenn ich nur hinreichend Geduld aufbrächte, würde ich sie eines Tages gewinnen. Meine größte Angst war, dass der Alte womöglich wieder zu Kräften käme. Dann hätte ich keine Chance.

Wir trafen uns bis weit in den Herbst hinein. Die

Tage wurden kalt und windig, wir konnten nicht mehr am Ufer sitzen, aber ich behielt die Gewohnheit bei, sie wissen zu lassen, an welchem Ort ich mich zu einer bestimmten Zeit aufhalten würde. Sie kam fast immer. Sie weigerte sich allerdings, mit mir in ein Café zu gehen, und so wanderten wir am Neckar entlang oder suchten, falls es regnete, Unterschlupf in der Sankt-Gallus-Kirche. In dem hohen lichten Raum mit weiß getünchten Wänden und gotischen Backsteinbögen war es kalt, aber wenigstens trocken. Wir saßen immer auf der linken Seite, etwa in der Mitte, und dort in der Kirche durfte ich manchmal sogar Adeles Hand halten. In solchen Momenten war mir seltsam feierlich zumute.

Es muss Ende September oder Anfang Oktober gewesen sein, als Adele zum ersten Mal zu uns ins Geschäft kam. Meinem Vater ging es inzwischen besser, ich brauchte nur noch stundenweise vorn im Laden auszuhelfen und reparierte meistens hinten in der Werkstatt irgendwelche Geräte. Von dort hörte ich, wie Adele nach mir fragte. Ich hörte, wie sie Adam sagte. Es war das erste Mal, dass sie meinen Namen gebrauchte.

Danach kam sie öfter in die Werkstatt, setzte sich auf einen Schemel und sah mir bei der Arbeit zu. Meine Mutter brachte uns Kaffee. Sie war freundlich zu Adele, aber ich spürte doch eine gewisse Zurückhaltung. Eines Tages stellte sie mich zur Rede. Sie wollte wissen, warum ich so viel Zeit mit Adele verbrachte und was ich mir davon versprach. Ich wehrte ab, aber sie ließ nicht locker. Adele sei krank, das müsse sie mir wohl nicht sagen, ich solle achtgeben und überhaupt, man wisse ja auch nicht, was mit dem Bruder sei. Ich verstand nicht, was sie meinte.

Wenig später erhielt ich ein Angebot vom Jugendamt in Hannover. Es hätte auch andere Möglichkeiten gegeben. Ich hatte mich an verschiedenen Orten beworben, die Resonanz war überwiegend positiv, und ich hätte nicht so weit fort gemusst. Aber ich wusste nicht weiter. Je vertrauter wir miteinander umgingen, desto schwerer fiel es mir, jeden Wunsch nach körperlicher Berührung zu unterdrücken. Und Adele machte mir den Abschied leicht. Sie gab mir die Hand und lächelte und wünschte mir Glück. Als ich ihr versprach, zurückzukommen, nickte sie nur. Das war Anfang November.

Ich hatte mir fest vorgenommen, Weihnachten nach Hause zu fahren, aber als es so weit war, schob ich eine Weihnachtsfeier vor, die unsere Abteilung für die von uns betreuten Jugendlichen veranstaltete und bei der ich angeblich unabkömmlich war. Meine Mutter schien eher erleichtert. Von Adele hörte ich nichts. Meine Briefe ließ sie, wie kaum anders zu erwarten, unbeantwortet, und das einzige Telefon der Familie war in der Schusterwerkstatt. Dort versuchte ich es ein paarmal. Niemand nahm ab. Meine größte Sorge war noch immer der alte Schmidt, aber meine Mutter schrieb mir, er werde aller Wahrscheinlichkeit nach bis ans Ende seiner Tage gelähmt bleiben und womöglich nicht mehr lange leben. So war ich einigermaßen beruhigt.

Und dann war es Adeles Mutter, die zwei Jahre später plötzlich und überraschend starb. In der ganzen Zeit war ich nicht ein einziges Mal in Ladenburg gewesen. Meine Eltern hatten mich einmal in Hannover besucht. Sie stellten keine Fragen, und ich tat es auch nicht. Adele rückte in immer weitere Ferne, und irgendwann redete ich mir ein, ich sei über die Sache hinweg. Ich konnte schließlich nicht bis ans Ende meiner Tage in der Gallus-Kirche sitzen und Händchen halten.

Kurz nach dem Tod von Adeles Mutter hörte ich, dass für einen Amtsvormund beim Heidelberger Jugendamt ein Nachfolger gesucht wurde. Die Aufgabe reizte mich, und wegen meiner guten Rechtskenntnisse – ich hatte ziemlich viele Semester studiert – bekam ich die Stelle. Kaum war ich wieder in Adeles Nähe, wurde mir klar, dass meine Gefühle für sie noch sehr viel lebendiger waren, als ich mir eingestanden hatte. Ich erkundigte mich beiläufig und erfuhr, dass sie nach dem Tod ihrer Mutter einen schweren Nervenzusammenbruch erlitten hatte. Der Alte hingegen hatte sich allen Erwartungen zum Trotz vor einiger Zeit wieder aufgerappelt. Natürlich war ich äußerst besorgt. Aber was hätte ich tun sollen?

Wie immer gab es eine Menge Gerüchte, über den plötzlichen Tod der Mutter, über neuerliche Eskapaden des Alten, seinen Alkoholkonsum und seine cholerischen Anfälle, und nicht zuletzt über den Geisteszustand von Adele. Was tatsächlich im Haus des Schusters vor sich ging, wusste keiner.

Ich hatte eine Wohnung in Heidelberg, aber anders als in der Studentenzeit kam ich jetzt an den Wochenenden oft nach Hause. Mein Vater freute sich darüber, meine Mutter war zu klug, um zu meinen, ich käme ihretwegen. An einem dieser Wochenenden begegnete ich Adeles Bruder auf der Straße. Wir kannten uns bis dahin nur flüchtig, blieben aber stehen und unterhielten uns eine Weile. Als ich ihn nach seiner Schwester fragte, reagierte er abweisend. Dennoch hatte ich den Eindruck, dass er von da an meine Nähe suchte. Ich war dreizehn Jahre älter als er und dachte, er suchte einen Freund, mit dem er reden konnte. In Wahrheit brauchte er einen Verbündeten beim Jugendamt.

Anfangs sprach er nie über seine Schwester und wehrte alle Fragen ab. Und dann eines Tages, als wir mitten auf dem Marktplatz standen, eröffnete er mir, Adele sei schwanger. Im ersten Moment glaubte ich ihm nicht. Dass sie mir einen einzigen Kuss verweigert hatte, um sich dann anderweitig zu vergnügen, erschütterte mich. Es tat weh, trotz der Jahre, die dazwischen lagen. Hans schien eine gewisse Genugtuung über meine Reaktion zu empfinden. Er sagte, er habe keine Ahnung, wer der Vater sei. Adele ließe sich kein Wort darüber entlocken. Er wollte wissen, was sie jetzt machen sollten. Der Alte würde Adele umbringen, wenn er von der Sache erfuhr, und lange würde es nicht mehr gelingen, ihm die Schwangerschaft zu verheimlichen.

Ich verlangte energisch, Adele zu sehen. Ich versicherte Hans, dass von mir keine Hilfe zu erwarten sei, ehe ich nicht selbst mit Adele gesprochen hätte. Er schüttelte beharrlich den Kopf und verweigerte jede Erklärung. Es fing an zu regnen, und ich ließ ihn stehen. Ich dachte, er würde schon wiederkommen, wenn die Schwangerschaft sich vor dem Alten nicht mehr verbergen ließe, aber das tat er nicht. Ich war verletzt, voller Selbstmitleid, und blieb fürs Erste in Heidelberg. Ein paar Wochen später hörte ich, dass die zwei fort waren, dass niemand wusste wohin, und dass der Alte tobte. Jetzt machte ich mir Vorwürfe, setzte alle Hebel in Bewegung und fand bald heraus, dass es in einem nahe gelegenen Dorf eine Großtante gab, von der anscheinend kaum einer wusste.

Dort, in einem behaglichen, mit schweren dunkelgrünen Polstermöbeln ausstaffierten Wohnzimmer konnte ich endlich mit Adele sprechen. Sie wirkte furchtsam und von Unruhe getrieben, schien jedoch erfreut, mich zu sehen, und legte mir zutraulich die Hand auf den Arm. Wie früher erzählte ich erst einmal von mir, um sie ihrerseits zum Sprechen zu bringen, aber sie blieb wortkarg, und ich war nicht sicher, ob sie mir überhaupt zuhörte. Erst als ich sie geradeheraus nach dem Vater ihres Kindes fragte, sah sie mich mit großen erschrockenen Augen an. Ich ließ nicht locker, bedrängte sie immer heftiger und verlangte zu wissen, was um Himmels willen sie bei all der Zurückhaltung mir gegenüber bewogen habe, mit einem anderen so viel weiter zu gehen. Ob es womöglich nicht freiwillig geschehen sei? Ob man ihr Gewalt angetan habe?

In meinem Eifer hatte ich Adele fast ganz an die Wand gedrängt. Jetzt hob sie abwehrend die Hände. Ich umfasste ihre Handgelenke. ‚Nicht', sagte sie leise. ‚Bitte.' Sie hatte Angst, das sah man ihr an, und als ich noch immer nicht von ihr abließ, schrie sie: ‚Nein! Nein!' Hans und die Tante waren im Nu bei uns. Die Tante zerrte an meinem Arm, mir wurde bewusst, was ich da gerade tat, und beschämt ließ ich von Adele ab. Hans umschlang seine Schwester und flüsterte ihr irgendetwas Besänftigendes ins Ohr. Sie drängte sich an ihn, seufzte leise, entspannte sich.

Als ich die zwei so sah, wurde mir zum ersten Mal bewusst, dass irgendetwas nicht stimmte. Was sich da vor meinen Augen abspielte, war kein brüderlicher Trost, keine Zärtlichkeit unter Geschwistern. Ich glaube, dass genau in dem Augenblick auch die Tante begriff, wie die Dinge zusammenhingen. Nachdem es Hans gelungen war, Adele zu beruhigen, führte er sie sanft hinaus. Als sie fort waren, sahen wir uns an, die Tante und ich, seltsam befangen. Die Tante sagte: ‚Sie haben sie gern, nicht wahr?' Ich nickte. Eine Zeit lang sagten wir nichts, und dann beratschlagten wir gemeinsam, was jetzt zu tun sei. Über den möglichen Vater verloren wir kein Wort mehr.

Ich erbot mich, die offizielle Vormundschaft zu übernehmen. Damals galt noch das alte Jugendwohlfahrtsgesetz, das besagte, dass jedes unehelich geborene Kind einen Amtsvormund haben musste. Ladenburg gehörte zwar nicht in meinen Zuständigkeitsbereich und ich war noch nicht lange im Amt, kam aber gut mit meinen Kollegen klar und hatte keinen Zweifel, dass ich die Sache hinkriegen würde.

Das größte Problem war auch jetzt wieder der alte Schmidt. Wohnen konnten die Geschwister vorerst bei der Tante, aber anders als Adele war ihr Bruder noch nicht volljährig, und der Vater würde kaum seine Erlaubnis dazu geben, dass Hans vorzeitig von zu Hause wegzog. Über kurz oder lang würde er hier auftauchen und Ärger machen. Hans allein zurückzuschicken, kam uns gar nicht in den Sinn. Während wir noch beratschlagten, hämmerte es auch schon an die Tür. Wenn man vom Teufel spricht. Die Tante machte auf, und ich konnte vom Wohnzimmer aus mit anhören, wie sie den Alten fortjagte. Ihr couragiertes Auftreten gewährte uns zwar Aufschub, war aber noch lange keine Lösung.

Was dann passiert ist, weiß niemand genau. Am nächsten Tag war Adeles Stiefvater tot. Er soll sich sinnlos betrunken haben und in der Nacht, als er durch den Wald heim wollte, vom Weg abgekommen sein. Auf dem Totenschein stand Schlaganfall, und offiziell hat das niemand bezweifelt. Schließlich kommt es öfter vor, dass auf einen schweren Schlaganfall irgendwann der zweite folgt.

Aber natürlich redeten die Leute, umso mehr, als dann noch herauskam, dass Adele ein Kind erwartete. Viele glaubten, der Alte sei es gewesen, der sie geschwängert hatte, und irgendwer habe ihn aus Rache erschlagen. Manche hatten Hans im Verdacht, andere wollten von einem jungen Mann wissen, der Adele habe heiraten wollen. Aber da es nicht einen einzigen stichhaltigen Hinweis darauf gab, dass der Alte keines natürlichen Todes gestorben war, wuchs irgendwann Gras über die Sache."

12

Adam Sorge hatte, während er sprach, die meiste Zeit zum Fenster hinausgesehen, wo die Helligkeit zwischen den Häusern zu schwinden begann. Jetzt wandte er mir den Blick zu. „Mögen Sie ein paar Schritte gehen?" Ich nickte benommen.

Unten am Neckar blühten Weißdorn und Holunder. Wir kamen an der sandigen Badestelle vorbei, von der Adam Sorge gesprochen hatte, und weiter an gewölbten, lang gestreckten Zeltplanen, unter denen Reihen von Erdbeerstauden wuchsen, dicht bestückt mit grünen Früchten. Die Sonne ging unter, hinterließ einen violetten Streifen am Horizont. Es war immer noch warm, und in der aufsteigenden Feuchtigkeit nahm die von Blütenduft übersättigte Luft einen schweren süßlichen Geruch an.

Es war nicht unangenehm, mit Adam Sorge zu schweigen. Als wir aus dem Haus gingen, hatte ich tausend Fragen im Kopf, aber jetzt überließ ich mich dieser trägen und zugleich drängenden Frühlingsdämmerung.

Als er wieder zu reden anfing, zuckte ich leicht zusammen. Er nahm selbstverständlich meinen Arm. Was er mir als Nächstes erzählte, deckte sich in etwa mit dem, was ich schon von Gudrun wusste. Wir näherten uns einer Gastwirtschaft mit einer großen ummauerten Terrasse. Die gelben Lichter rings um die etwa zur Hälfte besetzen Tische waren eben erst angegangen, und der Ort sah einladend aus. Es war eines der ältesten Gasthäuser in der Gegend, so Adam Sorge, und früher einmal hatten die Flößer hier Rast gemacht. Ich bestellte Leberknödel und Bier. Wir saßen ganz vorn auf der Terrasse, und nur der Uferweg trennte uns vom Wasser.

Als die Getränke auf dem Tisch standen, kam Adam Sorge wieder auf die Geschwister zu sprechen. Nachdem die Vaterschaft für ihn feststand, hatte er sie mit anderen Augen gesehen. Alles, was er aus Beobachtungen, Bemerkungen und Gesprächen von Hans und Adele wusste, gewann auf einmal eine andere Bedeutung. Er stellte neue Verknüpfungen her und gelangte zu neuen Einsichten. Dank seines Berufs hatte er ohnehin Übung darin, sich auch dann ein vollständiges Bild von Menschen und ihren Verhältnissen zu machen, wenn er nur Ausschnitte aus ihrem Leben kannte. Und je klarer ihm wurde, unter welchen Umständen die Beziehung entstanden war, desto leichter konnte er sie akzeptieren.

Er nahm Anteil an ihrem Leben, während der Schwangerschaft im Haus der Tante und später als Olivers Amtsvormund. So wusste er vieles von den Geschwistern – und was er nicht wusste, erfand er hinzu. Das zumindest war mein Eindruck an jenem Abend. Bislang hatte er mir nur Dinge berichtet, die auf eigener Anschauung beruhten oder auf dem, was Dritte ihm zugetragen hatten, aber jetzt erzählte er mir, in Teilen zumindest, eine Geschichte, wie sie eigentlich nur Adele oder ihr Bruder hätten erzählen können. Vermutlich brauchte er die lückenlose Version, die ich zu hören bekam, vor allem für sich selbst. Er hatte sich im Kopf eine Geschichte zurechtgelegt, mit der er leben konnte, weil sie folgerichtig und plausibel war, weil die Ereignisse einander bedingten. Vielleicht hatte er sie sogar irgendwann einmal aufgeschrieben. Und vielleicht erzählte er sie an diesem Abend zum ersten Mal.

Hans war und blieb Adeles einziger Trost, das einzige Wesen, von dem sie bedingungslos geliebt wurde, und dem sie selbst Liebe geben konnte. Als Kleinkind hatte er sich an ihren Rocksaum geheftet wie ein Klette, später klammerte sie sich an ihn. Und sie ließ nicht von ihm ab, auch dann nicht, als er mehr Raum für sich wollte.

Sie las ihm jeden Wunsch von den Augen ab, lockte ihn mit Süßigkeiten und allerlei Spielzeug, sie stahl, um ihm diese Dinge zu kaufen, sie versprach ihm das Blaue vom Himmel und tat alles, was in ihrer Macht stand, um ihn an sich zu binden. Als nichts anderes mehr fruchtete, lockte sie ihn mit ihren Brüsten. Sie holte ihn unter ihre Decke, als er noch keine vierzehn war, und daran fanden sie offenbar beide Gefallen.

Sie hatten früher das Bett geteilt, und jetzt teilten sie es wieder. Nichts daran kam ihnen unnatürlich vor. Sie wussten, dass sie in den Augen Dritter etwas Verbotenes taten, aber es scherte sie nicht. Warum auch? Was ihnen daheim widerfuhr, kümmerte offenbar niemanden, also brauchte es sie auch nicht zu kümmern, wie andere über sie urteilten. Zumindest im Verborgenen waren sie frei. Sie waren glücklich, und man sah es ihnen an, vor allem Adele. In der Zeit war sie Adam Sorge zum ersten Mal als Frau aufgefallen, mit Hans und der Mutter unten am Neckar.

Das änderte sich, als die Mutter starb, und nicht nur, weil der Stiefvater überraschend wieder zu Kräften gekommen war. Er zog zwar das linke Bein nach und seine linke Gesichtshälfte blieb gelähmt, aber das hinderte ihn nicht daran, aufs Neue zu toben und zu prügeln. Hans wollte fort. Er wollte sich lossagen, sowohl von dem Alten als auch von Adele. Er wollte die Beziehung beenden. Als hätte er ohne den doppelten Schutz der üppigen Frauen auf einmal einen anderen Wind verspürt und begriffen, dass die Welt größer war und mehr zu bieten hatte, als den warmen Leib seiner Halbschwester.

Aber Adele spielte nicht mit. Sie wurde schwanger. Sie wollte das Kind. Sie flehte ihn an, sie nicht zu verlassen. Sie drohte, sie werde der Mama folgen, falls er versuchen sollte, sie zur Abtreibung zu zwingen. Sie beschwor ihn, mit ihr zu fliehen, in kurzen stockenden Sätzen und mit abgewandtem Blick – ein anderer Ort, ein anderes Leben, ein Nest für ihrer beider Kind. Ein Nest, das sagte sie immer wieder. Und damit nicht genug, sie begann, an verborgenen Stellen des Hauses sonderbare Dinge zusammenzutragen,

Wollreste, Putzlappen, Zeitungspapier, alte Strümpfe und zerschlissene Kleider. Als Hans das erste dieser Nester entdeckte, fing er an, um sie zu fürchten, und bald darauf willigte er ein, bei Nacht und Nebel mit ihr fort zu gehen. So kamen sie zu der Tante.

Auch dort baute Adele ihre kleinen Nester, aber die Tante ließ sie gewähren, nahm nicht den geringsten Anstoß an ihrem sonderlichen Tun, dem nächtlichen Umherhuschen, der nervösen Geschäftigkeit ihrer Hände, die auch am Tage keinen Augenblick Ruhe gaben, an allerlei Dingen herumzupften und sie je nach Beschaffenheit zerknitterten, zerbröselten oder zerfetzten. Und sie störte sich auch nicht an Adeles zwitscherndem Singsang, mit dem sie manchmal, wenn sie sich unbeobachtet glaubte, im lichtdurchfluteten Wohnzimmer umhertippelte, mit den Armen rudernd wie ein aufgeplustertes Vogelkind, wenn es flügge wird.

Die Tante hatte Adele gern, begegnete ihr mit gleichbleibender Freundlichkeit, und allmählich wurde Adele ruhiger. Am liebsten saß sie in der Küche und aß. Ihr Leib nahm einen beträchtlichen Umfang und man hätte meinen können, der kaum siebzehnjährige Hans, der ohnehin schon von ihr fortgewollt hatte, würde sich nun erst recht von ihr abkehren, aber das Gegenteil war der Fall. Je schwerfälliger Adele wurde, je behäbiger sie auf ihren bloßen Füßen über den Küchenboden tappte, desto fürsorglicher wurde er, achtete darauf, dass immer ein großes Kissen auf ihrem Stuhl lag, schob ihr eilig einen Schemel unter, wenn sie leise ächzend die Füße anhob, und wenn die beiden sich unbeobachtet wähnten, streichelte er ehrfürchtig ihren großen weißen Bauch.

Während der Schwangerschaft rückten die drei immer näher zusammen und hatten kaum Kontakt zur Außenwelt. Das Haus lag am Waldrand, gut einen halben Kilometer vom Dorf entfernt, und bis auf den Postboten und Adam Sorge verirrte sich selten jemand dorthin. Die Tante lebte für sich. Als junge Frau hatte sie ein paar Jahre lang an der Dorfschule unterrichtet und war dann einem Schauspieler namens Straubinger, der für eine Spielzeit am Heidelberger Theater gastierte, nach Berlin gefolgt. Wie lange diese Liaison währte, wusste niemand zu sagen, aber als sie in den fünfziger Jahren in ihre Heimat zurückkehrte, trug sie einen anderen Namen und bezog eine stattliche Witwenpension, angeblich von einem Apotheker, bei dem sie eine Zeit lang ausgeholfen und den sie wohl schon bald nach dem Ende ihrer Affaire mit dem Schauspieler geheiratet hatte.

Im Dorf war sie nicht wieder heimisch geworden. Sie gehörte nicht dazu und sprach ihrerseits oft verächtlich von der inneren Enge der frommen Dörfler. Aber sie musste sich einsam gefühlt haben, ehe die Geschwister zu ihr kamen. Man konnte zusehen, wie sie auflebte, und es machte ihr offenkundig Freude, die beiden zu versorgen und Adele auf das Kind vorzubereiten. Ihre Kenntnisse aus der Apotheke kamen ihr dabei zugute. Sie wusste eine Menge über die Wirkung pflanzlicher und anderer Substanzen, und vieles davon gab sie an Adele weiter.

Als die Wehen einsetzten, kam eine Hebamme ins Haus, Adele schrie aus Leibeskräften, presste ein paarmal mit hochrotem Kopf, und kaum zwanzig Minuten später kam Oliver auf die Welt. Als Hans endlich ins Zimmer durfte, war er weiß im Gesicht, und seine Hände schwitzten. Er setzte sich zu Adele, streichelte ihren Kopf. Dann sollte er Oliver halten. Die Tante ermunterte ihn dazu, und ungeschickt hielt er das winzige Bündel in den Armen. Als Oliver zu brüllen anfing, hätte er ihn beinahe fallen gelassen. Die Hebamme beobachtete ihn, zunächst belustigt, dann zunehmend befremdet. „Und Sie sind der Bruder?", fragte sie schließlich. „Gibt es auch einen Vater?"

Ihr Blick fiel ausgerechnet auf Adam Sorge, den die Tante gleich nach der Hebamme benachrichtigt hatte und der, seit Hans eingetreten war, am Türrahmen lehnte. Einen Moment lang herrschte betretenes Schweigen. Und dann war es Adele, die überraschend Antwort gab: „Der ist leider verreist." Es klang selbstverständlich und gelassen und eigentlich nicht wie Adele, aber das konnte die Hebamme nicht wissen. Sie schien sich mit dieser Auskunft zu begnügen, ließ Hans jedoch nicht aus den Augen und schüttelte ein paarmal missbilligend den Kopf.

Vermutlich war das der Anfang. Fest stand, dass die Hebamme, wo immer sie hinkam, von dem sonderbaren Geschwisterpaar erzählte. Wie lieb der Bruder doch sei und wie sehr er sich um die Schwester sorge, mein Gott, so ein Bruder, das habe man ja selten, und welch ein Glück für die Schwester und ihr Kind, wo der Vater dazu doch fort sei, wer weiß wohin und vielleicht auf Nimmerwiedersehen. Und je öfter sie so redete, desto mehr erfand sie vermutlich hinzu. Der alte Schmidt geriet schnell in Vergessenheit. Bald ging das Wort von der Bruderliebe um, und, einmal ausgesprochen, hielt es sich hartnäckig. Adam Sorge hatte alle Hände voll zu tun, um die Gemüter zu beschwichtigen. Von Amts wegen hätte er den Geschwistern das Kind wegnehmen müssen, denn der Tatbestand der sittlichen Verwahrlosung war gegeben. Nur konnte niemand ihm nachweisen, dass er davon Kenntnis hatte, und so sorgte er dafür, dass man den Jungen in der Obhut der Geschwister beließ.

In den ersten Wochen, als die bösen Zungen sich noch im Zaum hielten und die Gerüchte noch nicht bis zu dem Haus am Waldrand gelangt waren, herrschte dort ein leises Glück. Im Grunde war wohl allen Beteiligten klar, dass die Erfindung des abwesenden Vaters als Tarnung auf Dauer zu dürftig war. Um so mehr schotteten sie sich vor Dritten ab, hielten still und hofften, dass man sie noch eine Zeit lang übersehen würde.

Der Besuch des Kinderarztes war eine Zäsur. Sollte er eine Behinderung feststellen, eine Auffälligkeit im Äußeren oder in den Reaktionen, dann wäre es mit der scheinbürgerlichen Geborgenheit ein für allemal vorbei. Auch diesmal hatte die Tante Adam Sorge rechtzeitig unterrichtet. Was immer der Arzt dem Gemunkel der Dorfbewohner bereits entnommen haben mochte, die Anwesenheit des Amtsvormunds gab dem Ganzen einen ordnungsgemäßen Rahmen. Die Untersuchung fiel lang und gründlich aus, das Ergebnis war mehr als zufriedenstellend. Der Arzt nannte Oliver einen Prachtkerl und äußerte sich wohlwollend über die Mutter, mit der er ein paar freundliche Worte wechselte.

Adele überraschte die Anwesenden auch jetzt wieder mit Sätzen, die sie früher nicht gesagt hätte und die wie vorgefertigt klangen, aber das fiel nur Menschen auf, die sie gut kannten. Sie sprach auch nicht stockend, wandte nicht den Blick ab, sondern sah dem Arzt geradewegs ins Gesicht und lächelte sogar. Das tat sie sonst nie, wenn Fremde das Wort an sie richteten. Aber jetzt wusste sie, was auf dem Spiel stand, zeigte sich umgänglich, einsichtig und fügsam. Das Kind gab ihr die Kraft dazu. Das Kind, das sie um jeden Preis gewollt hatte. Und das sie niemals loslassen würde.

Hans verlor sie zwar nicht aus dem Blick, ließ ihm aber mehr Freiraum als früher, und auch er veränderte sich nach Olivers Geburt. Binnen weniger Monate wurde aus dem hoch aufgeschossenen Jungen der Statur und dem Ausdruck nach ein junger Mann. Er fühlte sich bald ganz als Vater, und so benahm er sich auch. Bis Adam Sorge ihn eines Tage beiseite nahm. „Du bist Adeles Bruder", sagte er. „Vergiss das nicht." Von da an legte er sich eine größere Zurückhaltung auf, zumindest in Gegenwart Dritter.

Vielleicht wäre doch noch alles gut ausgegangen, wäre die Tante nicht ein paar Monate nach Olivers Geburt mit dem Fahrrad verunglückt. Sie fuhr zwei- bis dreimal die Woche ins Dorf, um die Einkäufe zu erledigen, und als sie an einem frostigen Märztag mit zwei schweren Taschen an der Lenkstange auf der Landstraße ins Wanken geriet, wurde sie von einem Lastwagen gestreift und flog kopfüber auf einen gefrorenen Ackerstreifen. Zwei Tage später war sie tot.

Sie hatte keine weiteren Verwandten, aber, wie sich herausstellte, auch kaum Ersparnisse, das Haus war mit einer Hypothek belastet, und als die Formalitäten abgeschlossen waren, mussten die Geschwister sich eine neue Bleibe suchen. Aber anders als Gudrun berichtet hatte, brauchte Adele nicht putzen zu gehen und Hans musste nicht beim Bauern schuften, denn für eine Weile reichte ihnen der Resterlös aus dem Verkauf des Hauses zum Leben. Dass die beiden dennoch ruhelos umherstreiften und an keinem Ort sesshaft wurden, lag zum Teil an den Gerüchten, die sie immer wieder einholten. Vor allem aber lag es an ihrem mangelnden Selbstverständnis, ihrer unbestimmten Identität. Sie waren, was sie nicht sein durften, ein Paar mit einem Kind. Was sie selbst als Glück empfanden, war für andere ein schmutziges Vergehen.

Wo immer sie sich vorübergehend niederließen, sah Adam Sorge nach dem Rechten und half ihnen, so gut er konnte. Er kam immer selbst, schickte nie eine Fürsorgerin, und – so unbehelligt er und seinesgleichen damals auch schalten und walten konnten – irgendwann fiel die Sache auf. Im Amt wurde man stutzig, die Kollegen redeten, es gab Fragen. Sorge wurde zur Behörde zitiert, sollte Rede und Antwort stehen. War es richtig, dass er Adele Schmidt vor einigen Jahren den Hof gemacht hatte? Warum hatte er nicht, wie es seine gesetzlich vorgeschriebene Pflicht gewesen wäre, gründliche Nachforschungen hinsichtlich der Vaterschaft angestellt? Wusste er womöglich, wessen Sohn sein Mündel war? Unausgesprochen stand dahinter natürlich die Frage, ob er womöglich selbst der Vater wäre. Und auch wenn nicht, ob die intime Verbandelung das Kindswohl nicht nachhaltig gefährdete.

Es gelang ihm, überzeugend darzulegen, weshalb er sich so und nicht anders verhalten hatte und welche Vorteile sich in diesem besonderen Fall daraus ergaben, dass er die Mutter seines Mündels persönlich kannte. Die Vormundschaft wurde ihm nicht entzogen, aber die Zweifel an seiner sittlichen Eignung waren nicht endgültig ausgeräumt. Hinzu kam, dass Hans, der auf Sorges Anraten eine Ausbildung als Klempner angefangen hatte, in seinem Lehrbetrieb auf einen früheren Nachbarn aus Ladenburg getroffen war, der ihn mit zweideutigen Anspielungen auf sein Zusammenleben mit Adele und dem Kind quälte.

In dieser Situation wurde beschlossen, dass die Geschwister endgültig aus der Gegend fortziehen sollten. Bislang hatten sie sich nicht getraut. Oliver würde einen neuen Amtsvormund bekommen, und ohne Adam Sorge wären Hans und Adele auf sich selbst gestellt, hätten niemanden mehr, der die Dinge für sie regelte. Adele fürchtete sich, vor Fremden und vor der Fremde, wurde fahrig und verstockt wie früher und weigerte sich zunächst entschieden, die vertraute Umgebung zu verlassen.

Hans hingegen war bereit. Wie Adele zu Beginn der Schwangerschaft, war jetzt er es, der sich nach einem Ort ohne Vergangenheit sehnte. Etwas in ihm hatte schon immer fort gewollt, schon als Junge hatte er von Schiffen und fernen Häfen fantasiert, kleine Papierschiffe auf dem Neckar ausgesetzt und ihnen nachgesehen, wenn sie mit der Strömung forttrieben. Er ließ sich von der Handwerkskammer eine Liste mit sämtlichen Hamburger Klempnerbetrieben schicken, schrieb mit großem Eifer eine Bewerbung nach der anderen und fand schließlich in Osdorf, einem Vorort von Hamburg, eine Firma, bei der er jeder Zeit anfangen konnte. Zum Leben würde sein Lehrlingslohn für die drei zwar nicht reichen, aber wenn sie sparsam wären, ließe das Geld der Tante sich bis zur Gesellenprüfung strecken.

Die Wohnung organisierte Adam Sorge mit Hilfe

eines Maklers. Er half den Geschwistern auch beim Umzug, nahm sich eine Woche frei, mietete einen kleinen Transporter und kutschierte sie nach Hamburg. Hans hatte damals noch keinen Führerschein. Adele saß auf der Rückbank, hatte den fünfjährigen Oliver auf dem Schoß, hielt ihn mit beiden Armen umschlugen, blies ihm ins Haar, flüsterte an seinem Ohr, küsste ihn auf den Nacken, kitzelte seine nackten Knie und fütterte ihn mit Bananen. Während der ganzen Fahrt beschäftigte sie sich mit dem Kind und sah nicht ein einziges Mal zum Fenster hinaus.

Drei Tage lang tat sie auch in der Wohnung nichts anderes, und damals fiel Adam Sorge zum ersten Mal auf, dass Oliver sich still auf ihrem Schoß hielt, ohne herumzurangeln oder sich loszureißen, wie andere Kinder es bestimmt längst getan hätten. Die beiden saßen nur da, an dem Fenster zum kleinen Gärtchen, das zu der Erdgeschosswohnung gehörte, und die Stille, die von ihnen ausging, hatte etwas Bedrückendes. Am dritten Tag stand Adele auf, räumte in der Küche alle Dinge wieder aus den Schränken und Regalen, die Hans und Adam Sorge eingeräumt hatten, und ordnete die Gerätschaften auf ihre Weise. Danach benahm sie sich wie immer. Oliver erkundete Haus und Garten, rannte, tobte und lärmte wie jeder andere Junge auch.

Anfangs hatte Adam Sorge gehofft, gelegentlich von seinem Hamburger Kollegen zu erfahren, wie Adele und Oliver sich machten. So hätte er die Geschwister auch aus der Ferne ein Stück weit begleiten können. Gottfried Schrader machte diese Hoffnung schnell zunichte. Er hielt sich gewissenhaft an seinen gesetzlichen Auftrag, befolgte Punkt für Punkt die Vorschriften und lehnte es ab, mit Adam Sorge zu sprechen, ehe er sich mit der Aktenlage vertraut gemacht hatte. Während der Telefonate, die später folgten, stellte er sachliche Fragen, mehr nicht, bezog niemals persönlich Position und ließ Sorges behutsame Erkundigungen nach Adeles Befinden ins Leere laufen. Da die Geschwister kein Telefon hatten und keine Briefe schrieben, erfuhr er monatelang nichts.

Im darauffolgenden Jahr kam er noch einmal nach Hamburg. Er hatte seinen Besuch nicht angekündigt, auch nicht per Post, und ein wenig beschämt musste er sich eingestehen, dass es Absicht war. Er wollte die Geschwister überraschen, um sich ein unverfälschtes Bild zu machen, genau wie die Fürsorgerinnen es üblicherweise taten. Was er vorfand, räumte seine Besorgnis aus. Und mehr noch, es bestärkte ihn darin, dass es richtig gewesen war, den Geschwistern und dem Jungen ein Leben als Familie zu ermöglichen.

Die Wohnung wirkte einladend, aufgeräumt und hell, und Adele tat es auch. Noch nie hatte er sie so zufrieden gesehen. Sie schien mit sich und der Welt im Reinen. Stolz führte sie ihn in den kleinen Garten, in dem jeder Zentimeter genutzt war, in dem Kräuter wuchsen, Salat, Tomaten und eine Handvoll Erdbeeren. Kurz darauf kam Oliver ins Haus gestürmt und wollte wissen, wann es Abendbrot gab. Wenn Onkel Hans nach Hause käme, beschied Adele. Das war also jetzt der übliche Sprachgebrauch. Onkel Hans. Adam Sorge war überrascht, wie schnell sie sich am anderen Ort eine vorzeigbare Identität geschaffen hatten. Am Ende des Sommers würde Oliver in die Schule kommen. Und sagen, er lebe mit seiner Mutter bei seinem Onkel. Warum nicht.

Hans sprach viel und gern von seiner Arbeit, von den Prüfungen, die bald anstanden, und davon, dass der Chef ihn am Ende der Lehrzeit auf jeden Fall übernehmen wollte. Er behandelte Adele mit freundlicher Zurückhaltung, und nur wer um die beiden wusste, konnte spüren, dass sich mehr dahinter verbarg. Bislang hatte Adam Sorge geglaubt, die Beziehung der beiden sei vor allem von Adeles Bedürftigkeit bestimmt und Hans sei nur vorübergehend betört gewesen, zunächst von ihrer Sinnlichkeit und dann von seiner Vaterschaft. Jetzt musste er sich eingestehen, dass die beiden offenbar gleichermaßen zu sich selbst und zueinander gefunden hatten. Beinahe war er enttäuscht. Sie hatten es ohne ihn geschafft. Sie brauchten ihn nicht mehr.

Später hatte er sich oft gefragt, was er in Hamburg wirklich gesehen, und was er sich womöglich eingebildet hatte. Wieder und wieder hatte er die Bilder jenes Tages heraufbeschworen, hatte versucht, in der Erinnerung genauer hinzusehen als damals, hatte sich vergeblich gemüht, trügerische Anzeichen zu entdecken, aber es war ihm nicht gelungen. Und bis heute konnte er nur bedingt nachvollziehen, welche unselige Verkettung von Umständen zu der verhängnisvollen Wendung geführt hatte, die das Schicksal der Geschwister und des Jungen kaum zwei Jahre später nahm.

Auf der Terrasse am Neckar war es längst dunkel geworden. Und kühl. Die gelben Lichter schwankten im Wind, die meisten Gäste waren fort. Ich hatte kaum etwas gegessen. Meine Leberknödel waren lange kalt. Adam Sorge bestellte zweimal Tee mit Rum. Die Kellnerin räumte kopfschüttelnd unsere halbvollen Teller ab.

Der Tee tat gut. Als ich meinen Becher zur Hälfte geleert hatte, holte ich tief Luft. „Mein Gott", sagte ich. „Ich hatte ja keine Ahnung – ich wusste bis heute nicht, dass – dass Herr Schmidt –"

„Der Vater war?" Adam Sorge sah mich überrascht an. „Das wussten Sie wirklich nicht?"

Ich schüttelte den Kopf. „Ich glaube nicht, dass in meiner Gegenwart je eine Bemerkung in dieser Richtung gefallen ist. Ich kann mich jedenfalls nicht erinnern. Und in der Presse hat damals offenbar auch nichts in der Art gestanden."

„Nein, hat es nicht. Ich habe jeden einzelnen Artikel gelesen. Verdacht auf Kindsmord, das ja. Aber kein Wort zum Thema Inzest. Das hat mich übrigens gewundert. Schrader wusste Bescheid, da bin ich sicher. Aber er hatte meines Wissens keinen Beweis. Und, das muss man ihm lassen, er war auf seine Weise korrekt. Korrekt und verschwiegen."

Danach waren wir beide still. Adam Sorge sah versonnen in die Nacht hinaus und ich war froh, eine Weile mit meinen Gedanken für mich zu sein. Irgendwann gab ich mir einen Ruck. Ich wollte die Sache zu Ende bringen. Auf keinen Fall wollte ich dieses Gespräch am nächsten Tag fortsetzen, schon gar nicht am Morgen, im hellen Licht, womöglich in der behaglichen Küche im Schriesheimer Viertel, die ich auf Anhieb gemocht hatte. Aber jetzt, in meiner Vorstellung, hatte der Raum etwas Beklemmendes, beinahe so, als hätten manche der Szenen zwischen Hans und Adele Schmidt sich dort abgespielt.

„Im Grunde", sagte Adam Sorge auf meine Frage, was dann geschehen sei, „im Grunde war der Auslöser ein unglücklicher Zufall. Ich will natürlich nicht behaupten, dass ihr Leben weiterhin so harmonisch verlaufen wäre, wie ich es damals wahrgenommen habe. Aber ich glaube nicht, dass es zur Katastrophe gekommen wäre." Er zögerte. „Was immer genau geschehen ist – Ich habe Adele danach nur noch ein einziges Mal gesehen, und da war sie schon in der geschlossenen Anstalt. Aber der Reihe nach.

Etwa anderthalb Jahre nachdem ich in Hamburg gewesen war, rief Schrader mich an. Nach unseren spröden und fruchtlosen Telefonaten hatte ich nicht damit gerechnet, noch einmal von ihm zu hören, und verstand zunächst auch nicht, was er von mir wollte. Offenbar war es ihm peinlich, denn er drückte sich noch umständlicher und gewundener aus als früher, aber schließlich fragte er geradeheraus, ob schon zu meiner Zeit als Olivers Amtsvormund der Verdacht auf Inzest zwischen Bruder und Schwester verlautbart sei. Er hatte einen anonymen Hinweis erhalten, der besagte, Oliver sei das gemeinsame Kind der Geschwister.

Ich habe geblufft und behauptet, die Sache sei damals gründlich untersucht worden und der Verdacht habe sich nach entsprechenden medizinischen Tests als nichtig herausgestellt, als böswillige Verleumdung. Er bat mich, ihm die Unterlagen zu schicken. Das sagte ich zu, spielte auf Zeit.

Der Hinweis musste aus dem früheren Umfeld der Geschwister stammen, und wirklich fand ich heraus, dass derselbe Mann, der Hans schon in seinem Lehrbetrieb hier unten mit Anspielungen schikaniert hatte, in Hamburg aufgekreuzt war, um irgendwelche Verwandte seiner Frau zu besuchen. Wahrscheinlich aus Neugier oder Langweile hat er den früheren Kollegen ausfindig gemacht und aufgesucht, von Hans vermutlich eine Abfuhr erhalten und sich später daheim damit gebrüstet, er hätte die neuen Nachbarn dieser sauberen Geschwister erst einmal aufgeklärt.

Nun wusste ich zwar, wie die Dinge zusammenhingen, aber das brachte mich keinen Schritt weiter.

Und Schrader gab natürlich keine Ruhe. Ich ließ mich verleugnen, erfand Probleme im Archiv, behauptete irgendwann sogar, die an ihn abgeschickten Kopien müssten auf dem Postweg verloren gegangen sein. Schließlich tat ich empört und fragte ihn, ob mein Wort als Amtskollege ihm etwa nicht genügen würde. Tatsächlich habe ich danach nichts mehr von ihm gehört, hatte aber wenig Zweifel daran, dass er ein neues Verfahren zur Feststellung der Vaterschaft einleiten würde. Und soweit ich weiß, tat er das auch.

Später, als das Ganze eskalierte, habe ich natürlich eine Menge Ärger gekriegt. Aber das Schlimmste waren die Selbstvorwürfe, weil ich nicht mehr unternommen hatte. Ich hatte zwar noch versucht, Hans zu warnen, und ein paarmal bei ihm im Betrieb angerufen, aber dann, als keine Reaktion kam, ließ ich die Sache auf sich beruhen. Ungefähr ein halbes Jahr darauf las ich von Olivers Verschwinden in der Zeitung. Und dann auch von dem Verdacht. – Adele, mein Gott, was muss sie ausgestanden haben."

Bei den letzten Sätzen hatte seine Stimme rau geklungen. Jetzt lehnte er sich zurück, so dass sein Gesicht außerhalb des Lichtkegels im Halbdunkel verschwamm. Nur seine ineinander verschränkten Hände konnte ich noch deutlich sehen. Die Knöchel waren weiß. Ich selbst war zu meinem eigenen Erstaunen vollkommen ruhig, wartete einige Augenblicke, und als Adam Sorge nichts weiter sagte, fragte ich: „Was ist denn bei dem Verfahren herausgekommen, ich meine, hat man Herrn Schmidt tatsächlich die Vaterschaft nachweisen können?"

„Ich glaube kaum, dass es so weit kam. Solche Verfahren sind langwierig und umständlich, erst recht wenn die Betroffenen sich weigern, entsprechende Tests durchführen zu lassen. Und als die Geschwister Wind von der Sache kriegten, sei es durch das Gerede der Nachbarn, sei es durch die Bemerkung einer der Fürsorgerinnen, die regelmäßig ins Haus kamen, haben sie sich allem verweigert. Zunächst einmal haben sie es irgendwie geschafft, Oliver ein Attest zu besorgen und sogar mehrmals zu verlängern, so dass er etwa zwei Monate lang entschuldigt der Schule fernblieb.

Danach hat Adele ihn versteckt. Sie hat ihn weggesperrt, niemand kriegte ihn zu Gesicht, und wenn sie nach ihm gefragt wurde, hat sie behauptet, er sei bei Verwandten in Süddeutschland, um nach seiner langen Krankheit wieder zu Kräften zu kommen. Schrader selbst ist irgendwann hingegangen, aber auch dem hat sie die gleiche Geschichte aufgetischt. Danach hat er mich noch einmal angerufen, wollte wissen, ob Olivers Aufenthaltsort mir bekannt sei. Er hat gedroht, mich wegen mangelhafter Amtsführung bei der zuständigen Behörde zu melden, falls ich wieder nicht kooperieren würde. Nur konnte ich ihm diesmal wirklich nicht helfen.

Schrader hat getobt, hatte aber keine Handhabe. Hans konnte er nicht belangen, der war als Onkel weder erziehungsberechtigt noch in sonst einer Weise für den Jungen verantwortlich. Und ohne Oliver konnte er ihm natürlich auch die Vaterschaft nicht nachweisen, Test hin oder her. Also musste er den Jungen herbeischaffen und meldete ihn schließlich als vermisst. – Ich glaube, was dann kam, wissen Sie besser als ich."

„Mag sein", sagte ich abwesend. Ich dachte daran, wie ich Oliver damals nach seiner Verwandtschaft mit Herrn Schmidt gefragt hatte. „Glauben Sie eigentlich, Oliver wusste, dass Herr Schmidt sein Vater war?"

„Ja, ich denke schon. Zumindest vom Gefühl. Da war etwas Besonderes zwischen den beiden."

In Gedanken sah ich sie vor mir, sah, wie Herr Schmidt dem Jungen über den Kopf strich. Wie sehr hatte ich mir gewünscht, er würde es auch bei mir tun, öfter, nicht nur das eine Mal.

„Noch eine Frage", sagte ich. „Warum hatte Adele solche Angst? Ich meine, hätte man ihr den Jungen wirklich weggenommen? Es gab doch keine Auffälligkeiten, eigentlich war doch alles in Ordnung."

„Von außen betrachtet schon. Er ging zur Schule, galt als aufgeweckt, war ordentlich gekleidet und kerngesund. Die Berichte der Fürsorgerinnen ließen nichts zu wünschen übrig. Aber Sie müssen bedenken: Das alles war Ende der sechziger Jahre, und die Aufbruchstimmung, die damals Teile der Gesellschaft erfasst hatte, fand in Ämtern und Behörden noch lange keinen Widerhall. Schon gar nicht bei einem Mann wie Schrader. Er war immerhin zehn Jahre älter als ich und, wie gesagt, korrekt und gefühllos.

Im Übrigen galt noch immer das alte Jugendwohlfahrtsgesetz, und da stand zum Beispiel drin, dass die patriarchalische Prägung der Gesellschaft gegen gleichmacherische Tendenzen zu verteidigen sei. Sie können sich vorstellen, was das für eine alleinstehende Mutter bedeutete. Die kleinsten Freizügigkeiten zwischen den Geschlechtern wurden als Sexualismus verteufelt. Und unter Geschwistern? Ich bitte Sie! Da waren noch ganz andere Dinge verpönt. In dem allgemeinen Paragraphen zum Erziehungsrecht stand wortwörtlich: ‚Wenn man von der Familiensauna liest, so sollte es bedenklich stimmen …‘ und so weiter. Kinder sollten weder ihre Eltern noch ihre andersgeschlechtlichen Geschwister nackt sehen, weil das angeblich der Entwicklung ihres Sittlichkeitsbewusstseins schadete.

Nein, Adele hatte keine Chance. Sie hätte nicht mal eine Chance gehabt, wenn sie die Lebensgemeinschaft mit ihrem Bruder aufgegeben und jeden Kontakt mit ihm abgebrochen hätte. Und nicht zuletzt war sie psychisch mehr als labil. Das darf man nicht vergessen. Sie hatte sich verhältnismäßig gut im Leben eingerichtet, aber wie sie auf vehemente Erschütterungen reagieren würde, war objektiv unvorhersehbar."

„Was wollen Sie damit sagen?"

„Ich will sagen, dass es selbst mir problematisch erschienen wäre, wenn Adele allein und ohne Hans die Verantwortung für Oliver gehabt hätte."

„Heißt das, Sie glauben –?"

„Nein. Das heißt es nicht. Aber ich halte es für denkbar. Oder anders gesagt, es gibt keinen denkbaren Hergang, den ich mit Sicherheit ausschließen könnte. Wissen tue ich genauso wenig wie Sie. Ich weiß nicht, was damals passiert ist. Und ich weiß nicht, ob Oliver womöglich noch am Leben ist."

„Und als Sie bei ihr in der geschlossenen Anstalt waren, als Sie mit ihr gesprochen haben, was dachten Sie da?"

Adam Sorge ließ sich Zeit mit der Antwort. Schließlich sagte er: „Um ehrlich zu sein, ich weiß es nicht. Ich glaube, das war der schlimmste Besuch meines Lebens. Die Einrichtung war überfüllt, laut und schmutzig, die Kittel der Pfleger hatten Flecken und an den Kleidern der Insassen – sie Patienten zu nennen, fiel an dem Ort schwer, obgleich sie wie physisch Kranke behandelt und so oft wie möglich ins Bett gesteckt wurden – konnte man die Essensfolge der letzten Tage ablesen.

Adele lag in einem Achtbettzimmer, das heißt, als ich kam, saß sie angezogen auf der Bettkante und summte leise vor sich hin. Es mag merkwürdig klingen, aber sie wirkte zufrieden. Ich sagte ihren Namen, sie sah auf und lächelte, nicht im Mindesten überrascht. Dabei hatten wir uns mehr als zwei Jahre nicht gesehen. Wir gingen in den Speiseraum, der zugleich als Gemeinschaftsraum diente, und setzten uns an den einzigen freien Tisch. Ein Außenstehender hätte meinen können, wir wären beide zu Besuch, denn Adele war sauber gekleidet und sogar ein wenig geschminkt. Ich wusste nicht, was ich sagen sollte, und schließlich stand ich auf und holte uns Kaffee. Draußen schien die Sonne, aber alle Türen waren mit Schlössern und Riegeln gesichert und die Insassen durften nicht einmal in Begleitung eines Besuchers das Haus verlassen. Das strahlend helle Herbstlicht, das durch die verschlossenen Fenster fiel, verstärkte nur noch die Trostlosigkeit des Ortes.

Als ich wieder zurück war, legte sie mir die Hand auf den Arm. Dann beugte sie sich zu mir herüber und flüsterte: ‚Glaubst du, ich kann bald zu Hans zurück?'

Ich sah sie an. Ich fragte: ‚Und zu Oliver?' Ich konnte nicht anders.

Ihre Augen weiteten sich, ihre Hände zitterten und einen Moment lang dachte ich, sie würde ohnmächtig werden. ‚Ja, zu Oliver', flüsterte sie.

‚Wo ist er, Adele. Sag es mir, bitte. Wo ist Oliver?'

‚Zu Hause. Er ist zu Hause. In Sicherheit. Endlich. Aber ich – ich bin hier. Ja. Sie halten mich fest. Das dürfen sie nicht. Ich muss zu ihm. Jetzt gleich. Ich muss …'

So hat sie geredet, in einem fort, immer lauter und immer verzweifelter. Ein Pfleger, der am Nachbartisch eine alte Frau mit Kuchen fütterte, wurde aufmerksam, legte mahnend den Finger an die Lippen und bedeutete mir, sie zum Schweigen zu bringen. Es gelang mir nicht, und schließlich waren fast alle Augenpaare auf uns gerichtet, böse, verwirrt, hämisch oder erschrocken, und ich bekam Angst und dachte, im nächsten Augenblick würde ein höllisches Spektakel losbrechen. Ich nahm Adele am Arm und zog sie hinaus auf den Flur.

Dort ging ich mit ihr auf und ab, und allmählich beruhigte sie sich, beharrte allerdings darauf, dass sie zu Oliver müsse, ihn nicht länger allein lassen könne, keinen Tag, keine Stunde. Es schien, als habe sie einen Entschluss gefasst, aber vielleicht bildete ich mir das nur ein. In dem Moment machte sie mir Angst. Sie hatte ja schon einmal versucht, sich das Leben zu nehmen. Ich gab mir alle Mühe, sie in dem zu bestätigen, was sie selbst angedeutet hatte, nämlich, dass niemand ihr Oliver nehmen könne, dass er an einem sicheren Ort sei, dass es ihm dort gut ginge – was man in solch einer Situation eben sagt. Irgendwann blieb sie stehen. Sie entzog mir ihren Arm, den sie mir zuletzt freiwillig überlassen hatte, und sagte: ‚Das ist sehr nett von dir, Adam, aber ich möchte, dass du jetzt gehst.' Dabei sah sie mich an, mit einem Blick, den ich nie vergessen werde. In dem Blick war etwas, das – ich weiß kein Wort dafür. Vielleicht gibt es keins. Ich ertrug es nicht, sie so zu sehen.

Ich habe dann noch versucht, eine verantwortliche

Person ausfindig zu machen, einen Arzt oder einen Psychiater, aber ich stieß überall auf verschlossene Türen. Das Personal einer solchen Anstalt ist immer überlastet, auch heute noch. Da hat man keine Zeit, im Dienstzimmer zu sitzen und zu warten, dass einer wie ich mit einem Anliegen kommt. Ich musste mich damit begnügen, den Pfleger, der die alte Frau gefüttert hatte, zu bitten, er möge ein Auge auf Adele haben. Dann ging ich weg und bin nie wieder hingegangen."

Ich wartete eine Weile, und dann wiederholte ich meine Frage: „Und was dachten Sie nun? Glauben Sie, Adele hatte etwas mit Olivers Verschwinden zu tun? Glauben Sie, dass sie ihm etwas angetan hat?"

„Es überrascht Sie vielleicht, aber die Frage habe ich mir in der Form nie gestellt. Ich kann sie Ihnen nicht beantworten. Oder anders gesagt, ich glaube, in dieser Frage muss jeder seinen eigenen Standpunkt finden. Die Antwort kennt niemand."

„Sie halten es aber nicht für ausgeschlossen."

Er nickte. „Stimmt."

„Und dann? Was ist dann passiert?"

„Ich habe versucht zu vergessen."

„Wie meinen Sie das?"

„Genau so."

„Sie haben Adele nie wieder gesehen?"

„Nein. Nie."

„Und Herrn Schmidt? Also, Hans?"

Er schüttelte den Kopf.

„Hatten Sie nie das Bedürfnis zu erfahren, was aus ihnen geworden ist?“

„Haben Sie es versucht? Hatten Sie das Bedürfnis?“

„Bislang nicht, nein. Aber jetzt –“

„Stimmt. Jetzt sind Sie hier. Für mich kann ich nur sagen, dass ich damals alles darangesetzt habe, Adeles Entlassung aus der Anstalt zu bewirken. Es war mir unerträglich, sie dort zu wissen. Sie gehörte dort nicht hin. Ich habe unzählige Telefonate geführt, Briefe geschrieben, mit verschiedenen Gutachtern korrespondiert und wohl immerhin dazu beigetragen, dass sie nach knapp drei Jahren entlassen wurde. Aber das meiste hat sie selbst geschafft. Auf ihre Weise war sie stark. Danach sind die beiden dann aus Hamburg weg, aber wohin, das weiß ich nicht. Und ich wollte es, offen gestanden, auch nie wissen.“

Ich war nicht sicher, ob das stimmte. Seine Miene blieb beherrscht, aber wie schon am Nachmittag verriet ein heftiges Zucken im rechten Auge seine Erregung. Der Schluss gehörte nicht mehr zu der Geschichte, mit der er leben konnte, weil die Ereignisse einander bedingten. Was er nach dem letzten Besuch bei Adele unternommen – oder unterlassen – hatte, war einzig und allein seine Entscheidung gewesen. Und ich glaubte ihm nicht, dass er in diesem Punkt mit sich selbst im Reinen war.

Nach kurzem Zögern erzählte ich ihm von der Pension am Kanal und wie ich vor ein paar Wochen zufällig dorthin geraten war. Er hörte mir aufmerksam zu, aber ich hätte nicht zu sagen vermocht, was in ihm vorging.

Wir waren die letzte Gäste. Die Kellnerin kam an unseren Tisch, um zu kassieren. Wir könnten gern noch etwas bestellen und sitzen bleiben, aber das wollten wir nicht. Adam Sorge bestand darauf, die Rechnung zu übernehmen. In der Dunkelheit gingen wir schweigend am Neckar entlang und zurück in den Ort. Adam Sorge brachte mich zu meinem Gasthaus. Beim Abschied sagte er: „Ich bin froh über das, was Sie mir von Hans und Adele erzählt haben. Dieses sonderbare Paar da oben am Nordostseekanal. Vielleicht sind sie nicht besonders glücklich, aber sie haben doch ein Leben."

„Oliver hatte vermutlich keins."

„Ich denke", sagte Adam Sorge, „was damals geschehen ist, wäre so oder ähnlich auch dann geschehen, wenn Ihre Mutter nicht die Polizei angerufen hätte."

„Das macht es nicht besser."

Er sah mich an. „Vielleicht doch."

Ich zögerte. Dann sagte ich: „Angenommen, Adele hat ihren Sohn umgebracht. Angenommen, sie hat ihn tatsächlich vergiftet. Meinen Sie nicht, dass sie dafür belangt werden sollte?"

„Sie meinen, vor Gericht?"

„Ja."

Er machte eine unbestimmte Geste. „Es ist lange her."

„Mord verjährt nicht."

„Für mich ist sie unschuldig. Und das ganz unabhängig von der Frage, ob sie im juristischen Sinne schuldfähig wäre oder nicht."

Darauf wusste ich nichts zu sagen. Wir gaben uns die Hand. Er fragte, ob ich wirklich morgen schon wieder zurückfahren wollte. Ich nickte.

„Wir könnten vorher eine Kleinigkeit essen. Kommen Sie gegen Mittag zu mir? Ich würde mich freuen."

„Danke", sagte ich. „Bis dann."

Ich schlief tief und traumlos, und am nächsten Morgen fuhr ich ab.

13

Als ich aus Ladenburg zurückkam, beschloss ich, die Sache aufzugeben. Ein ungeklärter Vermisstenfall aus dem Jahr 1969. Einer von wie vielen? Das hatte ich Lohse zu fragen vergessen. Als könnte es etwas ändern. Im Übrigen hatten sich offenbar alle Beteiligten auf die eine oder andere Weise mit dem Verschwinden des Jungen abgefunden, selbst Adele und Herr Schmidt. Höchste Zeit, dass ich es auch tat.

Ich rief Behrendt an und teilte ihm mit, dass ich die Geschichte über den vermissten Oliver Schmidt nicht schreiben würde. Das sei mein letztes Wort. Er fragte, was ich als Nächstes vorhätte. Ferien machen, sagte ich, obgleich ich keine Vorstellung davon hatte, was ich ausgerechnet jetzt und allein an irgendwelchen Ferienorten hätte anfangen sollen. Wir sprachen über das Wetter, den Frühling. Ich erzählte ihm, dass unten am Neckar die Erdbeeren bald reif wären. Er schwieg.

„Okay", sagte ich. „Ja, ich war in Ladenburg. Die Geschichte gibt nicht genug her. Kein neuer Aspekt. Kein aktueller Aufhänger. Nichts. Als Journalist sollte man nie das persönliche Interesse mit dem Interesse einer breiten Leserschaft verwechseln. Das hat mir mal jemand gesagt, von dem ich vieles gelernt habe."

Er lachte leise. „Vielleicht haben Sie recht. Vielleicht werde ich alt und sentimental. Man kann die Dinge nicht wiedergutmachen."

Wir verabschiedeten uns und ich versprach, mich zu melden, wenn ich den Kopf wieder frei hätte für Andersen. Behrendt war einverstanden, das Portrait in der Dezemberausgabe zu bringen.

Von Lars hatte ich keine Nachricht. Am Tag nach seiner Party hatte er mir eine Mail geschickt. *Schade, dass Du nicht gekommen bist.* Keine Anrede, kein Gruß. Ich hatte die Löschtaste gedrückt. Aber jetzt erwartete ich doch, irgendetwas vorzufinden, ein Zeichen, einen Gruß. Wie früher. Es war ihm immer gelungen, mich mit kleinen Dingen zu überraschen – im Briefkasten ein Abzug von einem Foto, das ich besonders mochte, Konzertkarten, ein schmaler Band von Georg Trakl, Ingeborg Bachmann oder sonst jemandem, dessen Gedichte er mir im Internat vorgelesen hatte, eine Obsttüte an der Türklinke, wenn er auf dem Isemarkt gewesen war, im Kühlschrank eine Flasche von dem Weißwein, den wir tags zuvor gemeinsam getrunken hatten. Aber jetzt rührte er sich nicht.

Nur Angelika hatte während meiner kurzen Abwesenheit zweimal auf Band gesprochen. Ich rief sie zurück, und wir verabredeten uns für die kommende Woche. Ich sehnte mich danach, über ganz alltägliche Dinge zu reden, ins Kino zu gehen oder zu dem kleinen Italiener im Grindelhof. Vor Jahren war ich auch mit Behrendt einmal dort gewesen, das Risotto und die Kalbsleber hatten sogar seinen Ansprüchen genügt.

Angelika sah verändert aus, die Haut, die Haare, das ganze Gesicht, jünger, frischer, heller. Sie hatte abgenommen. Bei ihrem Anblick war mir klar, was kommen würde. Zu jedem anderen Zeitpunkt hätte ich mich für sie gefreut. Jetzt wollte ich nichts von ihrer neuen Liebe hören. Ich bedauerte schon, sie getroffen zu haben, aber Angelika hatte ein feines Gespür und wechselte nach wenigen Sätzen von sich aus das Thema. Später erkundigte sie sich, ob mit Lars alles in Ordnung sei, fragte aber nicht weiter, als ich abwehrte.

Diesmal war ich es, die schon bald auf unsere Schulzeit zu sprechen kam. Ich wollte wissen, ob sie sich an den Jungen erinnern könne, der verschwunden war, ein paar Jahre bevor wir uns auf dem Gymnasium angefreundet hatten.

„Oliver. Oliver Schmidt." Angelika verneinte. „Der Junge, mit dem ich einen Sommer lang zusammen war. Als ich noch auf die Grundschule ging. Oliver. Von dem habe ich dir doch sicher erzählt."

„Lena, wie klingt das denn – mit dem du zusammen warst! Eine kleine vorpubertäre Affaire?" Sie lachte. „So was soll es ja geben."

„Rede keinen Unsinn." Ich spürte, wie ich rot wurde. „Die Geschichte war alles andere als lustig." Ich fasste mich kurz, ließ die Gegenwart unerwähnt, die Begegnung am Kanal und meine Nachforschungen, erzählte nur von damals, von dem Schock und von meiner Kopfkrankheit und dass die Angelegenheit sich niemals aufgeklärt hatte. Angelika entschuldigte sich. Sie hätte ja keine Ahnung gehabt. Offenbar hatte ich die ganze Angelegenheit damals mit keinem Wort erwähnt.

„Deshalb", sagte sie nachdenklich, „warst du so anders. Du hattest früh etwas sehr Besonderes erlebt."

„Was meinst du mit anders?"

„Du warst so ernst."

„Ich dachte, wir hätten immerzu gelacht und wären lustig gewesen. Du hast mir doch all die Geschichten erzählt, an die ich mich selbst kaum erinnern kann."

Angelika nickte. Sicher. Aber man bewahrte eben die hellen Momente. Nicht umsonst wäre in den meisten Kindheitserinnerungen von immerwährenden Sommern die Rede.

„Du warst oft in dich gekehrt. Verhärtet. Hast im Unterricht kein Wort gesagt. Man konnte dir nie wirklich nah sein. Immer wenn ich dachte, jetzt hättest du endlich Zutrauen gefasst, hast du dich wieder entzogen."

„Und warum warst du dann überhaupt mit mir befreundet?"

„Lena, was für ein Frage. Ich mochte dich eben." Sie zögerte. „Vielleicht dachte ich auch, ich könnte dich retten. Du wirktest oft so verloren. Aber dann kam Lars. Dann gab es nur noch ihn, niemanden sonst. Als wäre in deinem Leben nur Raum für einen einzigen Menschen."

„Ich glaube, Lars war mein Retter."

Sie lächelte. „Das glaube ich auch. Hast du ihm das je gesagt?" Ich schüttelte den Kopf. „Dann solltest du es bald tun."

Ich erzählte ihr von unserer Entfremdung, von seiner sonderbaren Eifersucht auf ein verschollenes Kind. Angelika fand das keineswegs sonderbar. Im Gegenteil. So, wie ich vorhin von Oliver gesprochen hätte, sei die Reaktion von Lars nicht verwunderlich.

Wir redeten lange. Und am Ende redeten wir doch von dem Mann, der sie so verändert erscheinen ließ.

Nach dem Abend mit Angelika dachte ich, dass ich handeln sollte, etwas verändern, Abstand nehmen, um klarer zu sehen. Ich sollte mein Büro – oder besser mein Archiv – bei Lars aufgeben, eine größere Wohnung suchen. Vor allem eine, von der aus ich seine Fenster nicht sah. Ständig hielt ich nach ihm Ausschau, starrte zum Atelier hinüber. Mein Blick war fixiert wie das Auge einer Überwachungskamera. Und immer wieder meinte ich, die Umrisse der Frau zu erkennen, die am Abend der Party hinter ihn getreten war und ihn vom Fenster weggeholt hatte.

Ein Umzug also. Kisten packen, überflüssige Dinge entsorgen, Ballast abwerfen, mit leichtem Gepäck weiterziehen. Eine leere lichtdurchflutete Wohnung, weit geöffnete Fenster, ein laut plärrendes Radio, Farbeimer, weiß. Weiter kam ich nicht. Bei diesem Bild geriet meine Vorstellung ins Stocken. Ich sah mich beim Renovieren der Wohnung, aber ich sah mich nicht darin wohnen. Ich studierte das *Hamburger Abendblatt*, nahm rund ein Dutzend Besichtigungstermine wahr, fand nichts, was mir gefiel.

Also blieb ich vorerst, wo ich war, und schaffte Ordnung in meinen Dingen. Ich brachte meine Ablage auf Vordermann, bezahlte überfällige Rechnungen, erledigte unbeantwortete Mails, kümmerte mich um die Belange meiner Mutter, prüfte die Erstattungen der Krankenkasse, sprach mit ihrem Bankberater, mahnte im Augustinum eine Reparatur an, ein tropfender Wasserhahn im Bad, über den meine Mutter schon lange klagte. Ich machte Listen, hakte penibel Punkt für Punkt ab und empfand dieses praktische Tun als ungemein befriedigend. Ich warf die Liste mit den amerikanischen Telefonnummern fort. Achtzehn Mal Oliver Schmidt. Zuletzt zerriss ich das Antwortschreiben vom Einwohnermeldeamt. Meine Angaben wären leider unvollständig. Fragebogen anbei.

Dann überkam mich eine große Müdigkeit. Es fiel mir schwer, Menschen zu begegnen, zu reden, die einfachsten Dinge des täglichen Lebens zu bewältigen. Ich hatte das Gefühl, zu verlangsamen, in meinen Bewegungen, in der Sprache, in meinem Denken. Das Gefühl war nicht unangenehm. Ich stand von Tag zu Tag später auf, ging kaum mehr vor die Tür, und irgendwann stand ich nur noch auf, um mich wenig später angezogen auf das gemachte Bett zu legen. Ich horchte auf die Geräusche im Haus, die Rhythmen im Leben der anderen.

Das helle Sommerlicht störte mich dabei. Ich konnte mich besser auf die Geschehnisse im Haus konzentrieren, wenn ich die Gardinen geschlossen hielt. Inzwischen war es noch wärmer geworden, ich ließ die Fenster in Kippstellung, die weißen Vorhänge bauschten sich leicht im Wind und gaben mir das Gefühl, anderswo zu sein, womöglich doch an einem Ferienort.

Jeden Morgen hörte ich einen Mann unbestimmbaren Alters in Begleitung einer Frau, die auf ihn achtgab. Er war offenkundig behindert, greinte und wimmerte bei den Ascheimern, die er aus unerfindlichen Gründen regelmäßig früh um sechs aufsuchte, und verstummte, wenn die Frau auf zwei Fingern pfiff und ihn zu sich rief. Kurz darauf klingelte der Wecker meiner Nachbarin. Das Radio ging an. Zehn Minuten später klappte auf der anderen Seite des Flurs eine Tür. Pünktlich um acht kläffte der winzige Köter der Engländerin, die im Erdgeschoss wohnte, draußen vor dem Eingang, und sie schnauzte: Shut up! Um neun fing es über meinem Kopf zu rumoren an, etwa eine Viertelstunde lang, als räumte irgendwer jeden Morgen seinen Dachboden auf. So ging es den Tag über fort. Unter mir wohnte ein schwuler Rentner, der jeden Nachmittag um drei Sex hatte, eine Angelegenheit, die unüberhörbar war, aber nur wenige Minuten dauerte. Gegen Abend verebbten die lebendigen Laute im eintönigen Gleichklang zahlloser Fernsehapparate.

Die Abläufe wiederholten sich, beständig und vorhersehbar wie die Vorabendserien im Fernsehen. Also begann ich, zu den wiederkehrenden Lauten Lebensläufe zu erfinden. Die Ablenkung war perfekt. Kein Gedanke mehr an Umzug. Kein Gedanke an Oliver.

Ich aß Eingemachtes von Gudrun, Mirabellenkompott, Apfelmus, Senfgurken, grüne Bohnen.

Ich ging nicht ans Telefon. Meine Mutter rief an. Holger Behrendt rief an. Angelika rief an. Ich wunderte mich, dass es so oft klingelte. Dann rief Lars an. Ich nahm nicht ab. Er hinterließ eine lange Nachricht auf dem Anrufbeantworter. Er sagte, er habe Angelika getroffen. Sie hätten geredet. Über ihn und mich. Über uns. Er wollte mich sehen. Er schluckte. „Lena, bitte." Ich lag auf dem Bett und fragte mich, ob er jetzt drüben am Fenster stand. Ich wollte ihn nicht sehen. Er gehörte nicht mehr zu meinem Leben. In gewisser Weise gehörte ich selbst nicht mehr dazu.

Die Anrufe wiederholten sich, die Stimmen wurden drängend, selbst meine Mutter klang besorgt, obwohl sie es eigentlich gewohnt war, dass ich mich manchmal monatelang nicht meldete. Ein paarmal klingelte es an meiner Wohnungstür. Jemand klopfte. Dann drohte Lars auf dem Anrufbeantworter, meine Tür aufbrechen zu lassen, falls ich nicht endlich ein Lebenszeichen gab.

Fluchtartig verließ ich die Stadt. Es war noch früh am Morgen, ich hatte kein Ziel, und so nahm ich die Autobahn nach Osten, dorthin, wo die Sonne aufging. An der ersten Raststätte machte ich Halt, trank mehrere Tassen Kaffee und simste kurze Nachrichten an Lars und Angelika. Meine Mutter musste ich notgedrungen anrufen, aber ich hatte Glück. Das junge Mädchen, das ich bei meinem letzten Besuch gesehen hatte, war am Apparat. Ich erkannte sie an der Stimme, erklärte ihr, dass ich für einige Zeit verreisen würde und legte auf, ehe sie etwas erwidern konnte.

Als ich mich Berlin näherte, wurde mir klar, dass ich auf keinen Fall in eine Stadt wollte. Ich nahm die erste Ausfahrt und kreuzte auf Landstraßen weiter in Richtung Nordosten. Ich dachte daran, dass ich vor gar nicht langer Zeit ebenso ziellos über Land gefahren war. Damals war ich im Leuchtkäfer gelandet. Es kam mir vor, als seien seither Jahre vergangen.

Gegen Mittag lichtete sich der Himmel, und eine schwebende Helligkeit über dem Land kündigte das Meer an. Am frühen Abend erreichte ich Usedom. Ich fand eine Privatunterkunft etwas außerhalb von Bansin, eine geräumige weiße Villa mit grünen Fensterläden, roten Dachschindeln und einem rundgewölbten Vorbau auf der Seeseite. Nur ein schmaler, asphaltierter Weg und vereinzelte hohe Kiefern trennten den Vorgarten vom Strand. Ich mietete ein Zimmer, zu dem eine Art Wohnküche gehörte. Sie befand sich in dem halbrunden Vorbau und hatte fünf hohe schmale Fenster. Aus jedem sah man das Meer. Das Bett stand im angegliederten Raum, einem kleinen rechteckigen Schlafzimmer. Auch von dort sah man das Meer. Ins Bad ging man durch eine Diele mit rot gekacheltem Kamin und rustikalen Möbeln. Die Wirtin, eine füllige resolute Person, schärfte mir ein, nach jedem Duschen die Chromteile gründlich zu trocknen. Dabei war ich die Einzige, die diese Dusche benutzte, alle übrigen Zimmer hatten eigene Bäder.

Auf die Frage, wie lange ich zu bleiben gedächte, wusste ich keine Antwort. Schließlich bezahlte ich für zwei Wochen im Voraus. Danach finge die Ferienzeit an und die Preise stiegen um mehr als ein Drittel. Als wir die Formalitäten erledigt hatten, ging ich in den Ort, um einzukaufen. Es war weiter, als ich gedacht hatte, mindestens zwei Kilometer. Ich kaufte Butter, Brot, Käse, Wein, Wasser und Obst, Kaffee, Milch und Eier, Kerzen, Servietten, und auf dem Rückweg schnitten mir die Tragegriffe der Plastiktüten in die Hände. Im runden Raum richtete ich mich ein, deckte den Tisch, zog eine Flasche Rotwein auf. Erst als ich mich setzte, merkte ich, wie hungrig ich war. Gudruns Vorräte waren zur Neige gegangen, und in den letzten Tagen in Hamburg hatte ich kaum mehr etwas gegessen.

Anfangs machte ich lange Spaziergänge am Strand. Himmel und Meer waren von eintönigem Grau. Dann frischte über Nacht der Wind auf. Heftige Böen fuhren in die hohen Kiefern, das Holz knarrte, irgendwo im dritten Stock schlug in unregelmäßigen Abständen ein Fensterladen gegen die Hauswand. Am Morgen war der Himmel wild, schwarzgrau gestauchte Wolken, lichte Ränder am Horizont. Eine tiefgrüne See. In meinem Zimmer war es kalt. Die Heizung, belehrte mich die Wirtin, sei von Mai bis Oktober abgestellt. Am Abend drehte ich den Elektroherd auf, bis die Heizplatten rot glühten.

Als das Wetter warm und sonnig wurde, ging ich kaum mehr aus dem Haus. Ich saß hinter meinen fünf Glasscheiben und sah zu, wie der Wind da draußen das Licht zerstäubte. Es ergab sich von selbst, dass ich verfolgte, was die Menschen taten, ihre Gewohnheiten registrierte, genau wie ich es im Hochhaus getan hatte. Die Verlangsamung holte mich ein. Ich versuchte nicht, mich dagegen zu wehren. Die kleinsten Wege fielen mir schwer, aber die gestrenge Wirtin wollte ich um nichts bitten und schleppte weiter meine Einkäufe zu Fuß nach Hause.

Die Ferienzeit fing an. Ich mietete für eine weitere Woche. Der Preis verdoppelte sich, angeblich weil mein Zimmer reserviert gewesen war. Ich wagte nicht zu widersprechen, wollte mein Halbrund nicht aufgeben. Und dann blieb ich der einzige Gast im ganzen Haus. Der Strand hingegen begann sich zu füllen. Kinder, Schaufeln, Plastikeimer. Eltern lagerten um Kühltaschen, am Meeressaum wuchsen kleine Burgen.

Stimmen hörte ich nicht. Weinen, Schelten, verhaltene Streitereien unter den Eltern, all das spielte sich ohne Ton vor meinen Augen ab. Ich hätte die Fenster öffnen können, aber etwas in mir sträubte sich dagegen. Im Hochhaus hatte ich gehorcht, hier überließ ich mich ausschließlich meiner Beobachtung. Als sei es aus irgendeinem Grund notwendig, dass immer nur ein Teil meiner Wahrnehmung funktionierte. Die stummen Bilder machten mich sehnsüchtig. Kindheitsbilder. Immer war Sommer. Sommer am Meer. Ich dachte an Angelika.

Mit der Dämmerung kamen die Paare. Bei den älteren gingen die Männer voraus, gleichmäßiger Schritt, Hände im Rücken. Die Frauen schlenderten hinterdrein, blieben stehen, sahen aufs Meer. Die jüngeren Paare liefen, lachten, balgten sich, küssten sich, blickten sich tief in die Augen, genügten den Bildern vom Glück.

Unter einer der hohen Kiefern wartete jeden Abend ein junges Mädchen. Sie mochte fünfzehn sein, sicher nicht älter. Der Mann, auf den sie wartete, war mindestens doppelt so alt. Sie verschwanden für kurze Zeit auf dem Nachbargrundstück in einem baufälligen Bootshaus und verabschiedeten sich dann wieder unter demselben Baum. Das Mädchen legte dem Mann die Hand auf die Brust. Einmal sah ich den Mann tagsüber am Strand. Er hatte zwei kleine Kinder und eine schmale dunkle Frau, die er auf den Nacken küsste. An dem Abend wartete das Mädchen vergeblich. Am nächsten Abend kam er wieder.

In den Nächten las ich Andersen. Ich hatte seine Märchen mitgenommen, die dreibändige Insel-Ausgabe, sonst nichts. Viele davon kannte ich bereits, die wenigsten waren für Kinder. Dann las ich noch einmal das autobiographische *Märchen meines Lebens.* Andersen erzählte von einer Kindheit, die in gewisser Weise Ähnlichkeit hatte mit dem Geschehen, das ich den Tag über von meinem verglasten Halbrund aus beobachtete. Eine Kindheit in Polaroidfarben, nur angesiedelt in einer anderen Zeit. Ich dachte an Odense zurück und dass die stilisierte reinliche Armut seines Geburtshauses genau diesen Bildern entsprach. Womöglich hätte er das gemocht.

Im Übrigen sollte gerade mich diese Art der Schönfärberei kaum überraschen, hatte ich für meine Portraits von Toten doch unzählige Erinnerungen gelesen. Und immer wieder hatte ich festgestellt, dass, ganz gleich wie selbstkritisch und intelligent ein Mensch auch sein mochte, im Älterwerden fast jeder dazu neigte, die Kindheit freundlich erscheinen zu lassen, sepiafarben oder hellbunt, allemal in mildem Licht. Und Andersen tat nichts anderes. Er übertrieb nur stärker als die meisten.

Wieder versuchte ich mir vorzustellen, wie Olivers Leben ausgesehen hätte, wäre ihm eines vergönnt gewesen. Mir war bewusst, dass ich mittlerweile nicht mehr daran glaubte. Ich ertappte mich dabei, dass ich ihm alle möglichen Lebensentwürfe überstreifte, etwa so, als ließe ich ihn verschiedene Anzüge probieren. Keiner passte. Ich bewegte mich im Kreis, stumpfsinnig wie ein Esel, der im ewigen Rundlauf ein Mühlrad, einen Förderkorb oder sonst eine Maschine in Antrieb setzt. Nur dass ich nichts zustande brachte und nichts zutage förderte, sondern im Begriff war, mich zu verlieren. Und dann las ich Andersens Gedicht *Das sterbende Kind* und fasste einen neuen Entschluss.

Ich hatte das Gedicht bereits vor Monaten aus der Gesamtausgabe kopiert und mich gefragt, warum ausgerechnet diese drei Strophen Andersen den ersten großen Erfolg beschert hatten. Ein Kind stirbt in den Armen der Mutter und fantasiert von zärtlichen Engeln, von Flügeln, die ihm selbst wachsen werden, von Gottes Sternenhaus. Blass und ohne Belang, so hatte ich damals befunden, während die Märchen auch nach mehr als anderthalb Jahrhunderten nichts von ihrer Leuchtkraft eingebüßt hatten. Bemerkenswert für die damalige Zeit war allenfalls die Perspektive, die Darstellung aus der Sicht des Kindes.

Als ich jetzt die gefaltete Kopie in meiner Insel-Ausgabe fand, las ich mit anderen Augen. Ein Kind stirbt und sorgt sich im Sterben einzig um die Mutter. Sucht ihr mit letzter Kraft Trost zu spenden. Kein Aufbegehren, keine Angst. Das fiebernde Kind hat sich längst in sein Schicksal gefügt.

Und Oliver? Er war nicht krank gewesen. Im Gegenteil. Nach dem langen Sommer unter freiem Himmel hatte er gesund und kräftig ausgesehen. Hatte Oliver sich gewehrt? Hatte er gekämpft? Hatte er versucht zu entkommen? Oder hatte auch er sich in sein Schicksal gefügt, hatte alles daran gesetzt, seine

Mutter vor etwas zu bewahren, das er nicht verstand, vor irgendeiner übermächtigen Bedrohung?

Ich dachte an das Kind, hinten im Wagen auf dem Weg von Süddeutschland nach Hamburg. Die Mutter blies ihm in den Nacken, flüsterte an seinem Ohr, fütterte es mit Bananen, ließ während der ganzen Fahrt nicht von ihm ab. Das Kind in der Osdorfer Küche, drei Tage lang auf Adeles Schoß. Das Kind, still ergeben, der Mutter zu Gefallen, weil sie anders war, weil sie Dinge durcheinanderbrachte, weil man sie schützen musste und trösten, der Leute wegen, die schlecht von ihr dachten und sagten, sie sei nicht ganz dicht. Und später der kräftige Junge, der gebräunte Junge, der wilde Junge, so lieb und brav mit Adele am Tisch. Mutter und Kind beim Abendbrot. Wo war da der Junge, der fliegen konnte? Das Kind in Adeles Gegenwart, von dem Gudruns Mann, der Schornsteinfeger, und Adam Sorge mir erzählt hatten, schien ein anderes gewesen zu sein, willfährig bis zum Letzten. Und die Mutter war bis zum Letzten gegangen. Ohne Erbarmen.

Am nächsten Tag reiste ich ab. Die Wirtin war verblüfft über meinen plötzlichen Sinneswandel und weigerte sich, mir das Geld für die im Voraus bezahlten Tage zurückzugeben. Wir hatten einen lauten Streit, ich drohte mit rechtlichen Schritten. Dann stieg ich ins Auto und fuhr ohne Pause nach Hamburg zurück. Dank der Ferienzeit fand ich einen Parkplatz nicht weit vom Haus, nahm meine Sachen aus dem Wagen und wunderte mich über mein weniges Gepäck. Ich hatte das Gefühl, lange fort gewesen zu sein.

In der Wohnung stand die Luft. Ich machte die Fenster weit auf und die Vorhänge blähten sich wie die Segel auf der Ostsee. Dann betrachtete ich mich im Spiegel. Fast drei Wochen lang am Meer und kein Hauch von Farbe im Gesicht. Und, trotz der Wärme, noch immer in demselben Pullover, in dem ich losgefahren war. Ich duschte, legte Make-up auf, schob die Vorhänge beiseite und rief Lars an. Nach dem ersten Klingeln nahm er ab.

„Lena!" Ich sah, wie er drüben ans Fenster trat. Einen Moment lang stockte mir der Atem. Dann fragte ich ihn unumwunden nach der Telefonnummer der Strafverteidigerin, die er vor Jahren für ein Nachrichtenmagazin fotografiert hatte. Ich konnte mich nur noch an irgendeinen Doppelnamen erinnern. Und daran, dass sie ehrgeizig und eitel gewesen war.

„Lena, hör zu, du verschwindest Wochen lang und dann –"

„Bitte", unterbrach ich ihn. „Ich erkläre es dir später, okay?"

„Müller-Waslowski", sagte er und legte auf. Er blieb am offenen Fenster stehen, unschlüssig, als erwartete er, dass ich noch einmal anrufen würde. Schließlich wandte er sich ab und verschwand im Innern der Wohnung.

Ich fuhr meinen Laptop hoch, überflog die ungelesenen Mails, Behrendt, Angelika, die Verwaltung des Augustinum, Werbung, Veranstaltungshinweise, alles in allem nicht mehr als ein Dutzend. Ich war abkömmlich. Anders konnte man es wohl nicht nennen.

Dann gab ich Müller-Waslowski ein und wurde schnell fündig. Sie hatte tatsächlich Karriere gemacht, war mittlerweile Senior-Partner in einer namhaften Sozietät. Und offenbar noch immer eitel, denn kaum hatte ich am Telefon behauptet, an einem größeren Artikel über erfolgreiche Strafverteidiger zu arbeiten, stellte man mich zu ihr durch, und wir vereinbarten einen Termin für die kommende Woche.

Frau Müller-Waslowski wirkte schlichter, als ich sie von den Fotos damals in Erinnerung hatte, hochgewachsen und beinahe athletisch, ausgestellte graue Hosen, blaue Seidenbluse, die Haare zum Pferdeschwanz gebunden. Sie führte mich in ein geräumiges Büro und bat mich, ihr gegenüber am Schreibtisch Platz zu nehmen, eine große leergefegte Glasplatte, auf der sich nichts weiter als eine Art-déco-Lampe, Stifte, ein weißer Notizblock und ein Telefon befanden. Kein Laptop. Die Jalousien waren heruntergelassen, zwischen den Lamellen sah man weißliches Sommerlicht. Drinnen war es angenehm kühl.

Die Anwältin betrachtete mich. Sie wirkte wenig überrascht, als ich gestand, der Artikel sei nur ein Vorwand gewesen. Vielleicht hatte Lars mich angekündigt. Ich hatte mich gründlich auf das Gespräch vorbereitet, und es gelang mir, den Fall knapp, präzise und ohne emotionale Abschweifungen darzulegen. Frau Müller-Waslowski hörte aufmerksam zu, verzog keine Miene.

„Was erwarten Sie von mir", fragte sie, als ich geendet hatte. „Wollen Sie mir etwa sagen, dass Sie ein Strafverfahren anstreben? Eine Verurteilung von Adele Schmidt? Gerechtigkeit für einen Jungen, mit dem Sie vor sechsunddreißig Jahren ein paar Wochen lang gespielt haben?"

„Mord verjährt nicht." Ich verschränkte die Arme vor der Brust.

„Und ich soll Ihnen sagen, wie Sie das am besten anstellen und ob irgendeine Aussicht darauf besteht, dass die Staatsanwaltschaft Anklage erhebt." Es war keine Frage. „In der Regel bin ich bestrebt, eine Anklage zu widerlegen, nicht umgekehrt."

„Ich möchte nur Ihren Rat."

„Also gut. Wenn ich Sie richtig verstanden habe, hat es nie ein Verfahren gegeben. Die Ermittlungen wurden eingestellt, weil man Adele Schmidt nichts nachweisen konnte." Ich nickte. „Und auf Grund welcher Fakten wollen Sie jetzt eine Wiederaufnahme der Ermittlungen erreichen?"

„Man liest doch immer wieder von neuen Verfahren zur Analyse von Beweismitteln. Jahrzehnte alte Fälle werden aufgeklärt. Warum nicht auch dieser?"

„Der Junge wurde nie gefunden. Also gibt es auch keine Beweismittel, die man möglicherweise mit neuen Verfahren analysieren könnte. Keine Kleider, keine Haare, nichts. Nur die leeren Tablettenröhrchen, wenn ich Sie recht verstanden habe."

„Die Beweislage war dünn, hat man mir gesagt. Vermutlich haben Sie recht, aber ich möchte es trotzdem genau wissen. Was ist zum Beispiel mit dem Mageninhalt?"

„Dem Mageninhalt?" Sie gab die nüchterne Distanz auf, lehnte sich zurück, schüttelte lachend den Kopf. „Sie glauben doch nicht im Ernst, dass Sie in der Asservatenkammer des LKA den Mageninhalt von Adele Schmidt finden werden?"

„Schon gut", sagte ich. „Es mag lächerlich klingen, aber ich dachte an etwas wie einen Rachenabstrich, eine Substanzprobe, etwas, das man noch einmal analysieren könnte."

„Also, erstens bin ich sicher, dass es dort im Keller nichts anderes gibt als den Analysebericht von damals. Und zweitens, was sollte es Ihnen nützen? Um irgendetwas zu beweisen, brauchen Sie die Leiche des Jungen."

Ich zuckte zusammen, fasste mich rasch. „Zunächst einmal brauche ich Akteneinsicht. Womöglich hat man damals etwas übersehen. Womöglich gibt es Anhaltspunkte, denen man noch einmal nachgehen könnte."

„Keine Chance, sofern es korrekt zugeht. Außenstehende, auch Anwälte, können erst Akteneinsicht beantragen, wenn der Fall bei der Staatsanwaltschaft liegt. Ehe die polizeilichen Ermittlungen abgeschlossen sind, kriegt niemand sonst die Akte in die Finger."

„Also was kann ich tun?"

„Sie brauchen eine neue Spur, um zu erreichen, dass die Ermittlungen wieder aufgenommen werden. Indizien werden Sie nach dreieinhalb Jahrzehnten kaum finden. Und Zeugen? Eine hieb- und stichfeste Aussage, zum Beispiel von dem zum fraglichen Zeitpunkt zuständigen Amtsvormund, könnte einen Anstoß liefern. Ein Nachweis der Vaterschaft von Herrn Schmidt. Ein Nachweis darüber, dass das Jugendamt Adele Schmidt ihren Jungen tatsächlich wegnehmen wollte. Aber etwas in der Art werden Sie von Herrn Schrader wohl kaum bekommen. Sorge und Behrendt wären allenfalls in der Ergänzung hilfreich." Sie hatte jeden Namen im Kopf, jedes Detail, obgleich sie sich nicht eine einzige Notiz gemacht hatte. „In jedem Fall müssten die Ermittlungen darüber hinaus neue Ergebnisse bringen. Denn, um das gleich vorwegzunehmen: ein nachweisliches Motiv reicht bei weitem nicht aus. Das Umfeld des Jungen scheint nicht viel herzugeben. Sie könnten natürlich versuchen, die damaligen Nachbarn ausfindig zu machen, Fürsorgerinnen, Mitschüler, Lehrer, wen auch immer. Ich bezweifle allerdings stark, dass Sie dabei Dinge erfahren würden, die den Staatsanwalt dazu bewegen könnten, Anklage zu erheben."

Sie zögerte, fuhr dann fort: „Aus meiner Sicht als Strafverteidigerin gibt es nur zwei Möglichkeiten –

zumindest wenn wir ausschließen, dass die Leiche des Jungen gefunden werden könnte."

„Und die wären?"

Frau Müller-Waslowski beugte sich vor. „Sind Sie sich Ihrer Sache sicher?"

„Sonst wäre ich nicht hier."

„Sie könnten Herrn Lohse die Informationen geben, die er sich von Ihnen erhofft." Ich verstand nicht, was sie meinte. Ein flüchtiges Lächeln glitt über ihr Gesicht. „Stellen Sie ihm keine weiteren Fragen. Liefern Sie ihm Antworten. Sie sind doch Journalistin, oder? Also dürfte es Ihnen nicht allzu schwer fallen. Sie könnten ihn auch dezent darauf hinweisen, dass sich – sofern die Polizei in Absprache mit der Presse Informationen wie zum Beispiel die Erwähnung Ihrer Eltern zurückgehalten hat, Informationen über die Örtlichkeiten, die möglicherweise zu Hinweisen aus der Bevölkerung geführt hätten – eine Wiederaufnahme der Ermittlungen auch auf juristischem Wege herbeiführen ließe. Zuckerbrot und Peitsche. Ich gebe allerdings zu, dass ich die Chance, auf diesem Weg bis zur Anklageerhebung zu gelangen, für verschwindend gering halte. Es käme ganz darauf an, wie überzeugend Sie auftreten."

Ich dachte an Lohse. Ein gewitzter Kobold. Vom ersten Moment an hatte ich mich ihm unterlegen gefühlt. Er würde mich auf Anhieb durchschauen, die Sache war vollkommen aussichtslos.

„Die Alternative", fuhr die Anwältin fort, „ist die

einzige Methode, die mit Sicherheit zum Prozess führen würde." Sie fixierte mich mit einem Blick, der mir das Gefühl gab, an meinem Stuhl festgeschraubt zu sein. „Bewegen Sie Adele Schmidt dazu, ein Geständnis abzulegen."

Ich war so verblüfft, dass ich eine ganze Weile gar nichts sagte. Dann schüttelte ich langsam den Kopf. „Das kann ich nicht."

„Und warum nicht?"

„Ich kann es einfach nicht."

„Ich helfe Ihnen. Wir gehen alle Möglichkeiten durch. Alle denkbaren Wendungen, die ein solches Gespräch nehmen kann. Entscheidend ist das Überraschungsmoment. Die unerwartete Konfrontation mit der Tat. Das klingt zunächst profan, aber glauben Sie mir, ich weiß besser als jeder andere, wovon ich rede. Und ich meine wirklich jeden, der je mit solch einer Situation konfrontiert war, einschließlich der psychiatrischen Gutachter."

Jetzt überraschte mich die Dringlichkeit, mit der sie sprach. „Was ist Ihnen an der Sache so wichtig?", fragte ich. Und ehe sie antworten konnte, war es mir plötzlich klar. „Sie haben irgendwann einmal einen Freispruch erwirkt, für eine Frau, die …"

„Ja", unterbrach sie mich fast barsch. „Ich dachte, deshalb wären Sie hier. Der Freispruch ging damals groß durch die Presse. Für mich war es ein Riesenerfolg. Bedenken kamen mir erst später."

„Und?"

„Nichts. Drei Jahre nach dem Prozess wollte ich die Frau noch einmal aufsuchen. Sie hatte sich kurz zuvor das Leben genommen. Da war ich sicher." Jetzt fixierte sie einen Punkt an der Wand, die schmalen Lippen fest geschlossen. Nach einer Weile holte sie tief Luft, hob die Hand wie zu einer ausholenden Geste, ließ sie wieder sinken, sagte nichts.

Eine Zeit lang schwiegen wir beide. Das Licht zwischen den Lamellen war grau. Vielleicht hatte der Himmel sich bezogen. Frau Müller-Waslowski stand auf und zog die Jalousien hoch. Ihre Bewegungen wirkten fahrig. Ich stand gleichfalls auf und bedankte mich. Als wir uns die Hand gaben, hatte sie sich wieder vollständig unter Kontrolle. Draußen auf der Straße stellte ich fest, dass der Himmel immer noch blau war. Nur die Sonne war gewandert, und das Fenster der Anwältin lag im Schatten des gegenüberliegenden Hauses.

Ein paar Tage später rief ich zum dritten Mal Herrn Lohse beim LKA an. Ich tat das Gegenteil von dem, was Frau Müller-Waslowski mir geraten hatte, stellte Fragen, drängte, bat, beschwor ihn, den Fall noch einmal zu überprüfen, erklärte, ich sei mittlerweile überzeugt, Adele Schmidt habe ihren Sohn umgebracht. Warum? Ich sei mir einfach sicher. Eine Aussage? Nein, ich wisse nicht mehr als bei unserem letzten Gespräch, wirklich nicht, nein, keine weiteren Erinnerungen – vielleicht, wenn man mir endlich Akteneinsicht gewährte.

Er lehnte ab, wie nicht anders zu erwarten, erklärte allerdings, er werde den Fall an die OFA weitergeben, die Operative Fallanalyse, eine Spezialabteilung, die sich mit ungeklärten Verbrechen befasste, die objektiven Daten einer neuen Bewertung unterzog, Hypothesen über die Hintergründe aufstellte, neue Ermittlungsansätze zu skizzieren suchte. Er werde von unserer Unterhaltung berichten, und sofern sich etwas ergeben würde, erhielte ich Nachricht. Wann damit zu rechnen sei? Oh, da könne er mir gar nichts sagen, Tage, Wochen, Monate, bei der OFA wisse man nie, die seien dort sehr beschäftigt, aber manchmal ginge es auch überraschend schnell. Er taktierte, hielt mich hin, ließ mich zappeln. Ich legte auf.

Die Vorstellung, dass Adele tatsächlich ungeschoren davonkäme, war mir auf einmal unerträglich. Ich wollte sie vor Gericht sehen. Ich wollte Rache. Der Gedanke ließ mich nicht mehr los, beherrschte mich plötzlich in einer Weise, die mich selbst verwunderte und erschreckte. Ich wollte, dass sie verurteilt wurde. Lebenslang. Ich wollte den willfährigen Jungen rächen, der sich aus Liebe zur Mutter mit keinem Wort und keiner Geste zur Wehr gesetzt hatte.

Es musste einen Anhaltspunkt geben, irgendetwas, das damals übersehen worden war, die Nadel im Heuhaufen. Ich musste mir Akteneinsicht verschaffen. Wo sonst sollte ich anfangen. Nur fehlte es mir an Kontakten. Die Journalisten, die ich kannte, schrieben nicht für die Boulevardpresse und interessierten sich nicht für polizeiliche Verschlusssachen. Ich brauchte Hilfe. Ich brauchte Lars.

Lars.

Wir verabredeten uns am frühen Nachmittag im Red Dog, dem einstigen Klohäuschen an der Alster gleich unterhalb der Krugkoppelbrücke, wo man unter Bäumen sitzen und aufs Wasser sehen konnte. Ich war vor ihm da, beobachtete ihn, als er von der Stadtseite her mit raschen Schritten näher kam, und etwas in mir krampfte sich zusammen. Zur Begrüßung berührte er mich leicht an der Schulter, setzte sich mir gegenüber. Wir waren die einzigen Gäste. Er sah gut aus, kraftvoll, braungebrannt, als wäre er an der See gewesen, nicht ich. Auf einmal machte er mich schüchtern. Ich bestellte ein Hefeweizen, Lars eine Apfelsaftschorle. Schweigend warteten wir auf die Getränke. Es war heiß, selbst hier im Schatten, und jetzt, da Lars nach dem raschen Gehen still saß, bildete sich auf seinem Arm ein dünner Schweißfilm. Ich streckte die Hand aus und strich mit den Fingerkuppen Härchen glatt. Lars hob sein Glas, trank, brachte seinen Arm außer Reichweite.

„Und? Warum sind wir hier?"

„Ich brauche deine Hilfe."

„Das dachte ich mir."

„Lars, ich –"

„Schon gut." Er winkte ab, sah auf die Uhr. „Spätestens in einer Stunde muss ich im Atelier sein. Also?"

Ich erzählte so knapp wie möglich, was ich in den letzten Wochen in Erfahrung gebracht hatte, dass ich jetzt sicher war, dass Oliver nicht mehr lebte, und dass ich Adele für schuldig hielt.

„Mein Gott“, sagte Lars, als ich geendet hatte. „Warum konnte man die drei nicht einfach in Ruhe lassen? Sie haben doch niemandem etwas getan.“ Eine Weile blickte er schweigend auf die Alster. Dann sah er mich fragend an. „Und was sagt Simone?“

„Simone?“

„Müller-Waslowski. Du warst doch bei ihr.“ Ich fragte mich, ob sie die Frau gewesen sein könnte, die Lars bei der Party vom Fenster weggeholt hatte.

„Wusstest du von der Sache mit dem Freispruch?“ Er nickte. „Ich soll Adele dazu bringen, dass sie ein Geständnis ablegt.“

„Lena, das alles tut mir unendlich leid, aber –“ Er machte eine weit ausholende, unbestimmte Geste. „Aber ich bin nicht sicher, ob das eine gute Idee ist.“

„Ich auch nicht.“ Mein Stimme klang fremd, metallisch. Ich musste mich konzentrieren. „Deshalb brauche ich die Akte. Die liegt irgendwo im LKA unter Verschluss.“

Wieder sah er auf die Uhr. „Okay“, sagte er, während er sich erhob, „ich werde es versuchen. Gibst du mir dafür die Schorle aus?“ Ohne meine Antwort abzuwarten, berührte er mich noch einmal flüchtig an der Schulter und verschwand. Ich blieb sitzen, bestellte mir ein weiteres Hefeweizen und beobachtete durch halb geschlossene Lider die Jogger, Radfahrer, Spaziergänger und Hunde, die am Ufer entlangliefen, die Boote auf dem Wasser, eine kleine Schar von Optimisten, Segler, Kanufahrer, Ruderer. Sommerbilder wie auf Usedom. Ich schloss die Augen, spürte den Schatten um mich her, eine plötzliche Kühle, die mich erschauern ließ.

Ein paar Tage später rief Lars an. „Kannst du heute Abend gegen halb zehn rüberkommen? Konspiratives Treffen.“ Er hatte es also geschafft. Seine Stimme klang triumphierend. Die Selbstverständlichkeit, mit er mich nach so langen Wochen zu sich bat, irritierte mich ein wenig, aber darüber wollte ich jetzt nicht nachdenken.

Ich hatte einen Reporter erwartet, irgendeinen ausgebufften Schmierenschreiber mit gegelten Haaren und Lederjacke, mit dem ich zunächst einmal einen Preis aushandeln musste. Stattdessen stand mitten im Atelier Simone Müller-Waslowski, ausgestellte Hose, Seidenbluse, diesmal in Flaschengrün, ein Glas Weißwein in der Hand. Ihr Haar trug sie offen, volles kastanienbraunes Haar, das ihr locker über die Schultern fiel. Sie lächelte, nannte mich Lena, erklärte, sie müsse mich leider enttäuschen, die Akte enthielte im Grunde nichts, was ich nicht schon wüsste.

Bis auf die Aussage von Adele Schmidt, einen Tag, nachdem man ihr den Magen ausgepumpt hatte. Diese Aussage sei im Wortlaut festgehalten, dem Kürzel nach von derselben Person, die auch meine

Aussage wörtlich protokolliert hatte. Nur sei es kaum eine Aussage gewesen. Die Anwältin zitierte mit angenehm unaufgeregter Stimme.

„Mein Junge, mein Junge, mein armer Junge! Ich muss fort, machen Sie mich los, bitte, machen Sie mich los, schnell, bevor sie kommen. Ich muss zu ihm. Sehen Sie denn nicht, da läuft er. Jeder kann ihn sehen. Da, da! Um Himmels willen, so helfen Sie mir doch! Bitte. Er schafft es nicht allein. Er braucht mich. Ich muss zu ihm. Machen Sie mich los. Schnell! Bitte! Sie kommen, oh mein Gott, sie kommen, sie werden mich nicht fortlassen, nie mehr fortlassen. So helfen Sie mir doch."

In der Art sei es endlos fort gegangen, und die Person mit dem Kürzel habe es über Seiten notiert. Das sei doch bemerkenswert. Ob ich mich an diese Person erinnern könne.

„Es waren ein Mann und eine Frau", sagte ich. „Die Frau hat gefragt, da bin ich sicher. Sie war nicht mehr jung, graue Haare, eine eher dunkle Stimme." Dann wurde mir bewusst, dass die Anwältin mit Sicherheit auch meine Aussage gelesen hatte. Überrascht stellte ich fest, dass es mir nicht unangenehm war. „Ich habe Adele belastet", sagte ich.

„Das haben Sie. Und jetzt verstehe ich auch, warum dieser Lohse sich von Ihnen irgendeinen Aufschluss erhofft. Wie die Dinge liegen, sehe ich allerdings wirklich keinen Anhaltspunkt, um die Ermittlungen wieder aufzunehmen."

Es gab keinen Grund, daran zu zweifeln. Sie hatte nichts übersehen, da war ich sicher. Ich hätte gern gefragt, wie sie an die Akte gelangt war, aber ich wusste, dass sie mir darauf keine Antwort geben würde. Stattdessen sagte ich: „Warum auf dem Weg über Lars?"

Sie lächelte. „Er hat mich gefragt. Sie nicht."

Wir standen noch immer mitten im Atelier. Irgendwann hatte Lars mir ein Glas gebracht, sich dann aber gleich wieder zurückgezogen. Jetzt fragte er, ob wir uns nicht setzen wollten. Zögernd näherten wir uns dem langen Tisch. Lars machte sich am Küchentresen zu schaffen. Nach ein paar Schritten blieb ich stehen.

„Was glauben Sie, warum diese Frau das alles so genau festgehalten hat?"

„Vielleicht hat sie gespürt, dass nur Sie und Adele dem Jungen wirklich nah waren. Dass nur Sie beide ihre Gefühle nicht verstecken konnten. Womöglich hat sie gehofft, auf diese Weise etwas herauszufinden, zum Beispiel, ob Oliver von sich aus fortgelaufen ist oder nicht. In so einer Situation greift man nach jedem Strohhalm."

„Und Herr Schmidt?"

„Ein Mann. Das ist etwas anderes."

Kaum saßen wir zu dritt am Tisch, war die Atmosphäre verspannt. Nach ein paar Minuten stand Lars auf. „Ich lass euch lieber allein."

„Nein, nein", sagte ich, und mit einem fragenden Blick zu Simone: „Wir sind fertig, oder?"

„Sie kennen meine Meinung. Daran hat sich nichts geändert. Und sollten Sie auf ein Geständnis abzielen, bin ich immer noch bereit, eine solches Gespräch im Vorhinein mit Ihnen durchzugehen."

Ich sagte, ich würde es mir überlegen. Wir standen beide gleichzeitig auf. Ich gab ihr die Hand und beeilte mich, als Erste zu gehen. Lars brachte mich zur Tür.

„Danke", sagte ich. „Bis bald."

Im Treppenhaus dachte ich, dass er in dem Moment traurig ausgesehen hatte, aber vielleicht bildete ich mir das nur ein.

14

Die letzten Juliwochen waren heiß und feucht. Ich wartete bis August. Ich glaube nicht, dass es bewusst geschah, aber ich wartete bis zu dem Tag, den ich schon vor langer Zeit für mich zur Sommerwende erklärt hatte, obgleich die Sonnenwende längst vorüber war. Dieser Tag hatte kein festes Datum, stellte sich Jahr für Jahr irgendwann um den Monatswechsel ein und überraschte mich jedes Mal aufs Neue.

Der Himmel leuchtete in einem tiefen Blau, die Dinge standen scharf umrissen im blendend hellen Licht, das nicht mehr senkrecht herabstürzte und Farben und Konturen schluckte, sondern, im Gegenteil, kleinste Nuancen zum Vorschein brachte. Die letzten diffusen Spuren des frühsommerlichen Weichzeichners waren einer fast unheimlichen Tiefenschärfe gewichen. Eine Erklärung dafür hatte ich nicht. Es musste mit dem sinkenden Sonnenstand zu tun haben, und das jeweilige Datum hing natürlich vom Wetter ab.

Ich setzte mich in meinen Wagen und fuhr in Richtung Nord-Ostsee-Kanal. Wieder hatte ich wenig Gepäck dabei, und wieder nahm ich kleine Straßen und ließ mir Zeit. Nur das Ziel stand diesmal fest – zumindest im geografischen Sinne.

Mit Simone Müller-Waslowski hatte ich nicht noch einmal gesprochen. Ich wollte, dass Adele Schmidt zur Rechenschaft gezogen wurde. Dass sie bestraft wurde.

Ich wollte, dass sie litt. Aber ich war nicht sicher, ob ich ein Geständnis wollte. Es gab Dinge, die ich nicht denken konnte. Wie sie es getan hatte. Was er zuletzt gesagt hatte. Was im Einzelnen geschehen war zwischen dem Verzehr der tödlichen Mahlzeit und dem endgültigen Atemstillstand.

Wenn ich in die Nähe solcher Vorstellungen geriet, spürte ich, dass es nur eines geringen Anstoßes bedurfte, um meine Kontrollmechanismen außer Kraft zu setzen. Ich war nicht sicher, wovor ich mich mehr fürchtete, vor der Ohnmacht oder davor, dass ich womöglich zu einer handgreiflichen Tat fähig wäre.

Ich versuchte, mir die Frau zu vergegenwärtigen, die ich Anfang April im Leuchtkäfer zum ersten Mal gesehen hatte, aber es gelang mir nicht. Ihr Bild war überlagert von all den Wesen, die in den Worten Dritter Gestalt angenommen hatten.

Im Geist sah ich ein pummeliges Mädchen mit Locken, das langsamer war als die übrigen Kinder, und dann sah ich ein anderes Mädchen von vielleicht acht Jahren, größer, schmaler, ernster, das einen kleinen Jungen Huckepack trug. Ich sah eine blasse, verstörte Fünfzehnjährige, und ich sah eine anziehende üppige Frau, noch keine zwanzig. Die Schwangere im Haus der Tante, die Nester baute und sich von ihrem Bruder einen Schemel unter die Beine schieben ließ, war die Erste, die in meiner Vorstellung den Namen Adele trug. Die Frau, die Tütensuppen hochhielt, als stünde sie vor laufender Kamera, hatte denselben Namen und war doch eine andere. Und ebenso die Frau in der geschlossenen Anstalt, die gedunsen aussah und deren Bild verschwommen blieb. Lauter verschiedene Personen. Eine Frau, die mit einem Kind am Tisch saß, war nicht dabei.

Am frühen Abend gelangte ich zum Leuchtkäfer. Auf der Zufahrt nahm die Angst mir beinahe den Atem. Als ich auf dem Parkplatz den Motor abstellte, wich die Erregung einem stumpfen Empfinden. Ich spürte mich kaum mehr, sah mich außerstande, meine Bewegungen zu koordinieren, und wunderte mich, dass Arme und Beine dennoch funktionierten. Während ich aus dem Wagen stieg und langsam auf das Haus zuging, konnte ich mich noch immer nicht auf das Gesicht besinnen. Und dann öffnete Adele Schmidt die Tür.

Ich schrak zurück, obgleich ich noch mehrere Schritte entfernt war. Wir sahen uns an und rührten uns nicht. Ich glaube, in dem Moment spürten wir beide, dass unsere Begegnung seit langem unausweichlich feststand, nicht im schicksalhaften Sinne, sondern eher so, als hätten wir sechsunddreißig Jahre lang auf diesen Augenblick hingelebt.

Herr Schmidt tauchte hinter Adele auf, schob sie ein wenig beiseite.

„Lena Vogel.“

Mehr sagte er nicht. In seiner Stimme klang etwas von der Erleichterung an, die man empfindet, wenn ein lange befürchtetes und existenziell bedrohliches Ereignis endlich eintritt. Das Ende der Angst. Schlimmeres kann nicht mehr geschehen.

Ich setzte mich langsam wieder in Bewegung. Herr Schmidt sah abwechselnd zu Adele und zu mir. Als ich die Schwelle beinahe erreicht hatte, ging er in den Schankraum, und ich hörte ihn im Schlüsselkorb kramen. Adele blieb im Flur stehen. Ich ging an ihr vorbei, ohne den Blick zu heben. Herr Schmidt brachte mich zu meinem alten Zimmer, stieg vor mir her die Stufen hoch, schloss auf und gab mir den Schlüssel.

Das alles geschah mit einer Selbstverständlichkeit, die jedem Außenstehenden in Anbetracht der Umstände absonderlich vorgekommen wäre, mir aber vollkommen angemessen erschien. Ich trat ans Fenster. Im Licht der tiefstehenden Sonne hatte der Kanal das dunkle Blau des Himmels angenommen und die Schatten der stabförmigen Laternen zeichneten sich gestochen scharf auf dem Plattenweg ab, der am Ufer entlanglief. Ich hörte, wie Herr Schmidt unten die Tür zum Schankraum zuzog. Genau wie am ersten Abend im April. Ich holte meine Reisetasche aus dem Wagen, stellte sie ins Zimmer, ging nach unten und nahm meinen Platz am Fenster ein.

Herr Schmidt brachte mir ein Hefeweizen. Adele saß am Stammtisch, hatte mir halb den Rücken zugekehrt, und ich sah sie nur im Profil. Herr Schmidt verschwand in der Küche. Ich hörte ihn rumoren, das dumpfe Scheppern gusseiserner Pfannen, das Zischen von heißem Fett. Es gab Schnitzel. Die Geschwister aßen am Stammtisch, ich aß an meinem Fensterplatz. Danach blieb ich sitzen, auch dann noch, als die beiden sich längst zurückgezogen hatten. Erst als es draußen vollständig dunkel geworden war, ging ich in mein Zimmer hinauf, zog mich aus, ohne Licht zu machen, und legte mich ins Bett.

Und dabei blieb es. Es war, als hätte dieser erste Abend den Ablauf aller folgenden vorgegeben. Nur dass es nicht jeden Abend Schnitzel gab, sondern manchmal auch ein Kotelett, Leber, Bratwurst oder Bauernfrühstück. Wir bewegten uns in einem festen Rhythmus, den jeder von uns strikt einhielt. Mit geringfügigen Abweichungen galt das auch für den Ablauf der Tage.

Anfangs saß ich nach dem ersten Frühstück oft draußen auf der kleinen Terrasse vor dem Schankraum. Das alte Laub war verschwunden, Tische und Stühle waren frisch gestrichen und drei Sonnenschirme warben für Franziskaner Weißbier, obgleich es im Leuchtkäfer Erdinger gab. Die Schirme spannte Herr Schmidt jeden Morgen auf, aber außer mir saß nie jemand darunter.

Adele brachte das Haus in Ordnung. Mein Bad war jeden Tag geputzt. Um halb zwölf gab es ein zweites Frühstück. Adele bekam am Stammtisch einen großen Teller mit mundgerechten Leberwursthappen, genau wie im Frühjahr, und an meinem Platz stand ein Teller mit halbierten Schnitten. Während wir die Brote aßen, machte Herr Schmidt sich am Tresen zu schaffen, reinigte die Zapfhähne, polierte die Abtropffläche, ordnete die Zimmerschlüssel in dem kleinen Korb und blätterte in der *Landeszeitung*.

Wenn Adele fertig war, stellte sie ihren leeren Teller auf den Tresen, und ich tat es ihr gleich. Danach zog sie eine verwaschene Kittelschürze an und ging hinaus in den Gemüsegarten, wo in schnurgeraden Reihen Radieschen, Möhren, Zwiebeln und Salatköpfe wuchsen, Tomaten, Kräuter und Knoblauch. Es gab ein kleines Erdbeerbeet, ein Bohnenspalier und ein großes Kartoffelbeet, Beerensträucher und weiter vorn die Obstbäume. Wenn Adele Unkraut zupfte oder die jungen Ableger von den Erdbeerstauden entfernte, hatte sie einen alten Jutesack unter den Knien, so wie ich es von den Frauen kannte, die manchmal im Garten meiner Eltern ausgeholfen hatten. Um den Kopf trug sie ein im Nacken geknotetes Tuch, mal geblümt und mal kariert. Bald gewöhnte ich mir an, ihr bei der Arbeit zuzusehen. Es schien sie nicht zu stören. Ich fühlte mich verpflichtet, sie ständig zu beobachten, ständig in ihrer Nähe zu sein.

Manchmal bildete ich mir ein, dass ich sie bewachte. Bis man sie abholte und ins Gefängnis brachte. Ich registrierte mit seismografischer Genauigkeit jede Veränderung in ihrer Körperhaltung, ihrem Ausdruck und wartete darauf, dass sie sich verdächtig benahm, dass irgendeine Kleinigkeit sie verriet und mir einen Anhaltspunkt lieferte, einen Beweis für ihre Schuld.

Meistens dachte ich nichts. Hätte ich auch nur einen Moment lang Abstand genommen, mein eigenes Tun betrachtet, wäre mir das Befremdliche daran vermutlich bewusst geworden. Stattdessen wurde der Abstand zwischen ihr und mir immer geringer.

Bald begnügte ich mich nicht länger damit, ihr bei der Arbeit zuzusehen. Ich ging ihr zur Hand. Wir zupften Unkraut, sammelten Schnecken vom Salat, pflückten Tomaten, schnitten Kräuter, setzten die Erdbeerableger der Mutterstauden in eine neue Beetreihe, lockerten mit einer kleinen Hacke den Boden zwischen den Kartoffelpflanzen auf. Die Himbeeren mussten beschnitten und die jungen Triebe aufgebunden werden. Als die Bohnen reif waren, legten wir frische Jutesäcke auf alte Bierkästen und pflückten sie im Sitzen vom Spalier.

Wir arbeiteten immer nebeneinander. So konnte ich sehen, wie Adele die Dinge handhabte, und brauchte es ihr nur nachzumachen. Anfangs war ich oft ungeschickt und vor allem langsam, aber mit der Zeit entwickelte ich Fertigkeiten, die mich selbst überraschten. Die Sonne brannte vom Himmel und rötete unsere Haut, Gesichter, Unterarme und Hände. Ich sah den Schweißfilm auf Adeles Stirn, ich spürte die Erschütterung des Bodens, wenn sie sich schwerfällig auf die Knie niederließ, und manchmal roch ich ihren Körper. Einmal beim Bohnenpflücken hockten wir so dicht beieinander, dass unsere Schenkel sich berührten. Und einmal, als ich ihr dabei zusah, wie sie die Johannisbeeren nach dem Pflücken von den Strünken abstreifte, entdeckte ich die zwei Finger, die der Stiefvater ihr damals gebrochen hatte. Sie waren leicht gekrümmt und offenbar schlecht zusammengewachsen.

Abends tat mir der Rücken weh, und meine Hände rochen nach Erde. Ich schrubbte sie lange. An Daumen und Zeigefinger blieben dunkle Furchen. In den Nächten schlief ich tief und traumlos, aber immer nur bis zum Morgengrauen. Dann lag ich wach, beobachtete vom Bett aus, wie der Himmel sich lichtete. Oder ich schloss die Augen und horchte auf die Schiffe, die den Kanal passierten, auf das Tuckern der Motoren, das Stampfen der Maschinen, die Laute des Wassers, das, vom Schiffsleib verdrängt, zwischen den Quadersteinen der Uferbefestigung hochschwappte und sich schlürfend wieder zurückzog. Ich schloss Wetten mit mir selbst ab. Ein Container, ein Tanker, eine Fähre, ein Segelschiff unter Motor – Segler mussten im Kanal immer den Motor mitlaufen lassen. Ich stand auf und sah hinaus. Mit der Zeit lag ich immer öfter richtig.

Kaum drohten meine Gedanken von solch harmlosen Betrachtungen abzuschweifen, sprang ich endgültig aus dem Bett. Falls mein Fensterplatz unten noch nicht eingedeckt war, ging ich nach draußen, suchte den Salat nach Schnecken ab, sah nach den Obstbäumen und betastete ein paar tief hängende Pflaumen, um festzustellen, ob sie reif waren.

Ich ging nicht spazieren, verließ nicht einmal mehr das Grundstück. Und niemand kam, keine Radfahrer, keine Sommergäste, keine Montagearbeiter. Dabei wäre einem Dritten nichts Besonderes aufgefallen, wenn er abends unverhofft den Schankraum betreten hätte. Der Wirt machte sich in der Küche zu schaffen, die Schwester des Wirts saß am Stammtisch, ich saß an meinem Fensterplatz, war Gast und wartete auf mein Essen. In dem Moment war alles, wie es sein sollte, und manchmal wünschte ich fast, dass endlich jemand käme. Aber es kam niemand. Selbst die Kartenspieler von der Schiffslenkung ließen sich nicht blicken.

Und dann veränderte sich etwas. Genauer gesagt kam etwas hinzu, ohne dass ich es recht bemerkte. Oliver. In Adeles Gegenwart fühlte ich mich ihm nah, näher als ich es seit seinem Verschwinden je gewesen war. Irgendwann fing ich an, von ihm zu träumen. Ich träumte von der Höhle, von den Nächten am Fluss, ich spürte den Sand unter meinen Füßen und bei Ebbe roch ich den modrigen Schlick, vorn an den Pfeilern des Anlegers. Ich hörte Flüstern, das durch dünne Zeltwände drang. Ich sah Menschen in erleuchteten Räumen, die lasen, miteinander sprachen, und ich spürte die Nacht um mich her, der ich angehörte, wie ich dem Jungen angehörte, der bei mir war.

Einmal hörte ich Flüstern, hörte Laute, wie sie durch die Zeltwände drangen, obgleich wir oben in der Höhle waren. Meine Haut scheuerte an seiner, mein Körper kribbelte und brannte, dass es kaum auszuhalten war, und dann hielten wir uns aneinander fest und flogen los, sausten hinaus in die dunkle Nacht und verglühten irgendwo zwischen den Sternen. Im Morgengrauen spürten wir die klamme Kälte, den vagen Schrecken des aufsteigenden Lichts. Wir wagten nicht, einander zu berühren, uns in die Augen zu sehen.

Seit jener Sommer in meinen Träumen so gegenwärtig war, als erlebte ich ihn zum ersten Mal, wachte ich nicht mehr im Morgengrauen auf. Oft schlief ich über die Zeit hinaus, und wenn ich nach unten kam, krabbelten Fliegen auf meinem Brötchen und der Kaffee war kalt.

Bald waren die Nächte nicht weniger wirklich als die Tage. Traumgeschehen und Realität existierten nebeneinander, ausgewogen wie die Stunden von Licht und Dunkel während der Tagundnachtgleiche. Nirgendwo gab es einen festen Punkt, von dem aus ich mich hätte fortbewegen können. Es war wie damals. Alles Undenkbare schien möglich, und zugleich war nichts von Bestand. Bis der Junge eines Nachts, als wir rittlings auf dem Dachfirst saßen und der milchweiße Mond hoch über dem Fluss stand, von seiner Mutter zu sprechen anfing.

Am nächsten Morgen wusste ich nicht mehr, was er gesagt hatte. Als ich in den Schankraum kam, hatte Adele schon ihren Teller mit Leberwursthappen vor sich, aß langsam und mit Bedacht wie am ersten Tag.

Ich schenkte mir kalten Kaffee ein und setzte mich ihr gegenüber an den Stammtisch. Zum ersten Mal, seit ich da war, flackerte etwas in ihrem Blick, eine Art Entsetzen. Das Wort war unzureichend, aber ich wusste kein anderes. Ich sagte nichts, trank meinen Kaffee, sah ihr ins Gesicht.

Herr Schmidt hatte vergessen, das Nachtlicht auszuschalten. Seine Hände über der Abtropffläche sahen gelb aus. Er spürte, dass eine Veränderung vor sich gegangen war, und machte mehr Lärm als sonst. Ich wünschte, er würde uns allein lassen, aber das tat er nicht. So saßen wir einander schweigend gegenüber, bis ich aufstand und mich auf die Terrasse begab, wo wie immer die drei Schirme der Franziskaner-Brauerei aufgespannt waren. Es war ein warmer schwüler Tag, irgendwann begann es zu nieseln, ein feiner Sprühregen, der lautlos auf meinen Schirm niederging und ihn mit der Zeit schwer und dunkel machte.

Von da an half ich Adele nicht länger im Garten, sondern saß die meiste Zeit auf der Terrasse. Ich war sicher, dass sie früher oder später von sich aus kommen würde, und so war es auch. Schon nach wenigen Tagen machte sie es sich zur Gewohnheit, gleich nach dem zweiten Frühstück den Platz unter dem benachbarten Schirm einzunehmen – allerdings nicht, ohne vorher die Kleider zu wechseln. Vielleicht gab die blaue Kittelschürze ihr das Gefühl, die Arbeit im Garten nur für kurze Zeit unterbrochen zu haben.

Anfangs tauchte Herr Schmidt unweigerlich auf

der Terrasse auf, kaum hatte Adele sich unter ihren Schirm gesetzt. Er ließ uns keinen Moment aus den Augen, auch dann nicht, wenn ich ein paar Schritte im Garten umherging, wobei Adele mir in einigem Abstand folgte. Jetzt war sie es, die ständig meine Nähe suchte, zumindest unter freiem Himmel. Im Schankraum hielt sie sich von mir fern. Herr Schmidt brachte mir Frühstück und Abendbrot, aber die Geschwister aßen jetzt in der Küche. Einmal fragte er mich, wie lange ich noch zu bleiben gedachte.

„Das kommt darauf an", sagte ich.

Er nickte, als hätte er keine andere Antwort erwartet, und von da an kam er nicht mehr zu uns auf die Terrasse.

Wenn unsere Blicke sich begegneten, sah ich weg. Das Entsetzen in ihren Augen konnte ich nicht ertragen. Es machte mir Angst. Andererseits wusste ich, dass es mir nicht gelingen würde, den zähen Fluss der Stunden und Tage zu unterbrechen und endlich in mein eigenes Leben zurückzukehren, ehe ich bis zum Ursprung dieses Entsetzens vorgedrungen war. Irgendwann besann ich mich darauf, dass Adam Sorge immer zuerst von sich geredet hatte, um Adele zum Sprechen zu bringen.

Was ich ihr von meinem Leben erzählte, weiß ich nicht mehr. Wie ich so vieles aus dieser Zeit vergessen habe, zum Beispiel, was mit all dem Obst und Gemüse geschah, das Adele und ich ernteten, oder was Herr Schmidt als Grund nannte für das Ausbleiben der Kartenspieler, denn danach habe ich ihn irgendwann gefragt. Und ich weiß bis heute nicht, wo in dem Haus die Geschwister schliefen. Am Abend hörte ich sie nach oben gehen, und am Ende der Treppe verlor sich ihr Schritt. Wenn ich später selbst hinaufging, war alles dunkel und still. So habe ich nie erfahren, ob sie das Zimmer teilten.

Als ich auf der Terrasse zu reden anfing, zeigte Adele keine Reaktion. Sie saß wie gewöhnlich unter ihrem eigenen Schirm, und wir blickten beide auf den Kanal hinaus, wo eben ein hoch beladener Container in Richtung Brunsbüttel vorüberfuhr, der scheinbar so breit war wie der gesamte Wasserlauf. Anfangs klang meine Stimme spröde, ich sprach stockend und machte lange Pausen. Nur wenn ich innehielt, meinte ich, eine Veränderung in Adeles Haltung wahrzunehmen, eine leise Gespanntheit, ein leichtes Anheben des Kinns. Ich fuhr fort, wobei ich mehr auf meine Intonation als auf den Inhalt meiner Sätze achtete. Nur den Sommer mit Oliver erwähnte ich mit keinem Wort.

So ging es zwei Tage lang, und am dritten Tag gab Adele Antwort. Sie hob an mit einem schwingenden Ton, wie das ferne Nebelhorn eines Überseefrachters oder der vibrierende Klang eines Cellos. Tief und dunkel kam es aus ihrem Innern, ein langes wortloses Klagelied, das in einer Art Singsang mündete. Auf ähnliche Weise hatte sie Adam Sorge von den Schrecken ihrer Kindheit erzählt.

Ich weiß nicht mehr, wie lange es brauchte, bis ich einzelne Worte verstand, bis die Worte einen Zusammenhang erkennen ließen. Manchmal war ich nahe daran, die Geduld zu verlieren, dann wieder war ich dankbar dafür, dass Adeles Litanei mir Aufschub gewährte. Und manchmal wünschte ich, ich wäre niemals hergekommen.

Am Ende erfuhr ich, was damals geschehen war. Im Grunde wusste ich es längst. Aber ich verstand es nicht. Ich wollte es nicht verstehen. Ich war nicht bereit, mich in Adeles Welt zu begeben. Ich wollte nicht fühlen, was sie gefühlt hatte. Ich wollte ihre Angst nicht teilen, die Angst um das Kind, das sie zu schützen vorgab, das aus ihrer Sicht nicht existieren konnte, wenn man es ihr fortnahm. So wie ein Baum nicht existieren konnte, wenn man ihm die Wurzeln kappte. Ich wollte nicht mit ihr mitempfinden, weil man sie damals nicht hatte gehen lassen. Weil man sie nach dem ersten misslungenen Versuch festgeschnallt und daran gehindert hatte, sich das Leben zu nehmen. So zumindest interpretierte ich mittlerweile ihre wiederholte, im Protokoll von der Frau mit dem Kürzel festgehaltene Bitte, man möge sie losmachen.

Später war sie von sich aus geblieben. Ohne das Kind. Sie aß. Sie trank. Sie erntete Früchte. Es war nicht nur Leid. Es war Leben.

Und der Junge? Mit mir war er frei gewesen. Wild. Glücklich. Mit ihr hatte er still und ernst am Tisch gesessen. Er hatte nicht gekämpft, hatte den Reis gegessen, obgleich er wusste, dass Gift darin war. Denn das war es, was Adele mir zu verstehen gab. Der Junge hatte es gewusst. Er hatte alles aufgegessen, und danach war er zu ihr gekommen. Auf ihren Schoß. Sie hatte ihn in den Schlaf gewiegt, wie sie es getan hatte, als er noch klein war. Das Valium hatte schnell gewirkt.

Das war das Bild, vor dem ich mich am meisten gefürchtet hatte. Das Bild, das ich von mir fernzuhalten suchte, seit ich von Usedom aufgebrochen war. Ich hatte gedacht, dass ich es nicht ertragen würde. Doch für den Moment ließ es mich seltsam unberührt.

Bislang war ich Adeles Anblick ausgewichen. Jetzt sah ich zu ihr hin. Sie wirkte entspannt, beinahe heiter, schwang sacht mit dem Oberkörper vor und zurück und hatte meine Anwesenheit allem Anschein nach vollständig ausgeblendet. Ihr traumwandlerisches Gebaren war von einer eigentümlichen Harmonie, die sich in ihrem Gesicht widerspiegelte. Es kam mir vor, als hätte sie mit der Offenbarung ein unbescholtenes Inneres bloßgelegt. Sie befremdete mich zutiefst.

Im nächsten Augenblick kehrte sie in die Gegenwart zurück. Erst mit dem Entsetzen in ihrem Blick erwachte mein Widerwille. Ich fragte sie, warum sie mir das alles erzählt hatte. Und mit der plötzlichen, überraschenden Klarheit, mit der sie schon früher die Menschen in ihrer nächsten Umgebung verblüfft hatte, gab sie zurück: „Sie wollten es wissen."

„Und was erwarten Sie jetzt von mir?“

„Erwarten?“ Sie schien über das Wort nachzudenken, wiederholte es mehrmals und legte den Kopf schief, als sei das Wort von greifbarer Beschaffenheit, und sie drehe und wende es gegen das Licht. Dann sagte sie: „ Was kann ich denn erwarten.“

Ich stand auf und wandte mich zum Gehen, und da erst sah ich Herrn Schmidt, der hinter uns an der Hauswand lehnte. Ich wusste nicht, wie lange er dort schon gestanden hatte, aber vermutlich hatte er alles mit angehört.

Am Abend im Schankraum setzte er sich ohne zu fragen an meinen Tisch. Er hatte uns jedem ein Hefeweizen mitgebracht. Es war das erste Mal, dass ich ihn Alkohol trinken sah.

„Lena“, sagte er. Es klang merkwürdig. Als Kind hatte er mich Zwerg genannt.

„Wo ist Adele?“, fragte ich.

„Sie wird nicht mehr kommen.“

„Das ist gut.“

Wir schwiegen lange, und als Herr Schmidt wieder zu sprechen anfing, fiel es ihm offenkundig schwer.

„An dem Abend damals, da bin ich raus. Bin einfach durch die Straßen gelaufen. Wir waren am Ende. Ich konnte nichts machen. Konnte ich ja nie, wenn es Probleme gab, ich meine, offiziell. Ich war nur der Onkel, und basta. Und die Adele – also, wenn es um Oliver ging – ich kam nicht mehr an sie ran, sie war nicht bei sich, sie war – und da bin ich weggelaufen, einfach weggelaufen, und als ich zurückkam –“ Er barg das Gesicht in den Händen. Ich hatte Angst, er werde womöglich weinen, aber das tat er nicht. Nach einer Weile ließ er die Hände wieder sinken. Ich verstand nicht recht, warum er mir das erzählt hatte.

Später wollte ich wissen, was sie mit Olivers Leiche getan hatten, und er sagte, sie hätten ihn begraben, hier auf dem Grundstück. Ich kämpfte gegen alle möglichen Vorstellungen davon, wie sie ihn aus der Osdorfer Wohnung geschafft hatten und in welcher Form der Leib überdauert hatte, bis er Jahre später hierhergelangt war. Herr Schmidt machte die Bilder rasch zunichte.

Er erzählte von dem Hinterausgang in Osdorf, den Behrendt bereits vermutet hatte. An das Grundstück hier oben am Kanal hatte er sich gleich erinnert. Im Sommer zuvor hatten sie es entdeckt. Ein Ausflug an den Nord-Ostsee-Kanal. Vater, Mutter, Kind. Damals war der Garten verwahrlost, die Wirtschaft geschlossen, das Haus unbewohnt. Genau der richtige Ort. Schon in der nächsten Nacht hatte er Oliver hierher gebracht. Ich nahm an, das hieß in der Nacht nach Adeles Einlieferung in die Psychiatrie, aber ich fragte nicht. Gekauft hätten sie das Gasthaus erst ein paar Jahre später. Zum Glück sei ihnen niemand zuvorgekommen.

Er fragte, ob ich die Fotos noch einmal ansehen wollte, das kleine Album. Ich lehnte ab. Auf meine Bitte hin führte er mich zu der Stelle, wo Oliver unter der Erde lag. Nichts wies darauf hin, dass hier ein Kind begraben war, und doch war mir der Ort schon im Frühjahr aufgefallen, denn dort standen, ein wenig abseits, die Birke und der einzelne Rosenstock. Er sagte, dass Oliver jetzt acht Jahre älter wäre als diese Birke. Ich konnte mir nicht vorstellen, dass er in der damaligen Situation Zeit gefunden hatte, einen Baum zu pflanzen, aber ich war ihm dankbar für die Bilder, die sich daran knüpften.

Er ließ mich eine Weile allein. Ich dachte an den Jungen, der aus dem hellsten Mittagslicht in die unergründliche Schwärze zwischen den Esskastanien verschwunden war. Jetzt hatte ich ihn gefunden. Ich fühlte nichts. Nur eine erdrückende Leere. Langsam ging ich zum Haus zurück und setzte mich auf die Terrasse. Als es dunkel wurde, sah ich oben Licht. Das dazugehörige Zimmer musste gleich neben meinem liegen. Adele trat ans Fenster. Rasch wandte ich den Blick ab, tat, als hätte ich sie nicht bemerkt. Als ich später nach oben ging, war alles wie immer, dunkel und still.

Am nächsten Morgen war der Schankraum leer, aber mein Platz am Fenster war eingedeckt, und kurz nachdem ich mich gesetzt hatte, kam der Duft von frisch gebrühtem Kaffee aus der Küche. Ich aß zwei Brötchen, dann bat ich Herrn Schmidt förmlich um die Rechnung. Er winkte ab, und ich beließ es dabei. Er fragte, was ich zu unternehmen gedächte. Ich überlegte lange und sagte wahrheitsgemäß, ich wisse es nicht. Er half mir, meine wenigen Sachen zum Auto zu schaffen. Als wir einander unschlüssig gegenüber standen und beide nicht wussten, wie wir uns verabschieden sollten, kam ein Wagen auf den Parkplatz gefahren. Lars stieg aus und sagte: „Hier bist du also."

15

Von Adeles Tod erfuhr ich aus der *Landeszeitung*, etwa ein halbes Jahr später. Eine Meldung unter der Rubrik *Vermischtes*, die Holger Behrendt mir ausgeschnitten und in die Post gesteckt hatte. Die Überschrift lautete *Notlandung bei Rettungsflug*. Dem kurzen Bericht zufolge hatte die sechsundsechzigjährige Adele S., die mit ihrem Bruder am Nord-Ostsee-Kanal eine Gastwirtschaft betrieb, am vergangenen Sonntag einen Herzinfarkt erlitten. Der Notarzt hatte einen Rettungshubschrauber angefordert, der Pilot, bei dem später eine beträchtliche Promillezahl im Blut festgestellt worden war, hatte beim Anflug einen der mächtigen dreibeinigen Poller gerammt, die dort ein Stück vom Ufer mehr als mannshoch aus dem Wasser aufragten. Eine der Kufen war gebrochen. Der Pilot war in Panik geraten, hatte den Hubschrauber wieder hochgezogen und mehr als einen Kilometer von der Gastwirtschaft entfernt mitten in eine vereiste Wiese gesetzt. Dabei war auch die andere Kufe gebrochen. Dem Pilot drohte jetzt ein Verfahren wegen fahrlässiger Tötung, denn ein zweiter Hubschrauber musste angefordert werden.

Und der letzte Satz: *Für Adele S. kam jede Hilfe zu spät.*

So also hatte sie sich verabschiedet. Adele S. Ich dachte an Herrn Schmidt und dass er da oben jetzt allein war. Zuletzt auf dem Parkplatz, als Lars und ich, wieder in zwei Wagen, davongefahren waren, hatte er irgendwie schutzlos gewirkt. Vielleicht kamen zumindest die Kartenspieler wieder ins Haus.

Der Februar war kalt und grau. In Frostnächten schlief ich unter drei Decken, denn meine neue Wohnung wurde nicht richtig warm, und der Vermieter reagierte nicht, sooft ich mich auch beschwerte. Gleich im letzten Oktober war ich umgezogen, in eine Dreizimmerwohnung in Altona, geräumig, aber dunkel, nichts für die Dauer. Immerhin brauchte ich zu Fuß zum Augustinum nur zwanzig Minuten. Ich hätte nie gedacht, dass mir das einmal etwas bedeuten könnte, aber seit dem letzten Herbst besuchte ich meine Mutter öfter. Wir tranken Sherry und sahen hinaus auf den Fluss und redeten nicht viel. Manchmal nähte ich ihr einen Knopf an, versuchte, einen Reißverschluss zu reparieren oder ein Loch in einem Pullover zu stopfen, und sie lachte, weil ich mich so ungeschickt anstellte. Später warf sie die Sachen fort. Seit ich das wusste, nahm ich mir nur noch Kleidungsstücke vor, die sie ohnehin nicht mehr trug.

Rechtzeitig für die Dezemberausgabe hatte ich das Andersen-Portrait beendet, nicht eben meine beste Geschichte. Behrendt wollte mich aufmuntern und behauptete, die Kinder würden den Schneemann lieben. Er hatte das Märchen in voller Länge ins Blatt gehoben. Meine Geschichte fand er selbst eher dünn. Gleich im Anschluss schrieb ich zum hundertfünfzigsten Todestag von Heine. Ich zitierte viel aus den Tagebüchern, kam langsam wieder in Schwung.

Ich schrieb über die Toten, wie ich es seit Jahren getan hatte. Ich begab mich in ein fremdes Leben, ohne dort jemandem begegnen zu müssen, und ich gewann in gewisser Weise Macht über das Schicksal der Portraitierten. Aber das Ende stand von Anfang an fest. Es konnte keinen Aufschub geben, keine überraschende Wendung. Und anders als früher empfand ich diesen definitiven Schlusspunkt als Einschränkung, als Hemmnis, beinahe so, als müsste ich beständig gegen eine unüberwindliche Barriere anschreiben.

Lars verstand nicht, warum ich dennoch an den Toten festhielt. Wir gingen behutsam miteinander um, sahen uns zwei oder drei Mal im Monat, verabredeten uns zum Essen oder auf ein Glas Wein, meistens an einem dritten Ort. Ich hatte noch immer den Raum bei ihm in den Grindelhochhäusern, wir hielten beide daran fest, aber ich ging nicht hin. Anfangs war er ein paar Mal in meiner neuen Wohnung gewesen. Er hatte mir beim Umzug geholfen. Er hatte nicht gefragt, was am Kanal geschehen war. Was hätte ich auch sagen sollen. Von der Gartenarbeit erzählen?

Erst einige Tage nachdem Behrendt die Meldung geschickt hatte, fragte ich mich, ob irgendwer außer ihm sich erinnerte und die Tote am Kanal mit dem Fall von damals in Verbindung brachte. Ich recherchierte im Netz und fand nichts. Adele war unwiderruflich tot. Und *Adele S.* war es auch. Ich machte eine

Kopie von der Meldung und schickte sie an Adam Sorge. Auf einmal empfand ich eine unvorstellbare Erleichterung. Und dann hatte ich das Bedürfnis zu reden.

Ich rief Simone Müller-Waslowski an. Ich sagte, ich hätte mich geirrt. Adele sei unschuldig. Ich sagte, ich sei im vergangenen Sommer dort gewesen, wochenlang. Simone fragte, was ich die ganze Zeit dort getan hätte, und ich redete von Bohnen und Erdbeerablegern, von Jutesäcken und von einem Rosenstock neben einer Birke. Ich lachte. Ich hörte selbst, dass es hysterisch klang. Ich beschrieb Adele als geschundenes, zutiefst verletztes Wesen. Ich sagte, zu Anfang hätte sie das Kind nicht gewollt. *Sie wollte den Bruder. Dass er bei ihr blieb.* Das waren beinahe Adeles Worte. Ich hätte noch endlos weitergeredet, aber am anderen Ende der Leitung herrschte eine Stille, die mich innehalten ließ.

Ich hörte Simone atmen. Sie schien ähnlich erregt wie ich. Dann sagte sie leise: „Sie haben gerade mein Plädoyer von damals gehalten.“ Wir schwiegen beide. Ein beredtes Schweigen. Ich war verwundert, dass so etwas am Telefon entstehen konnte. Schließlich fragte sie: „Und wo ist Adele Schmidt jetzt?“

„Tot“, sagte ich.

„Sie hat sich das Leben genommen.“

„Nein. Es war ein Herzinfarkt.“ Ich zitierte die Zeitungsmeldung.

„Ist das in diesem Fall nicht das Gleiche?“

Ich gab keine Antwort.

„Schreiben Sie darüber. Nachruf auf eine Unbekannte. Etwas in der Art. Schreiben Sie auf, was Sie mir eben erzählt haben. – Und danke, dass Sie es mir erzählt haben."

Später dachte ich, dass sie womöglich recht hatte, aber etwas in mir wehrte sich dagegen. Ich war nicht bereit, Adeles Beweggründe zu erkunden, mich in ihre Empfindungswelt zu begeben. Ich hatte es im vergangenen Sommer nicht gewollt, und ich wollte es auch jetzt nicht. Es gab eine Unausweichlichkeit des Geschehens, der ich mich nicht gewachsen fühlte. Ich wollte nicht in die Nähe ihrer Tat geraten. Ihr Tod änderte nichts daran.

Und dann wusste ich, was ich zu tun hatte. Ich würde über einen Toten schreiben, wie ich es seit Jahren getan hatte. Ich würde mich in ein anderes Leben begeben. Aber diesmal würde ich uneingeschränkte Macht über das Schicksal gewinnen. Die Unausweichlichkeit des Geschehens war aufgehoben, das Ende offen. Denn diesmal würde ich nicht von einem gelebten Leben erzählen, sondern ein ungelebtes Leben erfinden.

Ich würde von einem Jungen erzählen, der fliegen konnte. – Nein, genau das würde ich nicht tun. Der Junge, von dem ich erzählen würde, konnte gar nicht fliegen. Er war ein ganz normaler Junge. Und wie jeder ganz normale Junge war er ein Held. Sein Name war Oliver. Oliver S.

Pendragon Verlag
gegründet 1981
www.pendragon.de

Gedruckt auf holz- und säurefreiem Naturpapier

Originalausgabe
Veröffentlicht im Pendragon Verlag
Günther Butkus, Bielefeld 2013

Lektorat: Eike Birck, Mirjam Madlung
Umschlag und Herstellung: Uta Zeißler, Bielefeld
Umschlagfoto: mauritius images/Ewa Zauscinska
Satz: Pendragon Verlag auf Macintosh
Gesetzt aus der Adobe Garamond
ISBN 978-3-86532-370-5
Gedruckt in Deutschland

Christoph Ernst

Dunkle Schatten

Krimi | 1. Auflage
368 Seiten | PB | Euro 12,95 | ISBN: 978-3-86532-342-2
Auch als eBook erhältlich

Nach 55 Jahren betritt Käthe Hirsch erstmals wieder deutschen Boden. 1938 war sie vor den Nazis in die USA geflohen. Nun folgt sie der Einladung des Berliner Senats und kommt zu einem Besuch. Aber Käthe ist nicht nur da, um sich die Stadt anzuschauen, sondern sie fordert auch das Haus ihrer Eltern zurück, das die Nazis der Familie im Zuge der sogenannten Arisierung geraubt hatten. Wenig später liegt sie tot auf den Bahngleisen. Die Polizei geht von Selbstmord aus.
Maja Schäfer, die sich um die Beerdigung ihrer jüdischen Großtante kümmern soll, glaubt nicht daran und ermittelt auf eigene Faust. Bald darauf stellt sie fest, dass nichts so ist, wie es scheint und die Welt nicht nur schwarz oder weiß ist.
Christoph Ernst nimmt die Leser mit auf eine Reise in das ruhelose Berlin der 1930er Jahre und blickt auch auf die frühen Jahre der Nachwende-Wirren.

In einem bewegenden und packenden Kriminalroman zeigt Christoph Ernst, wie weit die dunklen Schatten von zwei deutschen Diktaturen reichen.